어드벤처 온 트레인 2

캘리포니아 코밋 납치 사건

마야 G. 레너드 · 샘 세지먼 지음 | 엘리사 파가넬리 그림 | 김영경 옮김

어드벤처 온 트레인 2
캘리포니아 코밋 납치 사건

펴낸날 초판1쇄 2023년 05월 03일

글 마야 G. 레너드·샘 세지먼
그림 엘리사 파가넬리
옮김 김영경
펴낸이 김은정
펴낸곳 봄이아트북스

출판등록 제406-251002019000142호
주소 경기도 파주시 문발로220, 1층 1-5-1호
전화 070-8800-0156
팩스 031-935-0156
홈페이지 bomiart.com

ISBN 979-11-7063-049-4 (43840)

• 값은 뒤표지에 있습니다.
• 잘못 만들어진 책은 구입처에서 교환해드립니다.

미국에 있는 친애하는 친구를 위해
로이디와 마이크 비올라
당신들을 그리워합니다.
— 마야 G. 레너드

내 조카 몬티를 위해
평생 모험을 하길 바란다.
— 샘 세지먼

기차에서 벌어지는 미스터리…… 어떻게 사랑하지 않을 수 있을까? 당신 삶
의 최고의 기차 이야기가 펼쳐진다.
– 로스 몽고메리, 《페리지와 나》 저자

현대적 설정에서 흥미로운 황금기 범죄 픽션이 빠르고 강렬하게 펼쳐지는 만
족스러운 미스터리물이다.
– 〈가디언지〉

오리엔트 특급 살인과 비슷하지만 더 흥미롭다. 정말 재미있게 읽었다!
–프랭크 코트렐 보이스

안내 방송이 있어요! 마야. G. 레너드와 샘 세지먼의 공동 작업은 대성공이다!
– 이번 주의 아동 도서, 〈타임스〉

매우 재미있는 주니어 미스터리가 나왔다.
– 피터 번즐, 《코그하트》 저자

고풍스러운 미스터리를 즐기는 독자들에게 추천할 만한 책이다.
– 북트러스트

맛있는 식사와 폭식, 카드 플레이어의 방문, 음모, 숙면,
러시아 단편 소설 같은 낯선 사람의 독백.
기차에서는 이 모든 것이 가능합니다.

– 폴 서룩스

차례

캘리포니아 코밋 경로

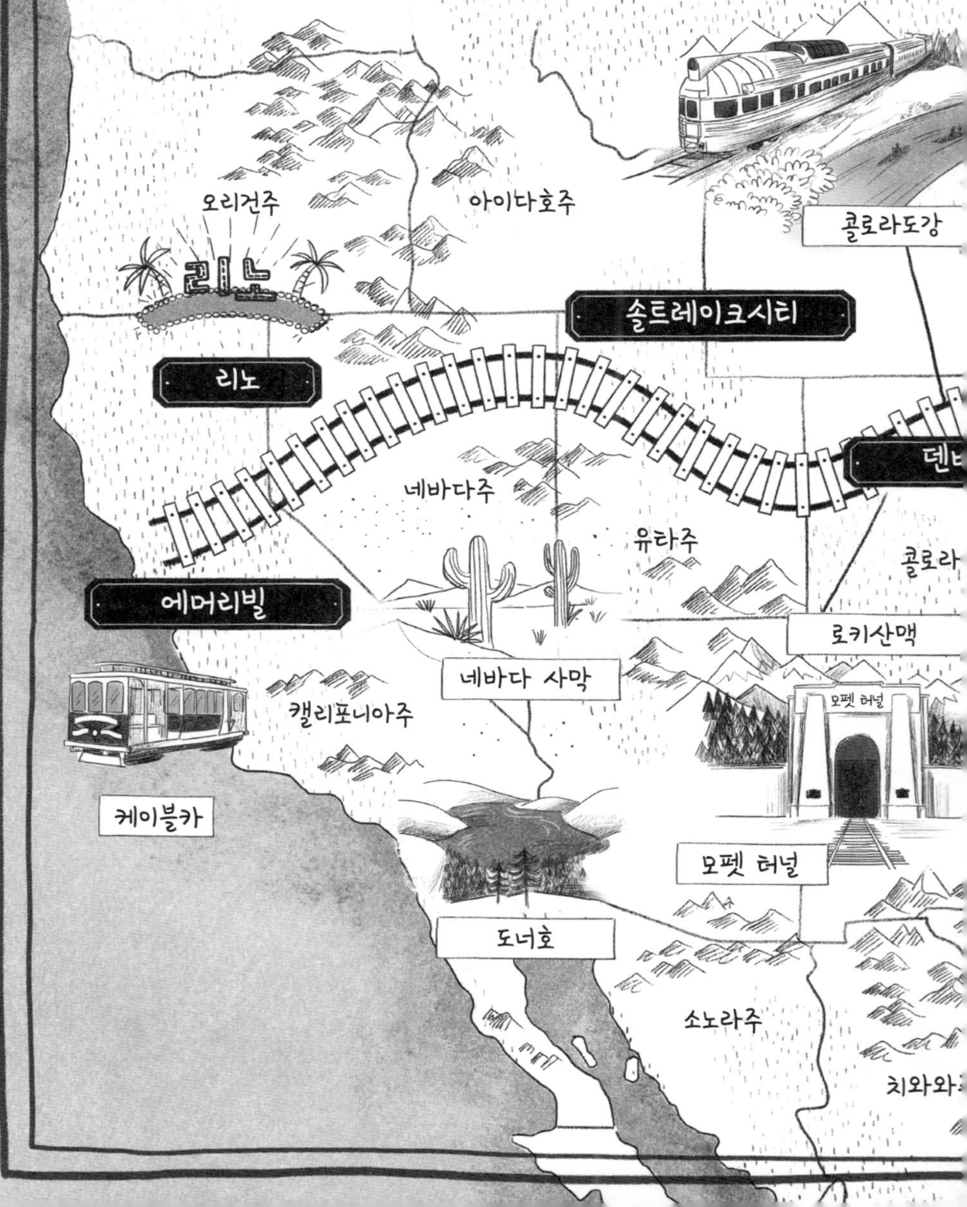
오리건주
아이다호주
리노
콜로라도강
솔트레이크시티
리노
덴
네바다주
유타주
콜로라
에머리빌
로키산맥
네바다 사막
모펫 터널
캘리포니아주
케이블카
모펫 터널
도너호
소노라주
치와와

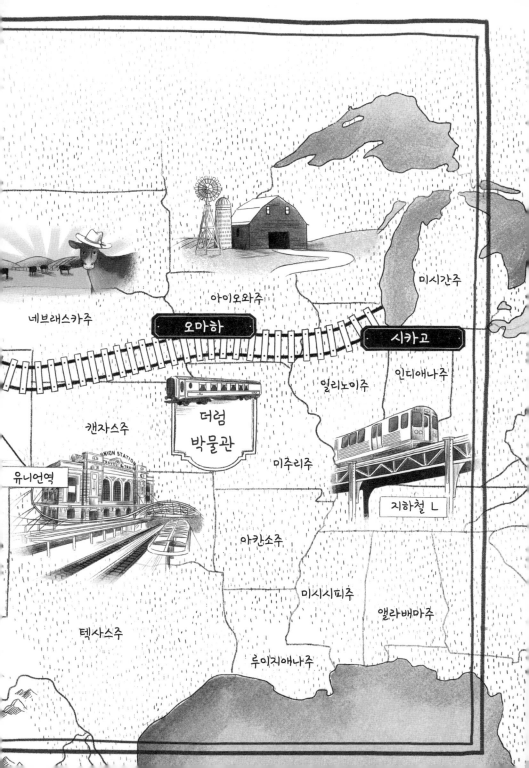

chapter 01

시카고

시카고 유니언역의 문 안으로 들어서는 것은 대성당에 들어가는 것 같은 느낌이었다. 해리슨 벡(이하 '할')과 그의 삼촌 나타니엘 브레드쇼(이하 '넷 삼촌')는 가방을 끌고 들어와 코트의 빗방울을 털어 내며 잠시 멈춰 서서 거대한 대리석 홀의 위풍당당한 웅장함에 감탄했다.

"와! 궁전, 도서관, 교회가 하나로 합쳐진 것 같아요." 할이 주위를 둘러보며 놀라워했다.

"그러게, 기차를 타지 않더라도 여기는 방문해 볼 가치가 있겠구나." 넷 삼촌이 할의 말에 동의하며 덧붙였다. "참, 여기에서 유명한 갱 영화 총격전을 촬영했단다." 넷 삼촌은 계단을 가리켰고, 할은 하얀 바닥에 가짜 피가 튀는 모습을 상상하며 몸을 떨었다.

"삼촌, 기차는 어디 있어요?"

"그야 지하에 있지. 철도는 도시 아래의 지하 터널을 통해 승강장으로 뱀처럼 뻗어 있거든."

할은 전날 시카고의 지하철 'L'('L'이라는 이름으로 통칭하는데, 이는 고가 철도를 뜻하는 elevated에서 나온 말이다. 역자 주)을 탔었다. "기차는 터널 속을 달리고, 지하철은 외부 철골 구조로 된 교각 위를 달리는 거죠?"

"그렇지! 자, 그럼 이제 메트로폴리탄 라운지를 찾아 볼까?"

할은 삼촌을 따라 대리석 계단을 내려가며 구릿빛 난간을 움켜쥐었다. 몇 주 동안이나 이 여행을 무척이나 기대하고 있어서인지 살짝 흥분되었기 때문이다. 지난여름 하일랜드 팰컨을 타고 여행한 후 돌아온 할의 일상은 평범하고 지루했다. 갓 태어난 여동생 엘리는 젖병, 울음소리, 더러운 기저귀로 집을 엉망진창으로 만들었고, 부모님은 육아에 너무 지쳐서 산다는 것에 별 재미를 못 느끼는 것 같았다.

그러나 넷 삼촌이 할의 새 가족이 된 귀여운 베일리와 함께 집에 오고 나서는 모든 것이 달라졌다. 베일리는 사모예드종으로, 털이 보송보송하고 새하얀 강아지다. 베일리는 왕실 증기 기관차에서 있었던 심각한 복통에서 완벽하게 회복되었고, 할은 그런 베일리가 와서 너무 좋았다.

"할, 캘리포니아 코밋을 타고 미국 전역을 여행해 달라는 요청을 받았다고 말한 거 기억하니?" 엄마는 홍차를 만들고 있었고 할은 베일리와 바닥에 뒹굴며 놀고 있을 때 넷 삼촌이 말했다. "여행 날짜가 학교 가을 방학 기간인 10월인데 말이야." 삼촌의 눈이 반짝거렸다. "어때? 또 다른 모험을 떠날 준비가 됐니?"

할이 기뻐서 소리를 지르자 베일리는 시끄럽게 짖었고, 할의 부모는 여행 비용을 걱정했다. 그러나 넷 삼촌은 돈은 걱정하지 말라고 했다. 어거스트 레자라는 유명한 기업가가 준비한 기자 회견에 기자이자 여행 작가 자격으로 넷 삼촌이 취재 요청을 받았기 때문이다. 그래서 비용은 신문사에서 지급될 것이라고 말이다.

"10월이면 열두 번째 생일이지, 그렇지?" 넷 삼촌이 말했다. "이 여행은 삼촌이 너에게 주는 생일 선물이라고 생각해."

할은 여권을 준비를 하면서 새 스케치북과 그림용 연필 한 통, 연필깎이를 샀다.

할이 비행기를 탄 것은 이번 시카고행 비행기가 처음이었다. 그래서 비행기가 잿빛 하늘로 올라갈 때의 긴장감은 예상했던 것보다 더 큰 충격이었다. 몇 시간 뒤, 지구 반대편에 착륙한 후에는 미국의 햇살에 눈을 깜박이며 방향 감각을 상실하기까지 했다. 할은 자신이 여행하고 있는 장소를 눈으로 직접 보는 것을 더 좋아한다는 사실을 깨달았다. 그런 면에선 비행기보다는 기차가 더 좋았다.

넷 삼촌은 역 계단에서 걸음을 멈추고는 멀리 있는 유리문을 가리켰다. "저기 라운지에서 커피 한잔해야겠어."

"삼촌, 나는 중앙 홀을 그리고 싶어요."

"시간은 충분하니까 그려도 좋아. 가방은 나를 주렴." 넷 삼촌이 가방 손잡이를 잡았다. "끝나면 찾아와. 뜨거운 음료 파는 곳 근처에 있을게."

할은 스케치북과 연필을 꺼내서 주위 경관을 살펴보았다. 그러고는 스케치북에 원통형 모양으로 매표소를 중심으로 그림을 그렸다. 그리스의 코린트식 기둥은 아치형 천장을 받치고 있었고, 천장에는 배의 돛만큼 큰 성조기의 별과 줄무늬가 걸려 있었다.

    구겨진 양복 차림의 남자가 서

류 가방을 들고 계단 위에서 시계를 확인하기 위해 멈

춰 섰다. 연필의 납작한 부분으로 인물을 포착한 할의 시선이 흰색 바닥

을 훑었다. 매표소 주변에는 아미시(현대 문명과 단절한 채 자신들만의 전통을 유지하며

생활하고 있는 기독교의 일파. 역자 주) 가족이 모여 있었는데, 그들의 모자와 앞치마

는 역사책에 나오는 등장인물을 생각나게 했다. 다음으로 나무 벤치의 대각

선을 그리고 바닥까지 내려오는 파란색 패딩 코트를 입은 빨간 머리의 여성

이 스카프처럼 어깨에 도마뱀을 감은 채 앉아 있는 모습을 스케치했다. '턱수염이 난 드래곤인가?' 할은 자신의 그림에 그녀를 추가하면서 궁금해했다.

파란색 하의와 연두색 상의가 잘 어울리지 않는 운동복을 입은 건장한 남자가 중앙 홀을 지나가고 있었고, 청바지와 빨간색 티셔츠를 입은 초라해 보이는 소년이 치아용 안면 보호대를 하고 따라가고 있었다. 그 두 사람은 양복에 검은 안경을 쓴 근육질의 남자를 지나쳤다. 그 남자는 회색 점퍼스커트와 분홍색 카디건을 입은 금발 소녀와 함께 복도를 성큼성큼 걸어가고 있었다. 소녀는 안면 보호대를 한 소년에게 미소를 지으며 윙크했지만, 소년은 시선을 피했다.

할이 북적거리는 역의 중앙 홀에 있는 유리 천장을 올려다보고 있는데 갑자기 목덜미가 따끔거렸다. 마치 모험을 예언하는 신비한 신호를 받은 안테나처럼…… 할은 홀에 들어가기 전에 한걸음 뒤로 물러섰다.

"이봐! 조심해, 친구!"

할이 놀라서 뒤를 돌아보는 순간 검은 머리에 땅딸막하고 튀어나온 푸른 눈을 한 소년과 코가 맞닿을 뻔했다. "미안해! 못 봤어." 할은 스케치북을 내밀었다. "중앙 홀을 그리고 있었거든."

소년은 고개를 들고는 '중앙 홀을 그리고 있었거든.'이라고 할의 말을 따라 했다.

할은 자신이 놀림을 받는 것 같아 인상을 찌푸렸다.

"너 영국인이지? 그렇지?" 소년이 궁금해하며 할에게 물었다. "그럼 영국식으로 한번 말해 볼래?"

"……으……음……."

"……으……음……." 소년은 할을 흉내 내고는 할이 당혹스러워하는 모습을 보고 웃었다. 소년은 손을 휘저었다. "화내지 마. 너한테 관심 있어서 그래. 그런데 오늘 기차를 타는 거니?"

할은 고개를 끄덕였다. "나는 캘리포니아 코밋을 타고 샌프란시스코 근처의 에머리빌까지 갈 거야."

"나도!" 소년은 할의 어깨에 팔을 둘렀다. "잘됐다. 여동생 하들리를 만나러 가자. 메트로폴리탄 라운지에 있거든."

할은 어깨너머로 통 모양의 아치형 채광창을 바라보았다. "하지만 난 그림을 마저 그리고 싶은데……."

"넌 배고프지 않아? 난 배고파 죽겠어. 라운지에 있는 칩과 탄산음료는 공짜라고." 소년은 할의 등을 두드리며 유리문 쪽으로 밀었다. "하들리는 네가 말하는 것을 들으면 좀 놀랄 거야. 참고로 내 이름은 메이슨이야, 메이슨 모레티."

수줍은 미소를 지으며 할은 노란색 방수 파카 주머니에 스케치북과 연필을 쑤셔 넣었다. "나는 해리슨 벡이야. 그냥 할이라고 불러."

"할, 이쪽으로." 메이슨은 벌꿀색 곱슬머리를 한 소녀가 카드놀이를 하는 테이블로 할을 안내했다. "하들리! 이 친구는 할이야."

하들리는 주위를 둘러보며 한 번 만에 멋지게 카드 덱을 쓸어 넘겼다. 그녀는 앞면에 흰색 글씨가 새겨진 보라색 후드 티를 입고 있었다. '눈이 보고 귀가 들은 것을 마음은 믿습니다_ 해리 후디니'

"안녕." 하들리는 할에게 미소를 지었다. 그녀의 치아는 완벽했다.

"할은 영국인이야." 메이슨이 그를 쿡 찔렀다. "가서 말 좀 해."

"만나서 반가워."

할이 얼굴을 붉히며 말했다.

"만나서 반가워." 메이슨이 흉내를 내며 말했다.

"내 말 따라 하지 마." 할이 우물쭈물하며 말했다.

그러자 메이슨이 흉내 내며 말했다. "내 말 따라 하지 마."

"할, 네가 이해해. 메이슨은 모든 사람을 따라 하거든." 하들리의 갈색 눈은 따뜻했고 태도는 친절했다. "짜증이 나긴 하지만 성대모사는 정말 잘해."

"나는 영국인 성대모사는 한 번도 안 해 봤어." 메이슨은 마치 배고픈 개가 스테이크를 눈앞에 둔 것처럼 할을 바라보았다.

"이제 알파벳을 말해 줘! 잠깐, 녹음기가 필요해. 네 목소리를 내 보이스 뱅크에 수집해야겠어."

"보이스 뱅크?"

"나는 단어의 소리를 연습하기 위해 목소리를 수집하거든." 메이슨은 입을 벌리더니 신기한 소리를 냈다. 그의 올리브색 피부는 입 모양대로 쭉쭉 늘어났다.

"수집할 정도로 내 목소리가 의미 있지는 않을 거야." 할이 말했다. "난 크루라는 북쪽 지역 출신이야. 여왕처럼 상류층이 아니라고." 할은 기차 여행 내내 성대모사용 보이스 뱅크를 위한 실험용 쥐가 되길 원하지 않았다.

"몇 살이니?" 하들리가 물었다.

할은 자신의 생일이 삼일밖에 지나지 않았다는 사실을 인정하지 않고 '열두 살'이라고 대답했다.

"나도."

"나는 열세 살이야."

메이슨이 말했다.

"정말로?"

할은 눈을 깜박였다. 메이슨이 자신보다 어릴 것으로 생각했기 때문이다.

그러자 하들리가 킥킥 웃었다. "모두 메이슨이 내 동생이라고 생각해."

"키가 작아서 나쁠 건 없어." 메이슨이 퉁명스럽게 말했다. "최고의 배우들은 다 키가 작고, 나는 성장이 아직 끝나지 않았거든."

할은 이것이 자주 반복되는 말다툼의 시작임을 감지하고 화제를 바꿨다. "공짜 칩이 있다고 말하지 않았니?"

"응, 이쪽이야." 메이슨은 밝은색의 감자칩 종이 가방이 있는

계산대로 할을 데려갔다.

"이건 칩이 아니야."

"칩이라니까." 메이슨이 말했다.

"칩은 감자야."

"그렇다니까."

"칩은 뜨거워서 케첩에 찍어 먹어. 이건 감자칩이야."

"그건 감자튀김이야." 하들리가 종이 가방을 잡아당기면서 말했다.

"넌 감자튀김을 칩이라고, 칩은 감자칩이라고 부르니?" 메이슨은 고개를 저었다. "말도 안 돼."

"미국은 정말 혼란스러워." 할이 칩 한 봉지를 들고 말했다. "어제는 피자를 주문했는데, 파이를 주더라니까."

"아, 딥디쉬 피자(두꺼운 피자. 역자 주)." 하들리는 입술을 깨물었다. "딥디쉬 피자는 시카고 특제품이거든."

"할! 여기 있었구나." 계단 아래에서 넷 삼촌이 나타났다. 무지개 줄무늬 스웨터, 짙은 녹청색 정장, 흠잡을 데 없는 흰색 운동화를 신은 삼촌은 군중들 사이에서 눈에 띄었다.

"벌써 친구가 생겼니?"

"메이슨과 하들리예요." 할이 그들을 소개하며 말했다.

"만나서 반갑구나. 나는 할의 삼촌인 나타니엘 브레드쇼란다."

메이슨이 조용히 '만나서 반갑구나.'라고 삼촌의 말을 따라 했다.

"너희도 캘리포니아 코밋을 타니?" 넷 삼촌이 물었다.

"네, 우리는 리노에 가요."

하들리는 넷 삼촌의 관심을 메이슨에게서 멀어지게 하려고 재빨리 대답했다. "아빠가 거기 카지노에서 일하고 있거든요."

"너희 아버지는 카지노 딜러시구나."

"아빠는 가수예요." 하들리가 알려 주었다.

"오, 그것 참 매력적인 일이구나."

'오, 그것 참 매력적인 일이구나.' 메이슨이 조용히 따라 말했다.

"참! 할, 짐을 기차에 실을 시간이야." 넷 삼촌이 말하며 하들리와 메이슨에게 고개를 끄덕였다.

"기차에서 꼭 다시 만나자꾸나."

할은 작별 인사를 하며 배낭을 메고 삼촌이 라운지에서 여행 가방을 끌 수 있도록 도왔다. 색소폰을 든 거리의 음악가가 홀에 자리를 잡고 있었고, 넷 삼촌은 음악을 즐기며 천천히 걸었다. 할은 스케치북을 꺼냈다. 그림을 완성하려면 몇 분 더 필요했다. 노래가 끝나자 넷 삼촌은 음악가의 악기 가방에 지폐를 몇 장 넣고 할과 함께 수화물 데스크로 갔다. 삼촌을 따라 중앙 홀을 가로질러 가면서 할은 삼촌처럼 되고 싶다고 생각했다. 넷 삼촌은 어느 곳에 가든 집에 있는 것처럼 편안해 보였기 때문이다.

작은 자물쇠로 여행 가방을 잠그고 체크인을 한 후, 넷 삼촌은 큰 미국 지도 앞에 멈춰 서서 열쇠를 재킷 주머니에 넣고 표를 꺼냈다.

"우리는 남쪽 게이트 트랙 F로 가야 해. 캘리포니아 코밋은 기차 5야."

"암트랙이 뭐죠?" 할은 암트랙 시스템이 적힌 지도를 가리키며 물었다. 전국을 가로지르는 노선이 빨간색 선으로 표시되어 있었다.

"암트랙은 미국에서 여객 기차를 운영해." 넷 삼촌은 지도 중앙의 큰 호수 아래에 있는 점을 가리켰다. "우리는 여기 시카고에 있단다." 삼촌의 손가락은 서쪽으로 빨간색 선을 따라 움직였다. "우리는 아이오와와 네브래스카의 농지를 여행하고, 눈 덮인 콜로라도의 로키산맥을 지나 유타의 사막을 건너 시에라네바다의 숲을 통과할 거야. 거기에서 캘리포니아 해안까지 남서쪽으로 빠르게 가면 이틀 만에 샌프란시스코에 도착한단다."

할은 삼촌을 올려다보았고 그들은 마치 도약할 준비가 된 스카이다이버처럼 미소를 나누었다. "우리 기차를 찾으러 가자." 넷 삼촌이 말했다.

chapter 02

실버 스카우트

경사진 길을 따라 내려가니 지하 승강장에 할의 집 높이만 한 기차가 양옆으로 대기하고 있었다.

"굉장해!" 할이 외쳤다.

"이층 기차야." F 선로를 향해 걸어가며 넷 삼촌이 말했다. "유럽에서는 이 정도면 표준인데 우리 영국인은 이보다 작은 기차를 탄단다."

"왜 그렇죠?"

"영국의 다리와 터널은 높이가 낮아. 이런 커다란 기차는 박스 터널(Box Tunnel)을 통과하지 못하거든." 넷 삼촌은 걸음을 멈추고 낮은 휘파람을 불었다. "잠깐 기차나 한번 볼까?"

삼촌은 오래되었지만 새것처럼 광택이 나는 은색 총알 모양의 객차를 바라보고 있었다. 색이 칠해진 창문 위에 있는 아르 데코 간판에는 '캘리포니아 코밋(CALIFORNIA COMET)'이라고 쓰여 있고 그 아래에 '실버 스카우트

(SILVER SCOUT)'라고 쓰여 있었다.

할도 삼촌을 따라 기차를 바라보았다. 정말 멋있었다.

"이 기차는 1948년 캘리포니아 코밋 객차를 위해 제작된 최초의 전망 기차 여섯 대 중 하나란다." 넷 삼촌은 기차에 다가서는 살짝 숨죽인 목소리로 말했다. "어거스트 레자 씨가 자신의 전용 객차로 개조했다고 들었어." 삼촌은 할을 바라보았다. "이게 그 전용 객차임에 틀림없구나."

"전용 객차라고요?" 할은 그런 말을 들어본 적이 없었다.

"너만의 객차, 어떤 기차에나 붙일 수 있지." 넷 삼촌은 고개를 저었다. "내부가 어떤 모습일지 궁금한걸?" 그는 경건하게 실버 스카우트 표지판을 손끝으로 쓸었다.

할은 배낭을 벗어서 무릎을 꿇고 주머니에서 스케치북을 꺼냈다. "그림을 그릴게요." 할은 필통에서 연필 하나를 꺼내어 뾰족하게 깎았다. 할은 스케치북을 무릎에 대고 네모난 총알 모양과 기차의 몸체를 표시하는 주름진 홈을 그렸다. 그러고는 캘리포니아 코밋이라고 빨간색으로 진하게 적힌 뒷문의 하단 패널에 있는 네온 불빛 가장자리의 윤곽을 그렸다.

"그동안 나는 다른 쪽을 살펴볼게." 넷 삼촌이 사라지며 말했다.

할은 돔형 지붕을 스케치했다. 기차 중앙에서 솟아오른 은색 프레임의 곡선 창 패널은 항공기 포탑을 연상케 했다.

"꼬마야, 너 지금 뭐 하고 있니?"

할은 얼어붙었다. 목소리의 주인공은 중앙 홀에서 봤던 건장한 남자였다.

"실버 스카우트를 그리고 있어요." 긴장한 할은 스케치북을 내밀어 보였다.

남자가 팔짱을 끼자 팔뚝이 부풀어 올랐다. "이건 전용 개인 객차라고."

그때였다. "내버려 둬, 우디." 좀 전에 만났던 분홍색 카디건을 입은 금발 소녀가 그의 뒤에서 걸어 나왔다. 그녀는 할보다 나이가 많아 보였지만, 그다지 많지는 않은 것 같았다. 그녀는 그림을 보고 미소를 지었다. "와, 멋지다!" 부드러운 미국식 억양에 프랑스어가 살짝 더해져 있었다. "나도 그림을 그려, 주로 만화지만 말이야. 연습을 위해 아스테릭스와 땡땡(아스테릭스는 프랑스 만화, 땡땡은 벨기에 만화의 주인공. 역자 주)을 베끼기도 하지만 창작 만화를 그리기도 해."

"이건 윤곽선만 그린 거야." 할이 일어서며 말했다. "나중에 기차에서 그릴 거야. 네가 본 것 중 가장 멋진 기차지?"

"응, 사실 이 기차는 내 아버지 거야." 소녀는 인상을 찌푸리며 어깨를 으쓱했다.

'뭐? 그렇다면 이 아이는 어거스트 레자의 딸임이 틀림없어!' 그러고는 기자 회견을 취재하던 넷 삼촌의 일을 떠올리며 정중하게 손을 내밀었다. "내 이름은 해리슨이야."

우디는 악수를 막기 위해 팔을 내밀었지만, 소녀는 옆으로 물러나 두 손으로 할의 손을 잡았다.

"레자 양!"

"우디, 진정해." 그녀가 속삭였다. "네가 거대한 괴물처럼 서 있는 한 공격하지 않을 거야. 아니면 널 이길까 봐 걱정되니?"

할은 우디가 그녀의 보디가드라는 것을 깨달았다. 그 남자를 화나게 할까 봐 감히 웃을 수도 없었다

"나는 마리안느야, 캘리포니아 코밋을 탈 거니?"

"응, 삼촌과 샌프란시스코에 갈 거야. 너는 어디까지 가니?"

"푸!" 짜증 난다는 듯이 숨을 내뱉자 마리안느의 앞머리가 날렸다. "누가

알겠어? 나는 아버지가 결정하는 대로 따라야 해. 아무 말도 못 들었지만, 에 머리빌까지 갈 거 같아. 우리는 그곳에서 멀지 않은 실리콘 밸리에 살고 있으니까."

"아, 그렇구나." 할이 말했다. 마리안느는 분명히 이 기차 여행이 마음에 들지 않아 보였다. 그런 마리안느를 보며 할은 하일랜드 팰컨에 처음 탔을 때 자신이 느꼈던 감정을 떠올렸다.

"마리안느, 기차 여행이 어쩌면 그렇게 나쁘지 않을 거야."

그때 우디가 큰소리로 헛기침을 하며 끼어들었다.

"아, 제발!" 마리안느가 톡 쏘며 우디를 째려보았다. "그만 가야겠어. 기차에서 보자." 그녀는 앞으로 몸을 기울이며 그의 뺨 앞에서 허공에 입맞춤했다. "덩치를 피해 널 찾으러 갈게. 아마도 같이 그림 그릴 수 있겠지?" 마리안느가 두 번째 입맞춤을 하며 할에게 속삭이고 뒤로 물러나 손을 흔들고 우디와 실버 스카우트로 가 버렸다.

어리둥절한 할은 기차 문을 쳐다보았다. 그것은 여자와 만난 것 중에서 가장 당혹스러운 경험이었다. 그는 레니(하일랜드 팰컨에서 만난 친구. 역자 주)가 함께 있었으면 했다. 그렇다면 그녀는 방금 일어난 일을 설명해 줄 수 있을 것 같았기 때문이다.

"할, 그림 다 그렸니?" 넷 삼촌이 할을 향해 성큼성큼 걸어오고 있었다. "이제 우리 객차를 찾아야겠구나."

할은 고개를 끄덕이고 삼촌을 따라 승강장을 걸어갔다. 이층 기차는 레자의 철도 차량과 같은 은색이었지만 찌그러지고 흠집이 있었다. 위층과 아래층의 창문 사이에는 파란색 띠가 있었고 그 위에는 빨간색과 흰색의 얇은 줄

무늬가 있었다.

"이게 우리 거야." 넷 삼촌이 가리켰다. '객차 540'

안으로 들어가니 갈색 곱슬머리에 짙은 청색 제복을 입은 여성이 있었다. "오늘 이 기차를 타시나요?"

"네, 맞습니다." 넷 삼촌이 대답했다.

"표를 주세요." 그 여성은 표를 살펴보며 환하게 웃고 있었다. "이 기차가 맞아요. 저는 승무원 프랜신입니다. 여러분은 10호실입니다. 제가 안내해 드리겠습니다." 그녀는 수화물 선반을 지나 좁은 계단을 올라갔다.

"우린 이층이네요!" 할이 외쳤다.

"맞아요." 프랜신은 어깨너머로 그를 향해 미소 지었다.

이층 복도의 양쪽에는 미닫이문이 있는 작은 객실이 쭉 있었고, 문 안쪽으로 마주 보는 두 개의 파란색 좌석이 배치되어 있는 것이 보였다.

"여러분의 좌석은 바로 여기입니다." 프랜신은 그들을 들여보내기 위해 옆으로 비켜섰다.

"편히 쉬세요. 저녁 식사 예약에 대해 다시 알려 드리겠습니다. 무엇이든지 필요하면 제 이름을 불러 주세요."

"홈, 스위트 홈." 좌석이 마음에 드는 듯 넷 삼촌은 행복하게 한숨을 쉬었다. 그는 문을 닫고 가죽 가방을 커다란 파란색 좌석 중 하나에 놓았다.

할은 다른 파란색 좌석으로 기어 올라갔다. 손잡이를 당기고 스위치를 켜서 루멧(침대차의 일인용 개인실. 역자 주)을 살펴보았다. 아늑했지만 좌석이 넓고 공간이 충분했다. "멋지다." 창 아래에는 체스 판이 표시된 테이블이 접혀 있었다. "프랜신에게 체스 말이 있다고 생각하니?"

"아마도요."

"여기 봐! 게임 콘솔을 충전할 수도 있구나." 넷 삼촌은 플러그 소켓을 가리켰다.

"안 가져왔어요."

"정말?" 넷 삼촌은 놀란 표정을 지었다.

"이번 여행에서 아무것도 놓치고 싶지 않았거든요." 할은 얼굴이 뜨거워지는 것을 느꼈다. "내가 게임을 하면 모험이 일어나도 알아차리지 못할 것 같아서요."

"그거 잘했구나. 지난번과 같은 모험을 만날 것 같지는 않지만 말이야."

"그래도 긴장하는 것은 나쁘지 않잖아요, 그렇죠?" 할은 마리안느 레자와 근육질의 보디가드를 떠올리며 그녀가 탈출하여 자기를 찾으러 올 수 있을지 궁금했다.

"맞아! 그리고 모험이 항상 범죄를 수반할 필요는 없단다." 넷 삼촌은 안경을 벗어서 점퍼 밑단으로 닦은 후 다시 쓰면서 말했다.

"흥미로운 모험은 그렇죠."

"넌 어른이 되면 근사한 철도 탐정이 되겠구나." 넷 삼촌은 웃었다.

할은 그것도 나쁜 직업은 아니라고 생각하며 창문 위의 목재판을 가리켰다. "저 위에 이층 침대가 있다면 다른 침대는 어디 있나요?"

"네가 그 위에 앉아 있단다." 넷 삼촌이 바닥 근처에서 손잡이를 만지작거리니 할의 의자가 덜컹거리며 앞으로 미끄러지면서 반대쪽 좌석에 닿자 납작해졌다.

"멋지다!"

넷 삼촌은 할 옆에 앉았다. "저 창문을 통해 미국의
경이로움을 보게 될 것이야. 믿을 수 없는 곳이지."
"영국과 같다고 생각했는데 그렇진 않은 거
같아요, 그렇죠? 여기에는 모든 것이 커요.

도로도 더 넓고 자동차도 더 크고 음식 양도 엄청나고요." 할은 잠시 미국의 규모에 압도되어 멈칫했다. "내가 작아진 느낌이 들어요."

"익숙해질 거야. 그리고 집에 돌아가면 크루(할이 살고 있는 도시. 역자 주)의 모든 것이 작다고 생각되겠지." 넷 삼촌은 안경 너머로 할을 바라보았다. "여행

은 너를 변화시킬 거야. 새로운 장소에 감탄하는 것은 여행에서 중요한 부분이란다. 다양한 삶의 방식에 대해 생각하게 하거든."

넷 삼촌은 가방에서 일기장과 필통을 꺼내 의자 옆 구석에 두었다. "자, 여기가 내 자리야." 삼촌은 소매를 걷어 올리고 왼쪽 손목에 있는 세 개의 시계 중 하나를 보았다. 처음에 할은 삼촌이 런던, 뉴욕, 도쿄, 베를린, 시드니, 모스크바의 시간을 알려 주는 여섯 개의 시계를 차고 있는 것이 이상했다. 하지만 넷 삼촌은 시계는 각각 여행에서 가져온 기념품이고, 세상의 다른 시간을 아는 것이 좋다고 말했다. "원한다면 승강장을 산책하고 기관차를 볼 시

간이 충분한 거 같은데, 그럴까?"

"네 좋아요." 할은 벌떡 일어나 문을 열었다. 거기엔 반짝이는 입술과 짙은 캐러멜색 머리카락을 위로 묶은 여성이 있었다. 그녀는 검은 가죽 재킷에 회색 스웨터와 청바지를 입고 있었다. 그녀는 할을 노려보았다. "안녕하세요."

"우리 건너편 자리시군요?" "저는 나타니엘 브레드쇼이고, 얘는 해리슨입니다." 삼촌이 웃으며 말했다.

"난 바네사 로드리게스예요." 그녀는 무거운 가방을 쿵 하고 맞은편 루멧에 떨어뜨리며 대답했다. 그러고는 안으로 들어가 문을 닫고 창가에 파란 커튼을 쳤다.

"음…… 그녀는 방해받고 싶지 않은 것 같구나." 넷 삼촌이 속삭였다. "이제 우리도 가자."

할과 삼촌은 계단을 내려가 승강장을 따라 걷다가 지게차에서 상자를 싣고 있는 단층 수화물차를 지나쳤다. 기차 앞쪽으로 다가가자 디젤 냄새가 났고 몸이 느낄 정도로 엔진 소리가 점점 커졌다.

파란색과 은색의 기관차 두 대가 지하철역의 그림자 속에서 으르렁거렸고, 환기구에서는 배기가스로 인한 소리가 났다. 각각은 트레일러트럭 크기였고 앞면에는 두 쌍의 원형 헤드라이트 위에 그림자가 드리워진 한쌍의 앞유리가 있었다.

"증기 기관만큼 친근해 보이진 않아요!" 할은 넷 삼촌이 소음 너머로 자신의 말을 들을 수 있도록 소리쳐야 했다.

'디젤 전기'라고 넷 삼촌은 고개를 끄덕이며 대답했다. "최고급이란다. 기차 내부에는 A4 태평양 증기 기관차보다 두 배의 마력을 지닌 발전소가 있어." 그는 엔진을 바라보았다. "진짜 크다!"

"근데 왜 두 개죠?"

"이 무거운 기차를 로키산맥까지 끌고 가야만 하니까." 넷 삼촌은 기차를 손으로 가리켰다. "엔진이 하나뿐인데 고장이라도 나면 곤경에 빠지지 않겠니?"

할은 선두 기관차를 쳐다보았다. 기차는 빛나고 있었다. 할은 주머니에 손을 찔러 넣고는 스케치북이 방에 있다는 것을 깨달았다. 머릿속에 기억했다가 돌아가서 그릴 수 있기를 바라며 엔진의 모양을 잘 살펴보았다.

넷 삼촌이 가리키는 곳을 보니 수화물 차량의 문이 닫히고 빈 수화물 차량이 물러났다. "가야 할 시간이다."

돌아가는 길에 할은 프랜신이 문밖으로 몸을 기울이고 서두르라고 손짓하는 것을 보았다. 두 사람이 뛰어서 기차에 오르자 그녀는 웃었다. "당신들이 타지 않았는데 기차가 떠날까 봐 걱정했어요." 기차 문이 닫히자 그녀가 말했다.

할과 삼촌은 루멧으로 비틀거리며 들어갔다. 유니언역의 콘크리트 기둥이 창문 너머로 미끄러지듯 지나갈 때 할과 넷 삼촌은 자리에 주저앉았다.

"이게 뭐지?" 넷 삼촌은 몸을 숙이고 바닥에서 봉투를 집어 들어 카드를 꺼내 읽고는 기쁜 숨을 내쉬었다. "할! 어거스트 레자 씨의 메시지야. 실버 스카우트에 초대받았어!"

chapter 03

레자의 최첨단 객차

캘리포니아 코밋이 역에서 빠져나오자 햇빛이 루멧을 가득 채웠다. 창문으로 시카고 고층 빌딩과 콘크리트 고속도로가 보였고, 이어서 주택가와 빛나는 금색과 퇴색하는 붉은색으로 물든 가을 나무가 나타났다.

"네이퍼빌에서 프린스턴까지는 1시간이 걸린단다." 넷 삼촌은 메모장과 펜을 재킷 주머니에 집어넣으며 기쁜 듯이 말했다. "철도 차량을 구경하고, 오늘 밤 기자 회견 전에 어거스트 씨에게 물어볼 시간이 충분하구나."

"지금 갈 수는 없어요?" 할은 실버 스카우트의 내부를 보고 싶기도 했지만 마리안느가 거기에 있을지 궁금해졌다.

"아쉽지만 연결되는 문이 없단다." 넷 삼촌은 고개를 저었다. "레자 씨의 객차는 슈퍼라이너(화물 기차에서 최고 속도 110km/h의 특급 컨테이너 기차. 역자 주)보다 훨씬 오래되었거든. 실버 스카우트는 역 승강장에서만 탈 수 있지. 그래서 기차가 멈출 때까지 기다려야 해."

"그럼 일단 네이퍼빌에서 탑승하면 프린스턴에 도착할 때까지 떠날 수 없단 말인가요?"

"맞아." 넷 삼촌은 선로를 따라 눈을 돌리며 창밖을 내다보았다. "오늘 밤 기자 회견 내용이 궁금한데, 그가 힌트라도 줄까?"

"어거스트 레자 아저씨는 무슨 일을 하나요?"

"그는 기술 기업가란다. 배터리 개발로 큰 재산을 모았지."

"배터리?" 할은 배터리처럼 평범한 것으로 돈을 벌 수 있다는 말을 듣고 놀랐다.

"슈퍼마켓에서 사는 그런 배터리가 아니야. 특수 배터리, 즉 인공위성이나 심해 시추 장비에 동력을 공급하는 종류야." 삼촌은 할을 바라보았다. "그는 전기 자동차, 로봇 공학, AI(인공 지능), 휴대폰 사업에 투자했어. 물론 이 모든 것은 그의 배터리로 작동하지. 생각해 보면 모든 전자기기는 배터리에 의존한다고 할 수 있어."

"기자 회견은 배터리에 관한 건가요?" 어른들의 지루한 얘기를 들으며 앉아 있어야 한다는 생각에 할이 얼굴을 찌푸리자 넷 삼촌이 웃었다.

"아무도 모른단다. 기자 회견 내용은 모두를 설레게 하는 비밀이지."

"아마도 기차에 관한 이야기일 것 같아요." 할이 말했다. "삼촌이 전문가이기 때문에 초대받은 거잖아요."

"아마도." 넷 삼촌은 어깨를 으쓱했다. "솔직히 잘은 모르겠다. 내가 이 기차의 유일한 기자는 아니라고 확신해. 할, 기차가 속도를 늦추고 있구나, 가자."

캘리포니아 코밋은 네이퍼빌역임을 알리는 파란색 표지판이 있는 붉은색 벽돌 건물 옆에 정차했다. 기차 문이 열리자 할과 넷 삼촌은 승강장으로 뛰쳐나와 실버 스카우트로 서둘러 갔다. 넷 삼촌이 문을 두드리자 마리안느의 경호원이 문을 열고 멍하니 그들을 내려다봤다.

"안녕, 우디 아저씨." 할이 유쾌하게 말했다. "제 삼촌 나타니엘 브레드쇼입니다. 레자 아저씨가 우리를 초대했어요."

넷 삼촌이 깜짝 놀라 할을 쳐다보자 할이 삼촌을 쿡쿡 찔렀다. "아…… 그래." 삼촌은 초대장을 들어 보였다. "우린 초대를 받았답니다."

초대장을 본 우디가 별 수 없다는 듯 툴툴거리며 그들에게 손짓했다.

"그를 어떻게 아니?" 넷 삼촌은 우디를 따라 조용한 흰색 폴리카보네이트 통로를 따라 내려가면서 속삭였다.

"헤헤…… 그건 나중에 얘기할게요." 할은 삼촌의 놀라움을 즐기며 대답했다.

그들은 알루미늄 손잡이가 있는 네 개의 흰색 문을 통과했다. 문 하나는 틈이 있었고 틈새로 마리안느가 보였다.

두 계단 아래로 내려가서 할은 기차의 전체 너비와 같은 크기의 최첨단으로 꾸민 방으로 들어갔는데 중앙에는 에보니 우드로 만든 타원형 테이블이 놓여 있었다. 그 너머 탄소 섬유 소파에는 빛나는 암갈색 피부를 가진 우아한 여성이 빨간색 바지에 얼룩말 무늬 하이힐을 신고 앉아 있었다. 그녀의 맞은편에는 짙은 터틀넥 스웨터에 투명 안경테를 쓴 대머리 남자가 서 있었다. 두 사람이 들어서자 그 여자는 입술을 살짝 벌리며 눈부신 미소를 지었다. "넷 브레드쇼, 오랜만이네." 그녀가 일어서며 말했다.

"오! 졸라." 넷 삼촌은 고개를 숙였다. "네가 여기 있으리라 생각했어야 했는데……."

"넷!" 졸라가 말했다. "어거스트 레자 씨를 소개할게요."

"만나서 반갑습니다." 넷 삼촌은 어거스트 레자와 악수를 했다.

"당신의 책을 두 권 넘게 읽었어요." 어거스트가 대답하면서 할에게 몸을 돌렸다. "그리고 너는 해리슨?"

할은 어거스트가 악수를 청하자 말문이 막혀서 겨우 고개를 끄덕였다.

"할, 이쪽은 내 동료란다." 삼촌이 졸라를 가리키며 말했다.

"경쟁자라 할 수도." 졸라가 말하며 할에게 윙크했다. "나도 네 삼촌과 같은 기자거든."

"자, 그럼 우리 같이 한잔할까요?" 어거스트가 말했다. "우디, 주스 좀 가져다줘."

"진저베리 스파클링 한 잔 부탁드릴까요?" 졸라가 상냥하게 말했다.

"당신의 초대를 받아서 기뻤어요." 넷 삼촌이 소년처럼 흥분한 얼굴로 말했다. "원조 전망 기차를 타고 여행하게 될 줄은 꿈에도 몰랐습니다."

"멋지지 않아요?" 어거스트가 실내를 둘러보며 말했다. "실내 장식은 내가 직접 디자인했어요. 보고 싶습니까?"

할과 넷 삼촌은 둘 다 열성적으로 고개를 끄덕였다. "네, 부탁드립니다."

"여기가 화장실, 우디와 요리사가 자는 직원 객실, 조리실 그리고 딸의 방입니다."

할이 문틈으로 마리안느를 엿봤다.

"여기가 회의실입니다. 오늘 저녁 여기서 후반기 기자 간담회를 할 겁니다."

"이 안에 어떻게 모두 함께 들어갈 수 있을까요?" 졸라가 주위를 둘러보며 물었다.

"탁자, 아래로." 레자의 목소리에 응답하기라도 하듯 은색 탁자 다리가 안테나처럼 안으로 쏙 들어갔다.

"와! 멋지다!" 할은 탁자가 바닥에 난 구멍으로 가라앉는 것을 보며 속삭였다.

"소파는……." 어거스트가 방의 맨 끝으로 걸어가며 말했다. "여기로 옮겨질 것입니다." 어거스트는 그들을 몇 걸음 더 이끌고 기차의 둥근 끝부분으로 안내했다. 그곳에는 탁 트인 창이 방을 둘러싸고 있었다. "여기가 제 관람 라운지입니다."

할은 끝없이 펼쳐지는 선로에 놀란 나머지 멍하니 있다가 어거스트 레자가 손가락으로 창을 두들기는 소리에 정신을 차렸다.

"물론 방탄입니다." 어거스트는 잠시 말을 멈추고 할과 삼촌이 내장된 칵테일 바와 전망을 감상하면서 놀라워하는 것을 즐기고 있었다. "위층으로 갈까요?"

"위층도 있어요?" 할이 물었다.

어거스트는 투명한 아크릴 계단의 바닥에 발을 딛고 미소를 지었다. "와서 보세요."

할은 전망 천장이 있는 방으로 열심히 올라갔다. 어거스트는 흰색 리넨을 얹은 검은 대나무로 된 낮은 일본식 더블 침대 발치에 서 있었다.

"여기가 내 침실입니다." 어거스트는 얇은 모니터 두 대와 키보드가 있는 흰색 책상 너머로 모퉁이를 가리켰다. "저 계단을 내려가면 또 다른 방이 있습니다."

"옆으로 조금만 갈래?" 넷 삼촌이 할 뒤에서 계단을 오르며 말했다.

할은 삼촌의 공간을 만들기 위해 책상 맞은편 작은 소파에 앉아서 돔형 지붕 사이로 흐린 하늘을 올려다보았다. "이 객차는 대단해요."

"정말 그렇지?" 넷 삼촌이 할 옆자리에 앉으며 말했다.

"아침 햇살이 거슬리지 않나요?" 졸라가 책상에 몸을 기대고 컴퓨터 마우스를 건드리자 화면이 밝아졌다. "앗!"

어거스트가 다가와서 컴퓨터를 종료했다.

"음성으로 작동되는 암막 블라인드가 있습니다." 어거스트가 대답하며 그녀를 날카롭게 바라보았다.

"그럼요." 졸라는 아래를 내려다보았다.

"할⋯⋯." 어거스트는 돌아서며 말했다. "네가 삼촌만큼 기차를 좋아한다면 꼭 봐야 할 것이 있단다." 어거스트는 그들에게 아래층으로 따라오라고 손짓했다.

"아이를 데리고 왔네." 졸라는 숨을 죽이고 넷 삼촌에게 말했다. "레자 씨가 아이들을 좋아한다는 것은 모두 알고 있지."

넷 삼촌은 대답하지 않았고, 할은 졸라의 말이 무엇을 의미하는지 궁금했다.

회의실에는 검은 타원형 테이블이 놓여 있었다.

"테이블, 열어!" 레자가 명령하자 표면이 둘로 나뉘었다.

할의 눈이 커졌다. 테이블 위가 아래로 접히면서 완벽한 크기의 모형 도시가 모습을 드러냈다. 미니어처 고층 빌딩과 잘

손질된 공원 사이에서 로켓 모양의 공기역학적 코를 가진 매끄러운 은색 기차가 고가 철도 선로 주위를 윙윙 소리 내며 달렸다. 기관차 옆면에는 마리(MARI)라는 글자와 함께 숫자 70707이 새겨져 있었다.

우디는 크랜베리와 검은 막대기가 꽂힌 분홍색 얼음 음료수와 녹즙을 담은 쟁반을 들고 왔다. 그가 쟁반에서 은색 권총을 집어 들자 끝에서 불꽃이 솟아올랐고 진저베리 스파클링에 불을 붙여 졸라에게 건넸다.

"장난감 기차라니…… 얼마나 사랑스러운지." 졸라가 지루한 듯 말했다. "넷, 이리 와서 나와 함께 경치를 볼까?" 삼촌이 녹즙을 집어 들자 졸라는 삼촌의 팔짱을 끼고 전망대로 올라가는 계단으로 이끌었다. 삼촌은 끌려가면서 어깨너머로 모형 철도에 아쉬워하는 눈길을 보냈다.

"굉장해!" 할은 몸을 굽혀 미니어처 도시의 모든 세부 사항을 자세히 보았다. "이거 정말 직접 만든 거예요?"

"그렇단다." 어거스트 레자가 몸을 굽혀 할의 옆에 얼굴을 댔다. "이것은 나의 미래 비전이란다. 모든 사람이 이용할 수 있는 깨끗하고 저렴한 운송 수단, 화석 연료가 사용되지 않아 탄소가 남아 있는 세상 말이다. 그 열쇠는 새로운 유형의 기차에 있다고 생각한단다. 새 기차는 탄소 배출을 줄이는 것은 물론, 저렴한 대중교통 수단으로 가장 좋은 방법이지."

"아빠, 계속 비전에 대해서만 이야기하시는 건 아니겠죠?" 마리안느가 문간에서 말했다.

"할, 내 딸 마리안느란다."

"이미 만났어요." 마리안느는 우디의 쟁반에서 녹즙을 한 컵 꺼내 알루미늄 빨대로 빨았다.

"마리, 이 모든 것이 너를 위한 거란다." 어거스트 레자는 딸 옆에 서서 머리를 쓰다듬었다. "우리 세대가 사라진 후 누가 이 행성을 물려받으리라 생각하니?"

"어머! 아빠, 너무 병적이에요!"

우디는 할에게도 음료수를 권했다.

"이게 뭐야?" 할은 하나를 집어 들고 코를 킁킁거렸다. "풀 냄새가 나는데?"

"녹즙." 마리안느가 말했다. "캘리포니아에서는 누구나 마시는 거야."

할은 한 모금 마시고는 즉시 유리잔에 다시 뱉었다. "으악, 퇴비 맛이구나!"

"익숙해지면 괜찮아." 마리안느가 킥킥거리며 빈잔을 다시 쟁반에 올려놓았다.

"마리, 할과 같이 노는 건 어떻겠니?" 어거스트가 딸을 보며 너그럽게 미소 지었다.

마리안느는 할을 바라보며 고개를 끄덕

였다.

"아빠는 내가 아직 여섯 살인 줄 아시나 봐." 마르안느는 복도에 들어서자 투덜거렸다.

"그래도 네 아빠는 좋은 분이신 거 같은데?" 할은 그녀를 따라 방으로 들어갔다.

"그래, 아빠가 비전 중 하나를 가지고 있지 않을 때는 그렇지." 그녀는 얼굴을 찡그렸다. "아빠는 내가 인생에서 가장 중요한 존재라고 말하지만, 나는 일 년의 대부분을 프랑스에 있는 기숙 학교에서 보낸단 말이야. 아빠에게 내가 그렇게 중요하다면 아빠와 딸이 할 만한 일을 하면서 방학을 보내겠지. 하지만 아빠는 자신의 비전만 연구하지. 내 말은 무시하고 나를 멍청한 기차에 태울 뿐이야."

"안됐다." 할은 무슨 말을 해야 할지 잘 몰랐다.

"그런 소리 하지 마." 마리안느는 객실 문을 슬쩍 닫았다. "엄마도 똑같이 나빠. 유엔(UN)에서 일하면서 항상 사람들을 도와주러 이리저리 날아다니거든. 나는 도와줄 필요가 없으니 거의 무시해." 그녀는 한숨을 쉬었다. "그나마 엄마 아빠가 결혼을 유지하고 있을 때는 다 함께 휴가나 나들이를 가기도 했지만, 헤어진 이후로는……." 마리안느는 침대에 무겁게 앉았다.

마리안느의 소지품이 없었다면 객실은 간소하게 보였을 것이다. 그녀의 이불은 분홍색이었고 춤추는 플라밍고가 군데군데 있었다. 그 위에 종이 파일이 정리된 나무 그림판이 있고, 그 옆으로 줄지어 늘어선 자와 가는 펜이 놓여 있었다. 선반에는 높이 순으로 정렬된 만화책이 있었다. 그 아래에 놓인 책상 위에는 펜과 연필 컬렉션이 색깔별로 깔끔하게 유리병 안에 나뉘어 있었다.

"모든 색의 펜 유리병이 있는 거니?"

"그럼." 마리안느가 그림판을 자신 쪽으로 끌어당기며 어깨를 으쓱했다. "이걸 보여 주고 싶었어."

그녀가 들고 있는 페이지는 패널로 나뉘어 있었다. 왼쪽 위 끝 패널에는 은색 기차 객차 앞에 무릎을 꿇고 그림을 그리는 소년의 윤곽이 있었다.

"나야?"

"나는 너만큼 그림을 잘 그리지 못해." 마리안느가 부끄러워하며 말했다. "하지만 나는 그림과 글로 이야기를 만들고 모험담을 쓰는 것을 좋아하거든."

"내가 너의 모험 이야기에 포함되는 거야?"

"맞아." 마리안느가 미소를 지었다. "사탕 먹을래?" 마리안느는 주머니에서 보라색 포일에 싸인 사탕 두 개를 꺼내 하나를 까서 입에 넣었다.

"음…… 블랙커런트 감초. 내가 가장 좋아하는 맛이야."

할은 감초를 싫어했다. 포장지에 작은 검은 소용돌이 글자로 블랙커런트 감초라고 적혀 있었다. "나중에 먹을게." 할은 마리안느가 준 사탕을 주머니에 넣고 스케치북을 꺼냈다. "나는 그림을 그릴 때 순간을 포착하려고 해." 할은 유니언역 그림을 펼치며 가리켰다.

마리안느가 눈살을 찌푸렸다. "나야?"

할이 고개를 끄덕였다. "루멧으로 돌아가면 실버 스카우트의 내부를 그려 볼 거야."

"그거라면 지금 할 수도 있어." 마리안느는 그에게 침대 끝에 앉으라고 허락했다.

할은 이층 침대에 다리를 꼬고 앉아 스케치북을 무릎에 올리고 연필을 꺼내 숨겨진 모형 철도가 있는 회의실을 그리기 시작했다. 펜이 들어 있는 유리병을 바라보던 할은 은색 펜을 발견하고 그것을 잡으려고 손을 내밀었다. 그러다 기차가 흔들리는 바람에 손이 미끄러지고 말았다. 할의 손에 부딪힌 유리병이 쏟아져 여러 가지 색깔 펜이 바닥에 굴러떨어졌다.

"안 돼!" 마리안느가 비명을 지르며 벌떡 일어났다. "바보같이!"

"미안해." 할은 급히 내려와서 펜을 들었다. "사고였어."

순간, 마리안느가 할의 머리카락을 잡아당겼다. "만지지 마!" 그녀가 소리쳤다. "네가 잘못한 거야."

"마리안느, 넌 날 아프게 하고 있어." 할이 그녀의 손을 잡자 쥐고 있던 머리카락을 풀어 주었다. 할은 마리안느의 갑작스러운 돌발 행동에 충격을 받고 빤히 쳐다보면서 뒤로 물러섰다.

그때 문을 두드리는 소리가 났다.

"우리는 프린스턴에 가까이 가고 있단다." 삼촌이 소리치는 게 들렸다.

"갈게요!" 할은 모은 펜을 바닥으로 밀어 냈다. 마리안느는 그것들을 가져다가 등을 돌린 채 침대 위에 놓고 종류별로 분류하기 시작했다.

냇 삼촌과 졸라는 기차 문 옆에 있었다. 할은 기차가 멈췄을 때 그들과 함께했지만, 여전히 마리안느의 돌발 행동이 신경 쓰였다. 세 사람은 잔디가 깔린 길가 가장자리로 내려갔다. 냇 삼촌은 승강장으로 가는 짧은 길에 하이힐을 신은 졸라를 위해 팔을 빌려주었다.

"내 인생에서 본 가장 인상적인 객차야." 냇 삼촌이 말했다.

"하일랜드 팰컨보다 낫죠?" 할이 아픈 머리를 문지르며 물었다.

"풀먼(기차에서 대단히 안락한 설비가 갖춰진 특별 객차. 역자 주)도 훌륭하지만, 실버 스카우트는 이 세상 물건이 아니야."

"어거스트 씨의 딸이 너에게 무슨 이야기를 했지?" 졸라가 의미심장한 눈빛을 하고 할에게 물었다.

"우리는 그림에 관해 이야기했어요." 할은 마리안느가 그녀의 아버지에 대해 한 말을 생각하며 인상을 찌푸렸다.

"마리안느가 오늘 저녁 기자 회견에서 발표될 어거스트 씨의 계획에 대해 말했지?"

"아니요." 할은 자신을 노려보는 마리안느의 이미지를 떨쳐 낼 수 없었다. "하지만 둘이 전망대에 있을 때 아저씨가 새 기차에 대해 말했어요. 미래의 기차."

졸라와 넷 삼촌은 걸음을 멈추고 할을 쳐다보았다.

"그거 흥미로운데." 졸라는 넷 삼촌의 팔을 놓고 할의 옆으로 다가갔다. "다음이 내 객차인데, 기자 간담회 전에 같이 식사하면 좋겠는데?" 졸라는 삼촌을 향해 미소를 지었다.

"우리 셋이?" 넷 삼촌이 즐거운 듯 물었다.

"아, 물론." 졸라는 미소를 지었다. "우리 셋이 함께."

chapter 04

비밀 메시지

"**저**는 혼란스러워요. 졸라 누나가 삼촌의 친구예요?"

할은 다리를 꼬고 앉은 채 루멧에 있는 자기 자리로 올라갔다. 넷 삼촌에게 마리안느의 분노에 관해 이야기해야 할지 망설였지만 졸라에 대해서도 궁금했다.

"졸라와 나는 기자야." 삼촌이 대답했다. "우리는 오랫동안 서로를 알고 있었고 몇 년 동안 같은 이야기를 다루었지. 그녀는 일을 잘해. 취재원을 확실히 보호하고 항상 누구보다도 한발 앞서가거든. 그런데 마지막으로 봤을 때 그녀는 나에게 화를 냈지. 철도 업계의 한 사업가와 단독 인터뷰를 하다가 우연히 그녀가 기업 인수에 대해 작업하고 있던 이야기를 터트렸거든." 넷 삼촌의 코가 움찔하고 눈에 미소가 떠올랐다. "나는 그녀가 나를 용서했다고 생각하진 않는단다." 삼촌은 말을 멈췄다. "저녁 식사가 흥미로워지겠다. 하지만 너무 많은 말을 하지 않도록 하렴."

"무엇에 대해서요?"

"그녀가 알고 싶은 것이라면 뭐든지." 넷 삼촌이 대답했다.

할은 고개를 끄덕이며 창 너머로 펼쳐지는 농지를 바라보았다. 할은 졸라가 '넷 삼촌이 할을 코밋으로 데려가 어거스트 레자에게 가까이 가도록 했다.'라고 말한 것을 기억했다. 그것이 사실인지도 궁금했다. 아니, 할은 다시 생각했다. 할과 넷 삼촌은 친구이고 기차에 대한 열정을 함께 나눴다. 다른 어떤 성인도 할의 삼촌처럼 할을 대하지 않았다. 심지어 할의 부모도 마찬가지였다. 할은 가족을 떠올리자 갑자기 그들이 얼마나 멀리 떨어져 있는지 깨달았다. 엄마와 아빠, 엘리와 베일리 모두 지구 반대편에 있다고 생각하니 속이 불편해졌다. '나는 그들이 그리워…… 집이 그리워.'

이런 생각을 하며 할이 집을 그리워하고 있던 그때, 프랜신의 다정한 노래를 부르는 듯한 목소리가 복도에 있는 스피커로 들려왔다. 프랜신은 식당차가 문을 열었다고 알렸다.

"배고프니?" 넷 삼촌이 물었다.

"모르겠어요." 할이 대답했다. "조금 그런 것 같기도 해요."

"음식은 네가 어떤 사람인지 알아내는 데 필요한 것일 수도 있단다. 메뉴가 뭔지 어서 가 보자꾸나."

식당차는 기차 한가운데에 있었다. 위층의 객차 사이로 구불구불한 통로를 이용하여 두 대의 침대차를 지나 사람들이 점심을 먹기 위해 늘어선 줄 끝에 다다랐다. 할은 북적이는 식당 안을 들여다보았다. 그것은 영화에서 보았던 미국 식당과 같았다. 파란색 비닐 부스에는 각각 은색 테두리가 있는 포마이카 테이블(나무 등의 표면에 멜라민 수지를 덧입혀 만든 테이블. 역자 주)이 있었다.

남색 앞치마와 파란색 넥타이를 두른 웨이터가 말했다. "우리는 뜨거운 음식과 음료를 나르고 있는데, 그 음식이 여러분에게 엎질러지는 것을 원하지 않는답니다." 그는 대머리에 주름이 생길 정도로 해맑게 웃으며 말했다. "제 이름은 얼입니다. 네 명씩 테이블에 안내해 드릴 텐데, 세 명 이하로 식사하러 오시면 새로운 친구와 함께 앉게 된답니다. 이 기회를 이용하여 기차 안에서 새로운 누군가를 알아가는 것이 어떻겠습니까?"

얼의 이야기를 들으며 할은 그들의 음산한 루멧 이웃인 바네사 로드리게스가 줄 맨 앞에 서 있는 것을 보았다.

"혼자세요? 아가씨?" 얼이 물었다. 바네사는 고개를 끄덕이는가 싶더니 손으로 벽을 내리쳤다.

얼은 깜짝 놀랐고, 줄 서 있던 모든 사람은 잔뜩 긴장하고 말았다.

바네사는 코를 킁킁거리며 바닥을 내려다보다가 얼을 따라 테이블로 갔다.

넷 삼촌은 숨을 고르며 말했다. "음, 저 여자가 다른 누군가를 알고 싶어 하는지는 잘 모르겠는걸."

"두 분이세요?"

얼이 할과 넷 삼촌 앞에 줄 서 있던 남자와 소년에게 물었다. 그들은 고개를 끄덕였다.

"두 분이시죠?" 넷 삼촌도 고개를 끄덕였다. "저를 따라오십시오."

할은 바네사가 서 있던 곳을 지나가면서 바닥에 누워 있는 죽은 파리를 보고 그녀가 그 파리를 쳤다는 것을 깨달았다.

식당차는 음식이 나오는 창구와 서랍이 있는 작업대로 나뉘어 있었다. 얼은 창구에서 김이 나는 접시 세 개를 꺼내 테이블로 배달했다. 아래층에서 냄비가 부딪치는 소리와 지글지글 고기가 익는 소리가 들렸다.

점심을 먹고 있는 사람들을 바라보던 할은 유니언역에서 스케치한 치과용 안면 보호대를 착용한 소년이 맞은편에 앉아 있는 것을 보았다. 쳐다보지 않으려고 노력했지만, 소년의 이마를 덮고 턱을 감싸고 있는 파란색 띠가 불편해 보였다. 플라스틱 양쪽에 부착된 금속 막대는 소년의 뺨을 단단히 지탱하고 있었다. 작은 나사가 얼굴을 윗니와 아랫니의 교정기에 부착했고 넓은 검은색 고무줄이 소년의 자른 머리를 가로질러 장치를 제자리에 고정시켜 놓았다. 양쪽 귀 사이에는 크고 붉은색의 두꺼운 렌즈 안경이 놓여 있었다.

"안녕." 할이 환하게 웃었다. "내 이름은 해리슨이야."

"해로 해리론." 소년은 탁자를 내려다보며 조용히 대답했다. "내 이름은 라이론."

"라이론?" 미국인들은 특이한 이름을 가지고 있구나 생각하면서, 할은 몸을 앞으로 기울이며 소년의 말을 제대로 들었는지 확인하기 위해 눈을 맞추려고 애썼다.

그러자 소년 옆에 앉은 어울리지 않는 운동복을 입은 운동선수가 큰소리로 웃었다. 심지어 불행한 소년의 등을 거대한 손으로 두드리는 바람에 소년의 안경이 떨어질 뻔했다. "내 아들의 이름은 라이언이란다. 이빨에 묶인 금속 때문에 말을 제대로 할 수 없단다." 그 남자는 넷 삼촌과 악수하기 위해 테이블 위로 손을 뻗었다. "나는 진 잭슨이라고 합니다. 체육관을 운영하고 있지요. 제 전공은 레슬링인데, 혹시 스포츠를 좋아하십니까?"

"물론입니다." 진이 악수한 손을 꽉 쥐자 삼촌은 움찔하며 대답했다. "나타니엘 브레드쇼입니다. 조카 할과 어제 아침 미국에 도착해 어젯밤 시카고의 유나이트 센터에서 열린 불스 대 피스톤스의 농구 경기를 봤어요."

"농구? 어땠어?" 진 잭슨이 할을 보며 웃었다. "재밌었니?"

할은 고개를 끄덕였다. "빠르고 볼 수 있었어요, 규칙을 완전히 이해하지는 못했지만요."

"영국인이라면 크리켓(영국과 영연방 국가들에서 주로 하며, 열한 명으로 이뤄진 두 팀이 벌이는 야구 비슷한 경기. 역자 주)과 찻주전자를 좋아하리라 생각했어요." 진은 턱을 쓰다듬으며 넷 삼촌을 바라보았다. "당신이 좋아하는 팀은 어딘가요?"

"사실 좋아하는 팀은 없어요. 나는 스포츠가 그 장소를 이해하고 사람들이 어떻게……."

진은 삼촌의 말이 채 끝나기도 전에 끼어들며 말했다. "나는 LA 레이커스가 최고라고 생각합니다. 나는 승자를 좋아하거든요."

할은 진의 목에 두른 노란색 리본에 은색 스포츠 호각이 걸려 있는 것을 보았다. 할의 손은 본능적으로 그의 점퍼 밑에 숨겨진 소중한 호각으로 향했다. 호각에는 하일랜드 팰컨의 이름이 새겨져 있었다. 가장 친한 친구인 레니가 캘리포니아 코밋을 타고 미국을 여행하는 할을 위해 보내 주었다. 할과 레니는 호각을 공유하기로 했었고 이번에 레니가 가질 차례였지만, 할이 여행 갈 때 필요할 거라며 보내 준 것이다.

"실례하겠습니다." 얼은 그들에게 메뉴판을 건넸다. "마실 것 좀 드릴까요?"

"저는 닥터페퍼를 주세요." 진이 대답했다. "닥터페퍼를 원하니, 라이언?" 라이언은 고개를 끄덕였다. "그래, 닥터페퍼 두 개 주세요."

"저는 탄산이 없는 물을 주세요." 넷 삼촌이 말했다.

"저도요." 할은 메뉴를 바라보며 수프, 샐러드, 파스타를 훑어보고 햄버거 목록에서 머뭇거렸다. 그제야 할은 자신이 배고픈 것을 깨달았다. 그리고 문득 메이슨과 하들리가 점심을 먹으러 식당에 올 건지도 궁금했다. 할은 메이슨의 성대모사 모델이 되는 것은 원치 않았지만, 적어도 메이슨은 마리안느처럼 머리카락을 잡아당기지는 않을 것이다.

얼은 사라졌다가 잠시 후 돌아왔다. "주문하신 음료 나왔습니다." 얼은 테이블 위에 음료수를 놓았다. "주문할 준비되셨나요?"

"할?" 넷 삼촌이 물었다.

"앵거스 버거와 감자튀김이 맛있어 보이네요."

"라이언도 같은 걸로 주세요." 진이 말했다.

"전 홍합찜과 가든 샐러드로 하겠습니다." 삼촌이 말했다.

"라이언이 먹는 동안 뒤로 물러나 앉는 게 좋을 것 같아." 진이 말했다. "무슨 말인지 곧 알게 될 거야. 지저분해질 수 있거든." 진이 크게 웃자 라이언의 목이 분홍빛으로 물들었다.

할은 라이언에게 연민의 정을 느꼈다. 마리안느는 일에 집착하는 아버지에게 화를 냈을지 모르지만, 적어도 어거스트 레자는 친절했다.

"샌프란시스코로 여행을 가시나요?" 넷 삼촌이 진에게 물었다.

"네, 아들을 레슬링 토너먼트에 데려갈 겁니다." 진은 왁스 칠한 머리카락을 손가락으로 쓸어 넘기며 말했다. "챔피언들이 어떻게 경기하는지 보여 줄 거랍니다."

라이언은 우울해 보였다. 할은 그의 시선을 사로잡으려 애썼지만 실패했다. 넷 삼촌과 진이 레슬링 규칙에 관한 대화에 빠져 있을 때 스케치북을 꺼내 깨끗한 페이지를 펼쳤다. "나는 그림 그리는 것을 좋아해." 조용히 라이언에게 말했다. "그림 그리는 걸 좋아하니?"

라이언은 고개를 저었다.

할은 연필을 꺼내 급하게 식당차에서 보이는 모습을 그렸다. 그동안 꾸준히 연습해 온 덕분에 그림을 그리는 할의 손놀림은 자신감 있고 빨랐다.

"음, 당신들은 여행 중인가요?" 진이 물었다.

"여행을 하는 건 맞지만, 여기에 있는 동안 약간의 일도 하고 있습니다."

"무슨 일인데요?"

"나는 기자랍니다. 오마하에서 열리는 기자 회견에 참석할 거고요."

"어거스트 레자 씨를 아십니까?"

할은 인상을 찌푸리며 어거스트 레자가 매우 유명하다고 생각했다. 진 잭슨 같은 사람이 기자 회견에 대해 들었을 정도니 말이다.

"음, 특별히 그렇지는 않습니다." 넷 삼촌이 대답했다. "오늘 아침에 처음 만났거든요."

"우린 오늘 아침에 레자 아저씨의 전용 객차에 갔었어." 할이 라이언에게 말했다. "정말 멋지더라. 외부는 낡았지만 내부는 우주선처럼 초현대적이더라고."

라이언은 몸을 앞으로 기울이고 할이 반대편 테이블에 있는 남자를 스케치하는 것을 지켜보았다. 셔츠 칼라에 냅킨을 말아 넣은 그 남자의 의자 옆에는 서류

가방이 놓여 있었다.

라이언은 할에게 소심한 미소를 지으며 연필을 잡기 위해 손을 내밀었다.

"해 볼래?" 할은 스케치북의 빈 페이지를 넘겨 연필과 함께 라이언 쪽으로 밀었다.

그러나 라이언은 할이 그린 그림을 다시 펼쳤다. 그러고는 할이 그은 선의 일부를 덧칠했다. 연필심을 너무 세게 눌러 종이가 거의 찢어질 뻔했다.

할은 라이언의 손에서 연필을 뺏지 않으려고 자제력을 발휘해야 했다. 라이언은 스케치북을 덮고 연필을 다시 할에게 건넸다. 할이 뭐하냐고 물으려고 입을 열었지만, 라이언은 손가락을 들어 쉿! 하고 말했다. 라이언의 눈이 아버지를 보며 깜박거렸다. 진은 LA 레이커스의 코치를 큰소리로 욕하는 중이었다. 할은 라이언을 향해 살짝 고개를 끄덕이고는 스케치북을 주머니에 넣었다.

라이언은 마치 텔레파시로 의사소통을 하려는 듯 빨간 안경 너머로 할을 뚫어지게 쳐다보고 있었다. 라이언은 오른손 집게손가락을 들어 왼손의 약지를 가리키며, 할이 자신을 보고 있는지 확인하듯이 할을 쳐다보았다. 그러고는 집게손가락을 교차시켜 더하기 기호를 만들고 다시 할을 쳐다보고는 아버지를 힐끗 쳐다본 다음 다시 할을 보며 손가락을 들어 목에 걸쳤다.

할은 라이언의 행동에 당황해 인상을 찌푸렸다.

그 순간 얼이 차 쟁반 크기의 접시를 들고 테이블에 다가왔고, 넷 삼촌은 진의 말을 끊으며 말했다. "아, 음식이 왔구나."

미국식 소고기 버거는 너무 커서 영국의 버거를 주니어용으로 보이게 만들었다. 할은 버거를 들어 올리기 위해 두 손을 써야 했지만, 결국 롤빵의 양쪽 절반이 들어갈 만큼 입을 크게 벌리지는 못했다. 그래도 맛있었다. 할은 음식을 먹으려고 고군분투하는 라이언을 약간의 죄책감을 가지고 바라봤다. 그러다 문득 이 이상한 소년이 무엇을 말하려고 했는지 궁금했다.

약지, 손가락이 교차되고, 목이 잘린다.

도대체 무엇을 의미하는 걸까?

chapter 05

와일드카드

진은 점심을 빨리 먹어 치우고 냅킨을 던졌다. 그러고는 라이언이 햄버거를 반쯤 먹기도 전에 끌고 가 버렸다.

"휴, 우리가 여기에서 새로운 친구를 사귈 수 있을지 확신이 서지 않는구나." 진이 눈에 띄게 불행한 아들을 데리고 식당에서 나가자 넷 삼촌이 작은 목소리로 할에게 말했다.

"점심 식사를 마친 후 기차를 둘러봐도 될까요?" 할이 짭짤한 감자튀김을 입에 넣으며 물었다. 삼촌에게 라이언의 이상한 메시지를 알려야 할지 고민했다.

"단독 임무를 시작해 보는 건 어때? 기자 간담회 전에 일 좀 해야 해서 말이다."

"그래요?"

"우리가 어거스트의 침실에 있었을 때 졸라가 실수로 그의 마우스를 움직였거든. 그때 컴퓨터 화면에서 무언가를 보았단다. 물론 졸라도 그것을 보았지. 그게 뭔지 아니? 바로 로켓에 관한 것이란다."

넷 삼촌의 은밀한 이야기에 할은 인상을 찌푸렸다. "우주 로켓이라고요?"

"아직은 뭐가 뭔지 잘 모르겠지만 레자 씨의 관심사에 대한 메모를 다시 살펴보고 오늘 밤 뉴스를 준비해야겠어. 뭔가 큰 게 나올 것 같거든. 느낌이 와. 혼자 있을 수 있겠니?"

"그럼요." 할은 물 한 잔을 다 마시고 실망감을 감추며 일어섰다.

"메이슨과 하들리를 찾으러 갈 거예요. 삼촌이 일할 시간을 드릴게요."

삼촌과 헤어진 할은 '관광객 라운지'라는 표지판을 따라 식당의 맨 끝으로 향했다. 라이언의 그림을 볼 수 있는 조용한 장소를 찾기 위해서였다. 아무리 생각해도 이상했다. 라이언은 무엇을 말하려고 했던 걸까? 연결 문이 쉿 소리를 내며 열리자 눈부시게 밝은 객실이 눈에 들어왔다. 내부의 창문은 아치형으로 지붕을 향했고 파란색 의자는 바깥쪽으로 기울어져 웅장한 전망을 볼 수 있게 되어 있었다.

기차는 작은 마을을 질주하고 있었다. 할은 창밖으로 그네와 정원용 가구가 있는 뒷마당을 흘깃 보았다. 기차가 그 유명한 다섯 번의 경적을 울리며 도로를 지날 때 건널목의 종소리가 들렸다. 길가에 서 있는 빨간색과 흰색의 픽업트럭 뒷좌석에서 손을 흔드는 아이가 있었다. 할도 답례로 손을 흔들었다.

그때 누군가 할을 밀었다.

"죄송합니다." 할이 서둘러서 가고 있는 키 작은 승객에게 말했다. 그는 긴 회색 코트에 야구 모자와 선글라스 그리고 목에 두툼한 스카프를 두르고 있었다.

"헤이, 할!" 메이슨이 하들리와 함께 기차 중앙의 부스에 앉아 있었다. 할은 긴 코트를 입은 무례한 승객을 힐끗 쳐다보며 연결된 문을 통해 관광객 라운지를 빠져나갔다.

"뭘 보고 있는 거야?" 메이슨이 목을 긁적이며 물었다.

"아무것도 아니야." 할이 대답했다. "그냥…… 이상한 사람을 봤어."

"이상해?" 하들리가 물었다. "어떻게?"

"실례라고 말하지도 않고 나를 밀쳐 냈어. 또 내가 옆으로 비켜 줘도 고맙다는 인사도 하지 않았어."

"하하, 사람들이 예의 없는 게 이상한 일은 아니야." 하들리가 웃었다. "너는 카지노에 가 본 적이 없구나."

"그래, 안 가 봤어. 하지만 그 사람은 실내에서 모자, 코트, 스카프를 착용하고 있었다고." 할은 인상을 찌푸렸다. "여긴 따뜻한데 말이야."

"너는 캘리포니아 코밋에서 온갖 종류의 이상하고 멋진 사람들을 만날 거라고." 메이슨은 얼굴을 찡그렸다. "우리도 만났잖아, 그렇지?"

"하하, 정말 재미있네." 할이 씩 웃었다.

"저번에 암트랙 일반 객차를 탔을 때는 핫도그 먹기 세계 챔피언이 우리 옆에 앉았다니까." 하들리는 할이 옆에 앉을 수 있도록 몸을 움직이며 코를 찡그렸다. "으, 그때 정말 지독한 냄새가 났어."

"일반 객차가 뭐야?" 할이 물었다.

"싼 좌석." 메이슨이 대답했다. "다음 칸이 일반 객차야. 거기서 넌 비행기에서처럼 앉아서 자야 해."

"이번에도 일반 객차야?"

"아니." 하들리는 어깨춤을 추었다. "이번에는 가족 침실이 있습니다."

"리노(미국 네바다주의 도시. 역자 주)에서는 돈을 잘 벌었거든." 메이슨이 두 손을 비비며 말했다.

할은 탁자 위에 펼쳐져 있는 카드를 내려다보았다. "뭐 하면서 놀고 있는 거야? 게임하는 거야?"

"이건 게임이 아니야." 하들리가 카드 덱을 쓸어 내며 말했다. "마술이지."

하들리는 할을 강렬하게 응시했다. "미국에서 가장 위대한 여성 마술사를 눈앞에 두고 있다니 운이 좋은 거야." 하들리는 한숨을 쉬었다. "아니면 적어도 언젠가는 그렇게 되겠지."

""맞아! 하들리, 넌 그렇게 될 거야."

"자, 그럼 카드 하나 골라 봐."

"에르…… 클로버의 왕."

하들리는 카드 덱을 뒤섞어서 카드를 뒤집어 놓고 테이블을 가로질러 부채처럼 펼쳐 놓았다. 그러고는 잠시 멈추더니 눈을 감고 그중 하나를 위로

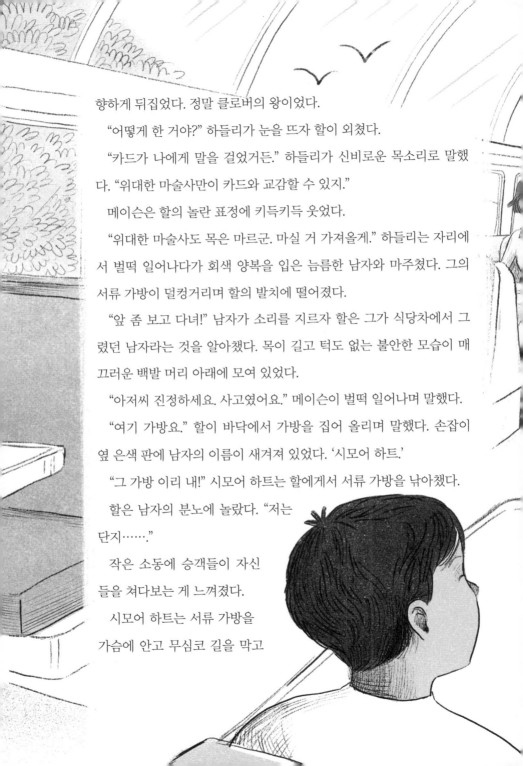

향하게 뒤집었다. 정말 클로버의 왕이었다.

"어떻게 한 거야?" 하들리가 눈을 뜨자 할이 외쳤다.

"카드가 나에게 말을 걸었거든." 하들리가 신비로운 목소리로 말했다. "위대한 마술사만이 카드와 교감할 수 있지."

메이슨은 할의 놀란 표정에 키득키득 웃었다.

"위대한 마술사도 목은 마르군. 마실 거 가져올게." 하들리는 자리에서 벌떡 일어나다가 회색 양복을 입은 늠름한 남자와 마주쳤다. 그의 서류 가방이 덜컹거리며 할의 발치에 떨어졌다.

"앞 좀 보고 다녀!" 남자가 소리를 지르자 할은 그가 식당차에서 그렸던 남자라는 것을 알아챘다. 목이 길고 턱도 없는 불안한 모습이 매끄러운 백발 머리 아래에 모여 있었다.

"아저씨 진정하세요. 사고였어요." 메이슨이 벌떡 일어나며 말했다.

"여기 가방요." 할이 바닥에서 가방을 집어 올리며 말했다. 손잡이 옆 은색 판에 남자의 이름이 새겨져 있었다. '시모어 하트.'

"그 가방 이리 내!" 시모어 하트는 할에게서 서류 가방을 낚아챘다.

할은 남자의 분노에 놀랐다. "저는 단지……."

작은 소동에 승객들이 자신들을 쳐다보는 게 느껴졌다.

시모어 하트는 서류 가방을 가슴에 안고 무심코 길을 막고

있는 하들리를 노려보았다. 하들리가 옆으로 물러나자 그는 서둘러 복도로 달려가 일반 객차가 있는 문 옆에 있는 가장 먼 자리를 골라 창가 쪽 안락의자에 앉았다.

"볼티모어 출신이네." 메이슨이 말했다.

"어떻게 아니?" 할이 물었다.

"억양으로 알 수 있어."

"흥! 이상한 사람이야." 하들리가 양 볼을 빨아들이며 말했다. 할은 하들리가 분노에 몸을 살짝 떠는 것을 볼 수 있었다. "카페로 내려갈 건데, 음료수 원하는 사람?"

"콜라 한 잔." 메이슨이 말했다.

하들리가 중앙에 있는 계단 아래로 내려가 이내 사라졌다. "음…… 시차 때문인지 미국이라서인지, 아니면 나 때문인지 알 수 없지만 뭔가 이상해. 이 기차에서 뭔가 이상한 일이 벌어지고 있는 것 같아." 자리로 돌아오면서 할이 말했다.

"진정해, 그냥 서류 가방을 든 초조한 아저씨일 뿐이야." 메이슨이 말했다.

"아니, 그 사람만 그런 게 아니야. 내 주변에서 뭔가가 벌어지고 있어…… 설명할 수는 없지만 말이야." 할은 한숨을 쉬었다. "뭔가를 볼 수 있어야 할 것 같은데 내가 뭘 찾고 있는지 모르겠어. 가려운 느낌이 내 머릿속에서 일어나고 있는 것 같아. 그런 기분 느껴 본 적 있어?"

"머릿니 때문에 딱 한 번 그런 적이 있었어." 메이슨이 대답했다.

할은 웃었다. "그런 가려움은 아니고."

"전에도 이런 적 있어?"

"한 번뿐인데 그때는 그게 뭔지 몰랐어."

"뭔가 이상한 일이 일어났고?"

"응, 보석 도둑이 승객의 보석을 훔치는 일이 있었지."

"와우!" 메이슨의 눈이 커졌다. "그래서 어떻게 됐어?"

"내가 사건을 해결하고 도둑을 잡았지."

메이슨은 테이블에서 뒤로 물러나서 할을 바라보았다. "할, 너 혹시 탐정이니?"

할은 얼굴이 붉어지는 것을 느꼈다. "내가 사건의 한가운데에 있을 때 이상한 일, 보이지 않는 일들이 내 주변에서 일어나고 있다는 것을 느꼈거든."

"그런데 지금도 그렇게 느낀다는 말이지?" 메이슨은 관광객 라운지를 위아래로 슬쩍 훑어보았다.

할은 고개를 끄덕였다. "하지만 왜 그런지는 모르겠어." 그가 앞으로 몸을 기울였다. "점심시간에 한 아이의 맞은편에 앉았는데, 그 아이가 나에게 무언가를 말하려고 했어. 그는 아버지가 알기를 원하지 않아 보였는데, 아마도 곤경에 처했을지도 몰라."

"그래? 도대체 무슨 문제일까?" 메이슨이 인상을 찌푸리자 짙은 눈썹이 일그러졌다. "뭘 말하려고 했을까?"

"사실 아무 말도 하지 않았어. 얼굴을 감싸고 치아에 고정하는 안면 보호대를 하고 있어서 제대로 말을 하지 못했거든."

"안됐다. 나도 교정기를 했었는데, 생각만 해도 싫어."

"그 애는 말하고 싶어 하지 않았어. 그런데 내가 식당차를 그리기 시작하자 내가 그린 선 위에 덧대어 그리더라고. 그리고 나서는 무슨 메시지를 보내는 것처럼 몇 가지 행동을 했단 말야. 그런데 나는 아직 그것이 무엇을 의미하는지 모르겠어."

하들리가 탄산음료 두 캔을 들고 와서 테이블을 가로질러 메이슨에게 하나를 밀었다.

"놀라운 사실이 있어. 할은 탐정이래. 그런데 큰 교정기를 한 어떤 아이가 점심때 할에게 비밀 메시지를 보냈대." 메이슨이 콜라 캔을 따자 칙 소리가 났다.

"비밀 메시지?" 하들리는 콜라를 후루룩 소리를 내며 마시면서 자리에 앉았다. "보여 줘. 보고 싶어."

"그 애가 이렇게 하더니…… 또 이렇게 했어." 할이 라이언의 행동 - 약지, 손가락이 교차되고, 목이 잘린다 - 을 되풀이했다. "그 아이는 아버지가 보고 있는지 확인하기 위해 계속 긴장한 표정으로 아버지를 바라보았어."

"어떤 손가락으로 그런 거야?" 하들리가 물었다.

"네 번째. 나는 그것이 숫자 4 또는 약지를 의미한다고 생각했어."

"그래서?" 하들리는 눈썹을 치켜뜨며 물었다.

"누군가에게 전화를 걸고 싶었던 건 아닐까?"

"누군가에게 고리를 그린다고?"('링'에 대해 할과 메이슨이 다르게 해석하고 있다. 역자 주) 메이슨은 혼란스러워 보였다.

"아니. 알다시피, 누군가에게 전화를 건다고."

할이 설명했다.

"아, '전화를 건다'고 할 때 우리는 '링'이라고 하지 않고 '콜'이라고 해."

하들리가 말했다. 할은 자신이 영국인이기 때문에 라이언이 준 신호를 이해하지 못했을 수도 있음을 깨닫고 낙심했다.

"음, 그 신호는 숫자 4가 틀림없어." 메이슨이 할이 올려다보며 말했다. "그 아이가 다음에 더하기 기호를 했기 때문이야. 그렇다면 그 아이가 말하려는 건 숫자의 합일 수 있어. 수학 문제일지도 모른다는 거지."

그 순간 할은 얼어붙었다. 진과 라이언이 통로를 따라 그들을 향해 걸어오고 있었기 때문이다. 진은 아들의 어깨에 손을 얹고 앞으로 나아갔다. "쉿!" 할이 쉿 소리를 내며 하들리의 카드 한 벌을 잡고 앞으로 몸을 굽히자 하들리와 메이슨이 끼어들었다.

"우리 뭐 하는 거야?" 할이 카드를 만지자 메이슨이 속삭였다.

"우리 진 러미(카드 게임의 일종. 역자 주) 하자." 할이 큰소리로 말했다.

메이슨은 안면 보호대를 착용한 라이언이 다가오는 것을 보기 전까지 혼란스러워 보였다. 하들리는 뒤로 앉아 잭슨의 옆모습을 훔쳐보려고 애썼다.

라이언은 그의 아버지가 자신을 테이블 너머로 밀치자 애원하는 눈으로 할을 쳐다보았다.

"그들은 일반 객차로 들어가고 있어." 메이슨이 숨을 죽이며 말했다. "나는 네가 치아에 대해 무엇을 말하는지 알겠어."

할은 라이언의 눈을 보고 뭔가 잘못되었다는 것을 알았다. "내가 못 보고 있는 게 뭐지?"

"아마도 그는 널 위협하고 있는지도 몰라." 하들리가 말했다. "마치 너는……." 하들리는 약지를 가리킨 다음 손가락으로 목구멍을 가로지르며 '목이 잘릴 거야.'라고 말했다.

"하지만 그건 더하기 기호는 빠진 거잖아." 할은 고개를 저었다.

"그가 너의 스케치북에 무언가를 그렸다고 했지? 우리가 볼 수 있어?"

할은 스케치북을 꺼내 식당차의 그림을 휙휙 넘겼다.

"여기."

할은 펼친 스케치북을 식탁 중앙으로 밀었다. "굵은 선이 보여? 라이언이 그은 선이야. 그 아이는 내가 이미 그린 테이블과 벽의 가장자리를 덧대어 그렸어. 그것도 이상하게 말이야."

"아마도 네가 그림에서 무엇을 보기를 원했을 수도 있어." 하들리가 스케치북을 더 가까이 끌어당기며 말했다.

"그게 뭐지?" 할이 화난 숨을 내쉬었다.

"여기 그림 좀 봐. 그 서류 가방 멍청이야." 메이슨이 그림을 가리키며 말했다. "봐, 탁자 밑에 그의 가방이 있어. 그가 이 가방에 무슨 소중한 것을 보관하고 있는 거 아닐까? 다이아몬드? 위조지폐?"

"음, 라이언이 그 남자가 앉은 테이블 일부를 덧그렸다는 말이지……." 할이 생각하며 큰소리로 말했다. "그렇다면 메시지는 그에 관한 것일 수도 있어."

"어쩌면 서류 가방 바보가 살인자일지도 몰라!" 메이슨은 손가락을 목에 대고 가로로 그었다.

차가운 안개처럼 공포가 할의 가슴에 내려앉았다. 라이언이 무엇을 말하려고 하는지 아직은 몰랐지만, 캘리포니아 코밋에서 나쁜 일이 일어나고 있다는 것은 알 수 있었다.

chapter 06

변장한 악마

할은 하들리, 메이슨과 라이언의 메시지를 알아낼 수 없어 포기했다. 그리고 관광 라운지의 덜컹거리는 소리와 여기저기서 무작위로 들리는 승객의 수다를 들으면서 진 러미 카드 게임을 했다. 놀랍게도 하들리는 모든 라운드에서 승리했다.

메이슨은 카드를 던졌다. "어째서 계속 이겨?" 메이슨은 팔짱을 끼고 여동생을 빤히 쳐다봤다. "소매에 카드가 있는 거 아냐?"

"나를 사기꾼으로 보는 거야?"

"나는 그저……."

그때였다. 누군가가 소리를 지르는 소리가 들려 할은 시선을 돌렸다.

모자, 코트, 스카프를 두른 무례한 승객이 통로에 튀어나온 시모어 하트의 서류 가방에 걸려 넘어진 것이었다. 승객의 머리에서 선글라스와 야구 모자가 떨어져 금발 머리와 낯익은 얼굴이 드러났다.

"마리안느?" 할은 일어섰다가 그녀의 행동을 기억하고는 다시 앉았다.

"죄송합니다." 시모어 하트가 마리안느를 돕기 위해 손을 내밀며 말했다.

"나에게서 떨어져!" 마리안느는 뒤로 물러나면서 안경과 모자를 움켜잡고 일어섰다. 그러곤 할이 자신을 바라보는 것을 보고는 잠시 멈췄다가 서둘러 할에게로 다가갔다.

"이야기 좀 하자." 그녀는 쉿 소리를 냈다. "여기 말고 카페에서. 아무도 따라오지 않도록 해." 마리안느는 시모어 하트를 쳐다보고는 계단 아래로 사라져 버렸다.

메이슨과 하들리는 눈썹을 치켜올리며 할을 바라보고 있었다. "친구니?" 하들리가 물었다.

"아니." 할이 대답했다. "오늘 아침에야 만났는걸."

"이봐! 너는 우리도 오늘 아침에야 만났어." 메이슨은 기분이 상한 척했다.

"그럼 내려가서 그 아이와 이야기할 거니?" 하들리가 물었다.

할은 마리안느가 비명을 질렀을 때의 표정을 기억했다. 혼자서 마리안느를 만날 용기가 없었다. "나랑 함께 가 줄래?"

메이슨은 고개를 끄덕였다. "좋아."

아래층에는 더 많은 부스가 있었다. 그 너머에는 샌드위치와 탄산음료로 가득 찬 전면 유리 냉장고 옆에 칩과 과자를 판매하는 키오스크가 있었다. 마리안느는 카페 계산대에서 가장 먼 구석의 테이블에 선글라스와 모자를 쓰고 앉아 있었다. 하들리와 메이슨이 할의 뒤를 따랐다.

"누구야?" 마리안느가 안경 너머로 하들리와 메이슨을 빤히 바라보며 물었다.

"친구들." 할이 대답했다.

"개인적으로 둘만 얘기하고 싶은데."

메이슨과 하들리 앞에서 넌 무슨 말이든 해도 돼."

할이 굽히지 않자 마리안느는 어쩔 수 없다는 듯 어깨를 으쓱했다. "좋아."

메이슨은 그녀의 맞은편 부스로 미끄러져 들어갔고 그 옆자리에 하들리가 앉았다. 할은 마리안느 옆에 앉고 싶지 않아 최대한 끝에 앉았다.

"나는 여기 있으면 안 돼. 내가 잡히면 곤란해질 거야." 마리안느가 말했다.

"우디 없이는 아무 데도 갈 수 없거든."

"그래서 최악의 변장을 한 거니?" 하들리가 냉소적인 눈썹을 치켜세우고 말했다.

"우디가 누구야?" 메이슨이 물었다.

"그는 내 경호원이야." 마리안느가 거만하게 대답했다. "그리고 이 변장이 나쁘다면 할은 왜 나를 알아보지 못했을까?"

"마리안느, 뭘 원하는 거야?" 할이 단호하게 물었다.

조심스레 말하는 마리안느의 아랫입술이 떨렸다. "미안하다고 말하고 싶어서 왔어."

마리안느의 말에 하들리는 할을 바라보았다.

"무엇 때문에?"

"벌컥 화내서……." 마리안느의 목소리가 떨렸다. "그리고 너를 아프게 한 것도." 마리안느는 코를 훌쩍거렸다. "객실에 갇힌 시간이 너무 지루했어. 그런데 네가 실버 스카우트에 와서 기뻤어…… 함께 그림도 그리고…… 나는 우리가 친구가 될 수 있다고 생각했어…… 그런데 내가 모두 망쳤어." 마리안느는 눈물을 흘리며 말했다.

"잠깐!" 메이슨은 할을 바라보았다. "너 레자 기차에 탔어?" 메이슨이 마리안느에게 몸을 돌렸다. "그렇다면 넌……."

"메이슨, 하들리. 이 친구는 마리안느 레자야."

"네가 어거스트 레자의 딸이라고?" 하들리의 입이 벌어졌다. "어거스트 레자…… 레자 테크놀로지스? 유명한 억만장자?"

마리안느는 고개를 끄덕였다. "안녕?"

메이슨은 그녀를 쳐다보았지만, 마리안느는 메이슨을 무시하고 할에게 몸을 기댔다. "사과하러 왔어." 마리안느는 모자와 안경을 벗었다.

"우디 아저씨는 네가 방을 떠났다는 것을 알고 있어?"

마리안느는 고개를 저었다. "아니! 음악을 틀어 놓고 나왔거든. 아무도 모를 거야."

"보통 배짱이 아니네." 하들리는 깊은 인상을 받은 듯 중얼거렸다.

"널 찾아야만 했어." 마리안느는 커다란 파란색 눈을 깜박이며 할을 바라보았다. "상처 줘서 정말 미안해. 용서해 줘 제발."

"알았어." 할이 부드럽게 말했다. "그런데, 네 아빠가 네가 사라진 걸 발견하면 걱정하실 거야."

"킥킥킥, 내가 몇 시간 없다고 찾지는 않으실 거야. 그리고 아빠는 오늘 밤에 있는 중요한 발표를 준비하느라 한창 바쁘거든."

"근데 왜 변장을 한 거야?" 메이슨이 물었다.

"내게 경호원이 있는 데는 이유가 있어." 마리안느가 목소리를 낮췄다. "사람들이 나를 알아보면 안 돼. 저기 있는 저 남자 봤어? 서류 가방으로 나를 넘어뜨린 사람 말이야. 난 그가 나를 미행하고 있다고 생각해. 그는 내가 기차에 타는 것을 봤거든. 내가 승무원실에서 나왔을 때 화장실 밖에서 기다리고 있다가 나를 따라서 왔어. 너희들은 그 사람이 나를 따라오는 것을 보지 못했어?"

생각해 보니 마리안느가 그를 밀치고 지나간 뒤에 통로로 내려온 사람이 시모어 하트라는 것을 할은 깨달았다.

"나는 일반 객차 안에 숨어 있었는데 그가 나를 더 이상 따라오지 않자 가 버린 줄 알았다고."

"왜 아무 말도 안 했어?" 할이 물었다.

마리안느는 메이슨을 가리키며 말했다. "얘가 너를 불렀잖아. 그리고 네가 나를 구해 줄지도 모를 일이고. 그 끔찍한 일 이후에는……."

"내 이름은 메이슨 모레티야." 메이슨은 가슴에 손을 얹고는 정중히 말했다. "만나서 영광입니다."

"휴, 나오지 말았어야 했어. 우디는 항상 나에게 혼자 나가기에는 너무 위험하다고 말하거든. 어찌 되었건 혼자 나온 건 실수였어."

"그 남자가 널 쫓고 있다고 확신하니?" 할이 물었다.

마리안느는 고개를 끄덕였다. "그는 실리콘 밸리에서 나를 스토킹한 혐의로 체포된 사람인 거 같아. 할, 무서워."

하들리는 고개를 끄덕였다. "그는 신경질적인 바보야. 그런데 그가 왜 널 따라다니지?"

"아빠의 비밀을 훔치거나 돈을 손에 넣으려는 사람들이 많아. 때때로 그들은 나를 통해 아빠에게 접근하려고 해." 마리안느는 할을 바라보았다. "한번은 어떤 여자가 선생님인 척 우리 학교에 왔어. 그녀가 아빠에 대해 꼬치꼬치 물어봐서 교장 선생님께 말씀드렸지. 그런데 알고 보니 선생님이 아니라 지르코나에서 일하는 스파이였던 거야." 마리안느는 뒤로 몸을 기대며 말을 이었다. "그녀는 체포되었어. 그 일 이후에 우디가 나를 지키게 되었지. 나를 보호하는 것이 그의 일이거든." 마리안느는 입술을 깨물었다. "우디는 내가 내 객실에서만 안전하다고 생각해." 마리안느는 세 사람을 번갈아 쳐다보았다. "그리고 위층에 있는 남자가 또 다른 지르코나 스파이일까 두려워."

"지르코나가 뭐지?" 할이 물었다.

"지르코나 코퍼레이션? 그들은 세계에서 가장 큰 회사야." 메이슨은 할이 지르코나를 모른다는 걸 믿을 수 없다는 듯이 말했다.

마리안느는 '세 번째로 커.'라고 정정했다. "레자 테크놀로지스는 두 번째로 큰 회사야. 지르코나는 아빠의 경쟁자지."

"지르코나와 레자의 경쟁 관계는 유명해." 하들리가 할에게 말했다. "항상 신문에 그 이야기가 있을 정도로 말이야."

"아빠는 지르코나에서 온 누군가가 나를 납치할까 봐 편집증적으로 걱정하고 있거든."

"너희 아빠 말이 맞을 수도 있어." 메이슨이 말했다.

"음, 적어도 그렇게 납치라도 당하면 아빠가 나에 대해서 관심은 가지겠지."

마리안느가 씁쓸하게 말했다.

"실버 스카우트로 돌아가야 할 것 같아." 할이 말했다. "나는 레자 테크놀로지스나 지르코나에 대해 또는 대기업이 어떻게 돌아가는지 전혀 모르지만, 네가 위험에 처해 있다면 안전한 네 객차로 다시 데려다줘야 한다고 생각해."

"할, 날 용서할 수 있니?" 마리안느가 희망에 찬 목소리로 물었다. "네가 나를 미워하면 견딜 수 없을 거야."

"나는 너를 미워하지 않아." 할은 반쯤 미소를 지으며 대답했다.

"그러면 우린 친구야?"

"우린 친구야."

마리안느는 탁자에 기대어 할의 이마에 입맞춤을 했다. "오, 고마워." 할이 얼굴을 붉히자 그녀가 속삭였다.

"다음 정거장은 마운트 플레전트야." 하들리가 벽에 붙은 시간표를 살펴보며 말했다. "기차는 그곳에서 짐을 싣기 때문에 실버 스카우트로 돌아갈 시간은 충분할 거야."

"하지만 시모어 아저씨가 마리안느가 기차에서 내리는 것을 본다면 접근하려고 할 거야." 메이슨은 드라마 같은 지금 상황에 엄청나게 흥분했다.

"마리안느가 무사히 돌아가야 해." 할이 말했다.

"그렇다면 더 좋은 생각이 있어." 마리안느가 말했다.

2분 후, 하들리는 마리안느의 모자와 스카프, 선글라스를 착용한 채 화장실에서 나와 긴 코트를 입은 채 몇 바퀴 돌았다. "나 어때?"

하들리의 보라색 후드 티를 입은 마리안느가 킥킥 웃었다.

"끔찍한 변장을 한 것 같군!"

마리안느가 말했다.

"끝나면 내 후드 티를 돌려주겠다고 약속해 줘." 하들리가 말했다. "아빠가 준 생일 선물이야."

"약속할게."

"서둘러! 기차 속도가 느려지고 있어." 메이슨이 창문에 얼굴을 갖다 대며 말했다.

"내가 저 지르코나 스파이를 골탕 먹일게." 하들리가 사악한 미소를 지었다.

"조심해……." 메이슨이 말했다.

"괜찮을 거야. 우리 루멧에서 다시 만나." 하들리는 조심스럽게 손을 흔들며 계단으로 올라갔다.

"이 기차나 식당차에는 출구가 없어." 할이 말했다. "기차에서 내리는 가장 빠른 방법은 일반 객차 안으로 들어가서 계단을 내려가 저 문으로 나가는 거야."

"하지만 그러려면 스파이를 통과해야 해." 메이슨이 말했다. "그가 미끼를 물고 하들리를 따라간다면 괜찮을 거야."

할이 계단 꼭대기를 둘러보니 시모어 하트는 없었다. "이제 움직여도 돼."

"이 일을 빨리 끝내자." 메이슨이 할을 밀치고 일반 객차 안으로 뛰어들며 말했다. "내 여동생이 괜찮은지 빨리 확인하고 싶어." 서둘러 일반 객차를 지나던 할은 시카고역에서 자신이 그린 여인을 발견했다. 그녀는 여전히 파란색 패딩 코트를 입고서는 무릎 위에 놓인 도마뱀의 턱을 간지럽히고 있었다. 계단을 뛰어 내려온 할은 설렘을 느끼며 단상에 뛰어올라 상쾌한 가을 공기를 들이마셨다.

  "우리의 작전이 효과가 있었어." 실버 스카우트 앞에서 마리안느는 고개를 힐끗 돌려 살피고는 문으로 다가가 키패드에 숫자를 입력했다. "도와줘서 고마워." 마리안느는 숨을 헐떡이며 할을 바라보고 말했다. "그리고 용서해 줘서 고마워. 메이슨, 하들리에게 내일 후드 티를 돌려주겠다고 전해 줘." 문이 열렸다. "안녕." 마리안느는 그들에게 손을 살짝 흔들고 기차에 올라타 문을 닫았다.

chapter 07

모레티 매직 쇼

돌풍이 마른 잎사귀를 공중으로 휘젓자 할은 몸을 살짝 떨었다. 소년들은 첫 번째 열린 문을 통해 캘리포니아 코밋을 타고 계단을 올라갔다.

"저기가 나의 루멧이야." 할이 말했다. "열 번째."

안을 들여다보니 넷 삼촌이 노트북에 몸을 굽히고 있는 것이 보였다.

"안녕, 프랜신 누나." 다음 객차로 지나가면서 할이 미소 짓는 승무원에게 말했다.

"할, 친구를 사귀었군요. 암트랙 친구는 평생 친구랍니다!" 프랜신이 그들 뒤에서 말했다.

"그게 바로 우리야." 메이슨이 문을 가리켰다. 여동생이 목에 두른 마리안느의 스카프를 풀면서 그들에게 다가오자 '하들리!' 하고 외쳤다.

"스파이가 따라왔어?" 할이 물었다.

하들리는 고개를 저었다. "내가 위층에 올라갔을 때 지르코나 스파이는 사라지고 없더라고." 하들리는 칸막이 문을 밀어 열었다. "그가 너희를 따라왔니?"

"아니, 다행히 마리안느는 멋진 객차로 돌아갔어." 메이슨이 말했다.

할은 열린 문 너머를 바라보았다. 그들의 침실은 할의 루멧에 비해 컸다. 소파 위에는 반쯤 비어 있는 여행 가방이 있었고 옷들이 여기저기 널려 있었다.

"가방이 폭발한 거야?" 할이 주위를 둘러보며 물었다.

"메이슨이 녹음기를 찾느라고." 하들리는 옷을 한 움큼씩 잡아 여행 가방에 던지면서 설명했다.

객실에는 샤워실이 있고 구석에는 할의 방처럼 넓은 자리가 있었는데, 그 자리는 가방과 마술에 관한 책으로 덮여 있었다.

"하들리, 정말 마술사가 되고 싶은 거니?" 할이 마술에 관한 책을 하나 집어 들며 말했다.

"그래." 하들리는 고개를 끄덕였다. "엄마가 사는 보스턴에서는 매년 재능 대회가 있거든. 상금이 무려 5,000달러야. 드디어 올해 나도 참가할 수 있는 나이가 되었다고. 내가 우승하면 몇 가지 큰 무대 마술 재료를 살 거야."

"…… 그리고 모레티 매직 쇼를 시작하는 거지." 메이슨이 말했다.

"둘 다 대회에 참가할 거야?"

"응, 나는 마술을 하고 메이슨은 성대모사를 할 거야. 우리가 마술하는 걸 보고 싶니?" 하들리가 어수선한 의자 쪽으로 할을 밀치며 물었다. "그렇다면 거기 앉아 봐."

메이슨은 여행 가방을 바닥에 밀고 소파를 당겨 더블 침대를 무대로 만들었다. 할이 의자 팔걸이에 앉았고 하들리는 가방에서 무지개 장식의 재킷을 들어 올려서 입었다. 메이슨은 옷장을 열고 금색 드레스와 금발 가발을 꺼내더니 운동복 하의를 몸을 비틀며 벗어 버리고 드레스를 입고 가발을 썼다.

"하들리는 세계 최고의 마술사이고 저는……." 메이슨은 금발을 정돈하고 여자 목소리를 흉내 냈다. "그녀의 매력적인 조수입니다."

할은 메이슨이 침대 위로 기어 올라가 그의 누이 옆에 선 모습을 보고 웃었다. 메이슨은 마치 하들리를 추앙하는 듯한 몸짓을 하고 있었기 때문이다.

"신사 숙녀 여러분, 제 이름은 마술사 하들리 모레티입니다. 그리고 여기는 제 매력적인 조수인 마릴린 메이슨입니다." 메이슨이 시시덕거리며 손을 흔들자 할이 씩 웃었다. "당신이 보고자 하는 것은 과학의 법칙을 거스르는 것입니다……."

"그리고 정신없게 만들 겁니다." 메이슨이 높고 귀여운 목소리로 말했다.

"여러분들 눈앞에서……." 하들리는 주머니에서 검은색 정사각형 모양의 천을 꺼내 보였다. "마릴린을 사라지게 하겠습니다." 하들리는 정사각형 천이 담요가 될 때까지 계속해서 펼쳤다. 그러곤 하들리는 앞으로 나서서 정사각형 천을 무릎 높이로 잡았고 메이슨은 높은음의 가성으로 '생일 축하합니다' 노래를 부르기 시작했다. 천천히 그리고 극적으로 그녀는 천을 들어 올렸다. 메이슨은 계속 노래를 부르며 완전히 숨겨지기 전에 할의 뺨에 뽀뽀를 했다. 메이슨이 노래의 마지막 후렴을 부르는 그 순간 하들리가 천을 떨어뜨리자 메이슨은 사라지고 없었다.

할은 깜짝 놀라 자리에서 일어나 둘러보았다. 무슨 일이 일어났는지 알아내려고 눈을 깜박였다. 정말로 메이슨이 사라진 것이었다.

하들리는 천을 집어 들고는 찾는 시늉을 하며 이리저리 돌리는 모습을 보였다. 천이 부풀어 올랐고 그녀는 그 사이에서 수정 구슬을 꺼냈다. "나를 위해 이것을 잡아 주시겠습니까?" 하들리는 수정 구슬을 할에게 던지고는 천을 전체 크기로 휘저어 들어 올린 다음 다시 땅에 떨어뜨렸다. 그런데 그곳에 메이슨이 있었다. 분명 그녀 옆에 서서 할에게 비눗방울을 부는 것은 메이슨이었다.

메이슨이 누이의 손을 잡고 할에게 정중히 인사를 했다. 놀란 할은 저도 모르게 벌떡 일어나 손뼉을 쳤다. "어떻게 한 거야? 훌륭해."

"정말?" 메이슨은 가발을 벗으며 웃었다. "어떻게 했는지 정말 못 봤어?"

"후후, 우리의 다른 마술도 봐야 하는 건데." 하들리는 기뻐했다. "메이슨이 컨트리 송을 부르는 동안 메이슨이 반쪽이 되게 할 수 있거든."

할은 웃었다. "와, 이런 훌륭한 마술이라면 표를 사야겠어."

그때 문이 열리고, 하와이안 셔츠와 베이지색 바지를 입은 키 작은 남자가 들어왔다. "안녕, 얘들아!" 그의 곱슬곱슬한 검은 머리는 대머리가 되었고 명랑한 갈색 눈은 반짝거렸다.

"아빠." 메이슨이 금발 가발을 더플백에 다시 집어넣으며 말했다. "이 아이는 할이에요. 영국인이에요!"

"할, 만나서 반가워. 난 프랭크란다." 프랭크는 열정적으로 할과 악수했다. "얘들이 네 앞에서 연습했다면 비용을 청구할 수 있다는 사실을 알고 있니? 손뼉을 치는 것도 힘든 일이거든."

할은 즉시 이 쾌활한 남자가 마음에 들어 씩 웃었다.

프랭크는 주위를 둘러보았다. "그나저나 도대체 여기에서 무슨 일이 있었던 거지?"

"헤헤, 정리하려고 했어요." 하들리는 무안해서 바닥을 바라보았다.

"아빠는 지금 면도기가 필요하단다." 프랭크는 손으로 턱을 문질렀다. "식당차에 멋진 빨간 머리 여자가 애완용 도마뱀을 가지고 있는데 말야, 이름은 애디이고 완전히 내 스타일이야." 그가 윙크했다. "아들아, 세면도구 주머니를 가져오렴." 프랭크는 세면대에 물을 채웠다. "면도할 시간이구나."

"알았어요." 메이슨은 면도용 폼과 면도기를 꺼내서 프랭크가 내민 손에 거품 덩어리를 뿌렸다.

손바닥을 비비며 프랭크는 하얀 거품을 턱에 두드렸다. "영국 어디에서 왔니, 할?"

"크루라고……." 할이 말했다. "철도 마을이에요."

"기차 좋아하세요?" 프랭크는 손을 씻고 면도기를 들었다. "우리는 기차를 사랑하지, 당연하지?"

그러자 하들리와 메이슨은 투덜거리는 소리를 냈다.

"내 직업은 전국을 다니는 건데, 사소한 실수 때문에 운전을 할 수 없거든." 프랭크는 한쪽 뺨을 면도하기 위해 잠시 멈추어 서서 말했다.

"과속 딱지." 메이슨이 말했다.

"속도 위반 딱지 네 장." 하들리가 덧붙였다.

"그건 긴급 상황이었어!" 프랭크가 항의했다.

"미국인들은 다 날아다니는 줄 알았어요." 할이 말했다.

"어쨌든 난 기차가 더 좋아." 프랭크는 거울 쪽으로 몸을 기울이고 면도칼을 목까지 끌어 올리며 말했다.

할은 그 말에 공감하며 세차게 고개를 끄덕였다.

"리노에서는 뭔가 일이 잘 풀릴 것 같은 느낌이 들어. 얘들아, 이번 공연은 우리에게 거주지를 마련해 줄 거야. 그러면 제대로 된 학교도 갈 수 있고 과외 선생님도 구하지 않아도 되고 말이야." 프랭크는 면도기를 세면대에 내려놓고 하들리가 내민 손수건을 집었다. "고맙다, 귀염둥이." 프랭크는 손수건으로 목을 두드렸다. "자, 아빠 어떠니?" 그는 강한 냄새가 나는 애프터셰이브를 뺨에 두드리며 물었다.

"너무 멋져요." 하들리가 대답했다. "애디와 그녀의 애완용 도마뱀은 얼마나 멋진 사람을 만난 건지 알지 못하겠지?"

프랭크는 거울에 비친 자기 모습을 보면서 윗입술을 으르렁거리며 어허! 라고 말한 다음 어깨너머로 소리를 질렀다. "식당차에서 만나자꾸나. 그나저나 여자 친구가 생기면 정말 좋겠어."

할의 눈은 세면대, 비눗물, 버려진 면도칼에 고정되었다. 일련의 이미지가 할의 머리를 스쳐 지나가자 숨이 가빠졌다. "면도칼! 면도날!" 할은 하들리와 메이슨을 바라보았다. "결혼해……." 메이슨은 자신의 약지를 두드리면서 말했다. 그러고는 손가락으로 더하기 기호를 만들었다. "그리고……." 할은 목을 자르는 흉내를 냈다. "면도칼! 결혼하고 면도칼…… 마리안느 레자."

"우와!" 메이슨의 눈이 커졌다. "그 의미는…… 잠깐, 그게 무슨 뜻이야?"

하들리는 인상을 찌푸렸다. "잠깐만, 라이언은 마리안느도 알고 있어?"

"그럴 것 같지는 않아." 할이 말했다.

"어쩌면 그의 아버지가 지르코나 스파이일지도 몰라." 메이슨은 추측했다.

"진 아저씨는 첨단 기술 회사에서 일하는 그런 사람은 아닌 것 같던데?" 할은 고개를 저었다.

"그렇다면 그의 아들이 너에게 그런 메시지를 준 이유는 무엇일까?"

"넷 삼촌은 진 아저씨에게 우리가 어거스트 아저씨를 만났고 그날 아침 실버 스카우트에 갔었다고 말했어. 라이언은 내가 그녀를 안다고 생각했을 거야." 할은 흥분을 느꼈다.

"그렇지! 넌 그녀를 알고 있지." 메이슨이 지적했다.

"아마 그래서 라이언은 시모어 아저씨의 테이블 주위에 그 선을 그렸을 거야."

하들리가 눈을 동그랗게 뜨며 말했다. "하지만 어떻게?"

할은 이 퍼즐을 도와준 모레티 남매의 도움에 기뻐하며 물었다.

"라이언이 시모어 아저씨 주위에 선을 긋고 나서 그가 마리안느를 스토킹하고 있다는 것을 알게 된 것은 우연이 아니야." 메이슨이 말했다.

할은 고개를 끄덕였다. "그렇다면 마리안느가 걱정이야."

"마리안느는 경호원과 함께 전용 기차에 타고 있잖아." 하들리가 그에게 상기시켰다. "마리안느는 안전하다고."

"지금은." 할이 말했다.

"그래서 우리는 무엇을 해야 하지?" 하들리가 물었다.

"라이언과 이야기해서 메시지에 관해 물어봐야 해."

"저녁 같이 먹을까?" 메이슨이 물었다. "식당차에서 그를 볼 수 있을지도 몰라."

'저녁 식사!' 그 순간 할은 갑자기 졸라와의 약속이 떠올랐다. "안 돼, 난 지금 가야 해. 기자 간담회 끝나고 다시 만나자."

chapter 08

지르코나의 속셈

"저 돌아왔어요." 할이 루멧에 머리를 들이밀며 말했다.

"저녁에 넥타이는 해야 할 것 같아서." 넷 삼촌은 가방을 뒤져 실크 넥타이를 꺼내며 대답했다.

"저는 넥타이 필요 없잖아요?"

"넌 괜찮아…… 졸라는 이런 식으로 내가 평소에 옷을 제대로 입지 않은 것처럼 느끼게 만든다니까."

"하지만 삼촌은 항상 멋있어요."

"고마워." 넷 삼촌은 몸을 일으키며 미소를 지었다. "아마도 네 말이 맞는 것 같긴 해." 삼촌은 넥타이를 치웠다. "우린 우리 식대로 하자꾸나. 준비되었니? 졸라가 저녁 식사 전에 차 마시자고 그녀의 객실에 잠시 들르라고 했거든."

"제가 꼭 가야 하나요?" 할은 넷 삼촌을 방에서 나오게끔 뒤로 물러났다.

"졸라가 우리를 저녁 식사에 초대한 이유는 바로 너야."

할은 삼촌 옆에 발을 디뎠다. "하지 말아야 할 말을 하면 어떡하죠?"

"걱정하지 마. 그리고 만약 졸라가 널 불편하게 만드는 질문을 한다면 주제를 바꾸렴."

할은 주머니에 손을 넣고 스케치북을 만졌다. 시간이 된다면 모레티 매직 쇼 의상을 입은 하들리와 메이슨을 그리고 싶었다. 그 모습이 머릿속에 생생하게 떠올랐기 때문이다.

넷 삼촌과 할은 졸라를 찾아 나섰다. "여기구나, 침대차 B." 넷 삼촌은 노크를 하고는 재킷을 곧게 폈다.

문이 미끄러지듯 열리자 졸라가 미소로 그들을 맞이했다. 그녀는 검은색 바지와 둥글게 깊이 파인 목둘레선의 흰색 블라우스로 갈아입고 있었다. 그녀의 하이힐은 그녀의 입술과 같은 붉은색이었다. "어서 오세요, 환영합니다. 앉으세요."

졸라의 파란색 침실은 세련된 거실로 탈바꿈해 있었다. 황토색 스카프가 형광등 천장 조명을 감싸서 거친 빛이 부드럽게 드리웠고, 적갈색 덮개로 덮인 소파 위에 금색 쿠션이 여기저기 놓여 있었다.

"쿠션을 가져왔어?" 넷 삼촌이 자리에 앉으며 말했다.

"쿠션 커버 안에 잠옷을 넣었어." 그녀는 은색 칵테일 셰이커를 집어 들었다. "한잔 어때?"

"음, 죄송한데 이 냄새가 뭐예요?" 할은 붉은색의 긴 모직 숄을 두른 안락의자에 앉아 물었다.

"디퓨저에서 나는 샌달우드(백단향. 역자 주) 향이란다." 졸라가 말했다. "오일

몇 방울이면 어디에서나 집 냄새를 맡을 수 있거든. 해리슨, 디아볼로 멘테(박하향 소다수. 역자 주) 마셔 본 적 있니?" 할이 고개를 저었다. "아, 이건 마셔 봐야 해." 찬장을 열고 그녀는 밝은 녹색 액체가 담긴 작은 병을 꺼내 유리잔에 붓고 할에게 건넸다.

할은 부글부글 끓어오르는 액체를 조심스럽게 바라보았다. 지난번에 마셨던 녹색 음료의 맛이 떠올랐기 때문이다.

"페퍼민트 소다란다." 할은 정중하게 미소를 지으며 고개를 끄덕였다. 졸라는 은색 셰이커에 투명한 액체를 붓고 얼음 한 줌을 넣어 세차게 흔들었다. "하일랜드 팰컨 도둑 사건에 대한 너의 훌륭한 추리에 대해 모두 읽었어." 그녀는 잘 섞인 음료수를 두 잔에 나눠 따랐다.

"그러셨어요?" 할은 놀랐다.

"응, 신문에서." 졸라는 할과 눈을 맞췄다. "매우 인상적이었어." 졸라는 병을 열고 두 개의 칵테일 스틱에 올리브를 꼬챙이로 꽂은 다음 가벼운 포도주와 함께 각 음료에 떨어뜨렸다. "예술가로서의 너의 능력이 범죄자보다 한 수 앞서다니 정말 영리하구나." 졸라는 할에게서 눈을 떼지 않고 넷 삼촌에게 음료수를 건넸다. "철도 탐정 해리슨 벡에게." 졸라는 잔을 들었다.

"똑똑한 조카에게." 넷 삼촌은 얼굴이 붉어지는 할을 보며 싱긋 웃었다.

"이번 여행에도 스케치북 가지고 다니니?" 졸라는 음료수를 한 모금 마셨다. "너의 그림을 보고 싶구나."

"졸라, 넌 이미 할의 그림 중 일부를 신문에서 보았을 텐데⋯⋯." 넷 삼촌이 퉁명스럽게 말했다.

"오, 나는 우리가 타고 있는 캘리포니아 코밋을 말하는 거야. 기차를 이미 그렸니? 실버 스카우트도 그렸어? 우리의 지난번 방문 이후에 뭔가를 그렸어? 아마도 장난감 기차?"

할은 주머니에 있는 스케치북을 불편하게 인식하고 대답을 피하려고 녹색 음료를 한 모금 마셨다. 거품이 일고 치약 맛이 나서 그대로 꿀꺽 삼켰다.

"레자의 기차 모형에 왜 관심이 있어?" 넷 삼촌이 물었다.

"레자가 북동 지역에서 땅을 사고 있다는 것을 알고 있어?" 졸라는 구두를 벗고 소파에 몸을 웅크리고 말했다. "그가 왜 그랬을까, 어떻게 생각해?"

처음에는 그가 고속철도를 건설할 계획인 줄 알았지." 넷 삼촌이 졸라를 향해 몸을 기울였다. "그러나 우리는……."

"…… 컴퓨터에 있는 로켓에 대한 문서." 졸라는 삼촌에게 의미심장한 표정을 지었다. "우주여행."

넷 삼촌은 어깨를 으쓱했다. "어거스트 씨는 이전에 우주여행에 관심을 전혀 보이지 않았어."

"그래서 할의 그림이 보고 싶었어." 졸라는 할을 바라보았다. "장난감 기차 세트에 로켓 발사대나 발사 장치가 있었니?"

"어거스트 아저씨는 기차 얘기만 했어요." 할은 화장실에 가서 박하 음료를 버릴 핑계를 생각하면서 대답했다.

졸라의 스마트워치는 메시지와 함께 번쩍였고 그녀는 잘 다듬어진 손가락으로 메시지를 확인했다.

"당신이 저런 걸 어떻게 차고 있는지 모르겠어." 넷 삼촌은 고개를 저었다. "나는 일상과 지속적으로 연결되어 나를 귀찮게 하는 것은 딱 질색이거든. 일상과의 단절은 여행의 매력 중 하나잖아."

"나는 세상과 연결되는 것을 좋아해. 덕분에 게임에서 항상 우위를 점할 수 있었잖아." 졸라가 킬킬 웃었다. "당신은 잉크, 펜과 손으로 기사를 쓰는 구식 영혼이라고."

"지르코나는 레자 테크놀로지스가 우주여행에 참여하면 어떻게 반응할까요?" 할은 마리안느를 생각하며 물었다.

졸라가 몸을 돌려 할을 쳐다보았다. "그 질문을 하는 이유는 뭘까?"

"…… 몰라요. 난 지르코나가 뭘 하는지도 잘 몰라요." 할이 씩씩거리며 말했다. "하지만 경쟁자잖아요? 지르코나와 레자?" 할은 어깨를 으쓱하고는 졸라의 날카로운 시선을 피하려고 녹색 음료를 들여다보았다.

"지르코나는 디지털 정보를 거래하지." 넷 삼촌이 이야기에 관심을 보이며 졸라를 살펴보면서 말했다. "그들은 소프트웨어 및 하드웨어 회사를 소유하고 있어. 내가 틀리지 않다면 졸라가 차고 있는 시계도 만들었어."

"굉장히 똑똑해." 졸라는 손목을 들어 올렸다. "내가 알고 싶은 것을 내가 알기도 전에 아는 것 같네." 졸라의 웃음은 낮고 관능적이었다.

"지르코나는 우주여행에 관심이 있나요?" 할이 물었다.

"아니." 졸라가 대답했다. "지르코나는 자율주행차에 수십억 달러를 투자했단다."

"자율주행차?"

"그래, 미래에는 지르코나 자동차가 사람들을 집 앞에서 원하는 곳으로 데려다줄 거야. 그렇다면 이런 기차는 필요 없겠지." 졸라는 빈 칵테일 잔을 들고 작은 세면대에서 헹구었다. "자동차는 항상 기차를 무색하게 만들었으니까."

"그래도 기차는 버텼어." 넷 삼촌이 조용히 말했다.

"음료는 어때?" 졸라가 할에게 물었다.

"음…… 박하 맛이네요."

"파리에서 대학 다닐 때 자주 마셨어."

"파리는 마리안느가 학교에 다니는 곳이에요."

"똑똑한 아이지. 아마도 언젠가는 아버지 회사를 경영하게 될 거야. 그런데 둘이 친구니?"

할은 너무 늦었다는 것을 깨달았고, 졸라의 의기양양한 표정을 보면서 자신이 무언가에 대한 정보를 졸라에게 주었다는 것을 알 수 있었다.

"네 삼촌은 얼마나 편리할까?" 졸라는 넷 삼촌에게 눈썹을 찌푸렸다.

"이해가 안 돼요." 할이 인상을 찌푸렸다.

"봐!" 졸라는 팔짱을 꼈다. "나는 너를 믿지 않아. 기차를 사랑하기 때문에 휴가에 온 거라고?"

할은 그녀의 폭발적인 반응에 당황해서 웃고 있는 삼촌을 바라보았다.

"졸라는 내가 너의 탁월한 관찰 능력을 이용하려고 이번 여행에 데려왔다고 생각해. 너에게 레자 가족에게 접근하게 해서 네가 발견한 모든 것을 스케치하면서 영양가 많은 소스를 알려 달라고 부탁했다고 생각하는 거지."

"오!" 할이 자리에서 일어났다. "삼촌은 정말 내가 그러길 원한 거예요? 왜냐하면 나는……."

"아니, 할." 넷 삼촌은 고개를 저었다. "이 여행은 생일 선물이야." 넷 삼촌은 졸라에게 몸을 돌렸다. "우리는 함께 기차를 타는 것을 진정으로 좋아한다는 것을 하일랜드 팰컨에서 알게 되었잖아."

넷 삼촌의 진심이 담긴 말에 할은 기뻐서 힘차게 고개를 끄덕였다. "마리안느만이 친구인 건 아니에요. 성대모사를 잘하는 소년과 마술하는 소녀와도 친하게 지냈는데 넷 삼촌한테는 전혀 도움이 안 되겠군요."

졸라는 확신이 없어 보였다. "음, 그 말은 믿을 수 없구나. 난 여전히 둘을 주시하고 있거든." 그녀는 삼촌과 할을 가리켰고 할은 우쭐해졌다.

넷 삼촌은 졸라를 쳐다보며 말했다. "난 텔레그래프를 위해 기자 회견을 취재 중이야. 하지만 당신은 누구를 위해 일하고 있는지 말하지 않았어."

"저는 기업의 위험과 산업 파괴에 흥미가 있는 단순한 소녀일 뿐이랍니다." 졸라는 속눈썹을 깜빡이며 장난스럽게 말했다. "레자 테크놀로지스의 새로운 확장 영역은 아주 큰 이슈거든."

"큰 비밀을 밝혀내어 최고가 입찰자에게 그 비밀을 팔고 싶은 거야?"

"마치 나쁜 일인 것처럼 말을 하네." 졸라는 건방지게 콧방귀를 뀌었고, 넷 삼촌은 웃었다. 그때 그녀의 시계가 깜박였다. "아, 저녁 시간이 되었네. 밥 먹고 기자 회견 준비하려면……." 졸라는 버튼을 눌렀다.

"그리고 내 시계에서 비가 올 거라고 하니까 우산을 챙기는 게 좋겠어."

넷 삼촌은 창밖을 내다보았다. "하늘은 그럴 것 같지는 않은데."

"나타니엘, 기술은 미래야." 졸라가 핸드백을 들고 문을 열며 말했다. "시대에 발맞추지 않으면 뒤처진다는 거 명심해."

"졸라, 기차도 미래야." 넷 삼촌은 자리에서 일어나 말했다. "나는 한 번도 기차를 놓친 적이 없어."

chapter 09

레자의 로켓

캘리포니아 코밋이 아이오와주에서 네브래스카주를 향해 덜커덕거리면서 달리고 있을 때 할은 넷 삼촌과 졸라의 저녁 식사 대화에서 눈을 돌려 미주리강으로 큰 오렌지색 태양이 지는 것을 보았다. 마치 태양이 물에 빠지는 것 같았다.

오마하역은 도시의 동쪽에 있었고 건물 사이에 자리 잡았다. 선로 저편에는 먼지투성이의 땅을 가로질러 스포트라이트로 밝혀진 웅장한 건물을 향해 뻗어 있는 등불이 표시된 길이 있었다. "저건 더럼 박물관이야. 기자 회견이 열릴 곳이지." 넷 삼촌이 어깨너머로 바라보며 말했다.

졸라는 테이블에서 일어났다. "어거스트 씨는 기자 회견이 두 부분으로 진행될 것이라고 말했어. 중요한 발표를 위해 박물관에서 술을 마시고 우리는 모두 오래된 기차를 봐야 할걸." 그녀는 하품하는 시늉을 했다. "그 후에 실버 스카우트에서 그가 우리에게 혁명적인 것을 보여 주겠다고 하더군." 졸라는 목소리를 낮췄다. "로켓이겠지."

할과 넷 삼촌은 외투를 가지러 루멧에 갔다 온 후 승강장에 모인 나머지 기자들과 합류했다.

파마머리를 한 열정적인 여성이 클립보드를 흔들며 승강장을 따라 기차 뒤쪽으로 그들을 안내하며 말했다. "여러분, 이쪽으로."

승객들은 기차 창문에서 그들을 내다보았다. 할은 메이슨과 하들리가 미친 듯이 손을 흔드는 것을 보고 거수경례로 답했다. 다 자란 어른이 된 기분이 들었다. 실버 스카우트의 물결 모양 곡선 주위에 모인 그룹을 따라가면서 할은 보드 판이 선로 위에 놓여 있는 것을 보았다. 그 보드들은 선로를 가로질러 등불이 켜진 길까지 연결되어 있었다.

"오마하역은 최초의 대륙 횡단 철도가 시작되었지. 한때 이곳은 전국에서 가장 붐비는 역 중 하나였어." 넷 삼촌은 한숨을 쉬었다. "이 아름다운 역이 이제 박물관이라니……."

"그럼 이 선로는 무엇에 쓰이나요?" 할이 선로를 가리켰다.

"화물 기차가 대부분이고 캘리포니아 코밋 정류장이 저쪽에 있지만, 오마하역은 과거 속 존재란다. 전성기에 봤더라면 좋았을 텐데."

그들은 뒷문을 통해 박물관에 들어서 낡은 검은색 기차가 있는 전시 공간을 지나 현악 사중주 연주를 들으며 거대한 홀에 도착했다.

"마치 유니언역 같아요." 할이 화려한 천장을 바라보며 말했다.

"이곳은 유니언역이야…… 그랬었지. 유니언 퍼시픽은 미국에서 가장 큰 철도 회사 중 하나이고 본부는 오마하에 있어. 이곳은 그 회사에서 건설한 최초이자 가장 웅대한 역이야. 여덟 개의 다른 철도 회사가 이곳을 사용했어.

이 역은 미국 철도의 심장부라고 말할 수 있단다."

"삼촌, 이번 기자 회견이 로켓에 관한 것일까요?" 할이 주위를 둘러보며 조용히 물었다. "여기에 있는 모든 것은 기차에 관한 것이잖아요."

할이 넷 삼촌과 이야기를 하는 동안 홀은 시끌벅적했다. 텔레비전 카메라와 마이크가 여기저기 흩어져 있고 몇몇 사람들이 넷 삼촌에게 다가와서 악수를 청했다. 할은 자신이 소개될 때 정중하게 미소 지으며 고개를 끄덕였지만, 얼른 오래된 미국 기관차를 보러 가고 싶었다.

어거스트 레자가 연단에 올라섰을 때 군중 사이에 침묵이 퍼졌다. 엄청난 박수가 그를 맞이했고, 할은 시야를 확보하기 위해 이러저리 움직였다.

"오늘 와 주셔서 감사합니다." 레자는 연단을 꼭 잡고 활기찬 미소를 지으며 방을 둘러보았다. 그의 뒤에는 밝은 노란색 드레스를 입은 마리안느가 지루한 표정을 짓고 서 있었다. "오늘 우리는 혁명의 문턱에 서 있습니다. 기후는 변하고 있으며, 지구상에서 가장 적응력이 뛰어난 종인 우리도 그에 따라 변할 것입니다. 200년 전 로버트 스티븐슨이 세상을 바꾸는 기계를 만들었습니다. 스티븐슨의 로켓(철도 초창기의 증기 기관차. 역자 주)은 당시의 가장 진보되고 실용적인 증기 기관이었습니다. 그 경적은 산업 혁명을 예고했습니다. 오늘 이 자리에서 대회를 발표합니다."

자리에 있는 사람들이 웅성거리기 시작했다.

"스티븐슨의 로켓만큼 혁명적인 청정에너지 기관차와 철도 시스템의 가장 혁신적인 프로토타입(원래의 형태 또는 전형적인 예, 기초 또는 표준. 역자 주)을 찾기 위한 경쟁입니다. 기회는 전 세계 누구에게나 열려 있습니다." 레자는 근처에 있는 카메라의 렌즈를 응시했다.

"우리를 미래로 데려갈 기차인 레저의 로켓을 디자인할 수 있다고 생각하십니까?"

여기저기서 사람들이 수군거렸다.

"내가 말했죠? 기차에 관한 것이라고." 할이 넷 삼촌에게 신나서 속삭였다.

"나는 워싱턴, 필라델피아, 뉴욕, 보스턴을 연결하는 고속 철도를 건설하기 위한 땅을 샀습니다."

카메라 플래시가 여기저기서 터졌다. 할은 스케치북을 꺼내 레자와 연단 뒤에 있는 마리안느의 윤곽을 빠르게 그렸다. 끈이 달린 샌들을 신고 손은 옆구리에 둔 채 머리는 위로 치켜들어 천장을 응시하고 있었다.

"저는 회사 연간 이익의 20퍼센트를 이 기업과 최신 기술인 레자 태양 전지에 투자하고 있습니다. 이것은 지금까지 발명된 가장 작고 강력한 태양 에너지 저장 배터리입니다. 나중에 보여 드리겠습니다."

더 많은 카메라 플래시가 터지고 사람들은 질문을 하려고 손을 들었다.

"유류비를 내지 않아도 저렴한 가격에 고속 주행이 가능하게 될 겁니다." 이어서 레자는 대회의 상금에 대해 언급했다. "아, 그리고 잊을 뻔했군요. 대회 우승자의 상금은 10억 달러입니다."

순간 할은 숨이 턱 막혔고, 기자 회견장의 분위기는 한껏 고조되었다. 너도 나도 손을 들어 어거스트 레자의 이름을 부르며 질문을 퍼부어 댔다. 넷 삼촌은 다른 기자들과 함께 앞으로 돌진했다.

배터리와 사업에 대해 질문과 답변이 오가는 모습을 보고 할은 기자 회견에 흥미를 잃었다. 박물관으로 통하는 큰 문을 보고 할은 사람들 없이 기차를 혼자 보는 것이 좋겠다고 생각했다.

할은 방을 가로질러 문을 밀어 열었다. 반대편의 바닥에 철로가 깔린 홀에는 아름답고 오래된 기차들이 있었다. 할은 기차들에 이끌렸다. 유니언 퍼시픽이라고 빨간색으로 칠해진 노란색 객차 두 대를 지나다가 한쪽에 풀먼이라고 쓰여 있는 객차를 보고 미소 지었다. 집에서 멀리 떨어져 있을 때 낯익은 것을 보는 것은 크게 위안이 되었다. 승강장 끝에 있는 녹색의 기차는 웅장한 하일랜드 팰컨처럼 보였다. 맞은편에 있는 나무 벤치에 앉아 스케치북의 빈 페이지를 펼쳤다. 아래를 내려다보지 않고 기차의 세련된 선을 포착했다. 할은 움직이는 기차의 지붕을 가로질러 헤매던 때를 기억하며 둥근 모서리와 기차 윗부분을 그렸다.

그림을 그리던 할은 뭔가 잘못되었다는 걸 느꼈다. 할은 그림을 내려다보며 소리쳤다. 종이에 흰색 홈이 새겨져 그림이 망가졌기 때문이다. 할은 새 페이지에서 다시 그림을 그려야 했다. 할은 라이언이 그림을 그릴 때 연필을 세게 누르던 것을 기억하고 화가 나서 얼마나 많은 페이지가 망가졌는지 궁금했다. 홈 위로 손가락을 움직이던 할은 라인에 패턴이 있다는 것을 깨닫고는 재빨리 연필 끝의 평평한 가장자리를 종이에 대고 움푹 들어간 곳을 음영 처리했다. 그러자 서서히 단어가 나타났다.

'도와줘.'

할의 심장이 뛰었다. 시모어 하트가 있는 식당차의 그림으로 돌아가 머릿속으로 장면을 재생했다. 라이언은 선을 그은 후 스케치북을 돌려주었다. 그런 다음 마리안느 레자의 이름을 흉내 냈다.

'도와줘. 마리안느 레자.'

오싹한 한기가 할을 엄습했다. 멀리서 들려오는 박수 소리에 할은 스케치북을 들고 벌떡 일어나 복도로 달려갔다.

"여기 있었구나!" 할의 어깨를 툭 치던 넷 삼촌은 할의 얼굴을 보자 걱정스러운 표정으로 물었다. "너 괜찮니?"

"마리안느는 지금 어디 있어요?" 할은 사람들 사이로 무대를 바라보았다.

그녀가 보이지 않았다.

　"그녀는 자기의 아버지와 함께 있어. 도대체 무슨 일이니?"

　"마리안느가 위험에 처한 것 같아요." 할이 라이언의 이상한 메시지를 어떻게 설명해야 할지 고민하며 말했다. "우리 밖에 나가도 될까요?"

　넷 삼촌은 고개를 끄덕였고, 그들은 군중을 뚫고 박물관을 나와 등불이 켜

진 길로 이동했다. 실버 스카우트 위의 하늘은 짙은 보라색이었다. 곧 어두워질 시간이었다.

"마리안느가 자기를 뒤쫓는 사람들이 있다고 했어요."

"그럼 그 말을 믿니?" 넷 삼촌은 걱정스러운 표정으로 물었다.

"잘……." 할은 마리안느가 얼마나 이상하게 행동했는지 생각했다.

마리안느를 전적으로 신뢰하지는 않았지만, 라이언의 메시지를 무시할 수는 없다. "기차에서 이상한 일이 일어나고 있어요."

"마리안느에게는 개인 경호원이 있어." 넷 삼촌이 할을 안심시키려 애쓰며 말했다. "나는 그녀가 매우 안전하다고 확신한단다."

"알아요, 하지만 저는 뭔가 끔찍한 느낌을 받았어요." 할의 손이 가

도 와 줘

습으로 갔다.

"삼촌이 어떻게 도와주면 좋겠니?" 넷 삼촌이 진지하게 물었다.

"기차로 돌아가서 누군가에게 질문을 해야 확신할 수 있을 것 같아요." 할은 라이언을 생각하며 말했다.

"마리안느를 찾아서 지켜봐 주시겠어요? 우디 아저씨가 있다는 건 알지만, 삼촌도 지켜 준다면 좋을 것 같아요."

할은 삼촌에게 마리안느가 이미 한 번 우디에게서 몰래 빠져나왔다고 말하지 않았다.

"물론이지." 넷 삼촌은 고개를 끄덕였다. "태양 전지에 대한 레자의 프레젠테이션이 실버 스카우트에서 진행 중이거든. 마리안느는 아마 거기에 있을 거야. 박물관 투어를 건너뛰고 일찍 나타난다면 아무도 신경 쓰지 않을 거라고 확신한단다. 졸라도 그렇게 할 거라 했었어. 마리안느는 아주 안전하니까 걱정하지 않아도 돼."

"삼촌, 고마워요." 할이 감사한 미소를 지으며 말했다. "끝나면 찾으러 갈게요."

할은 보드 판을 가로질러 실버 스카우트를 한 바퀴 돌고는 승강장에서 기차에 올라탔다. 라이언과 진이 어디에 앉았는지 몰랐지만, 그들이 일반 객차에 타는 것을 보았으므로 그곳에서 기차를 타고 일반 객차를 통과한 다음 관광객 라운지와 식당을 지나가며 승객들을 살펴보았다. 그들의 흔적은 없었다. 침실이나 방에 있을지도 모른다는 생각에 모든 문을 두드리며 라이언을 불렀다.

마침내 할은 메이슨과 하들리의 방에 도착했다.

메이슨은 가짜 콧수염을 붙인 채 문을 열었다. "할! 어서 와. 박물관은 어땠니?"

하들리는 레인보우 스팽글 재킷을 입고 있었다. 할의 굳은 표정을 본 하들리는 서둘러 물었다. "무슨 일이야?"

할은 스케치북을 폈다. "이걸 봐."

"도와줘…… 그게 무슨 뜻이야?" 하들리가 물었다.

"라이언이 내 연필로 이런 표시를 해 놓았어. 보이지 않는 메시지야. 그림을 그리려고 하다가 우연히 발견했고." 할은 하들리에게서 메이슨 쪽으로 시선을 옮겼다. "라이언은 마리안느 레자가 위험에 처해 있다고 나에게 말하려고 한 거 같아. 그는 '도와줘'라고 말하고 페이지를 가리킨 다음 '마리안느 레자'라는 행동을 한 거야."

"우와." 메이슨은 가짜 콧수염을 떼어 내며 자리에 앉았다. "그렇다면 마리안느 레자가 위험에 빠졌다는 말인데, 어떤 위험에 빠진 걸까?"

"그건 모르겠어. 시모어 아저씨가 이 그림에 있으니 그와 관련이 있을 수 있지만 그렇지 않을 수도 있어." 할의 맥박이 빠르게 뛰었다. "라이언을 찾기 위해 여기저기를 찾아다녔어. 라이언이 무슨 말을 하려고 했는지 알아야 하는데 그가 어디 있는지……."

"라이언이라면 지금 옆 칸에 있어." 하들리가 말했다.

"뭐?"

"라이언과 그의 무섭게 생긴 아빠는 옆 루멧에 있다고." 메이슨은 고개를 끄덕였다. "저녁 먹으러 나오는 걸 봤거든."

할은 통로로 달려가 문을 두드렸지만 답이 없었다.

"지금 마리안느는 어디 있지?" 문간에서 하들리가 물었다.

"실버 스카우트에서 삼촌이 지켜보고 있어."

"라이언을 찾을 수 없다면 우리가 마리안느에게 말을 해야 할까?"

"뭘 말하려고? 그녀가 위험하다고?" 메이슨이 물었다. "그걸 우리에게 말한 사람이 바로 마리안느잖아!"

"그렇긴 한데…… 글쎄." 하들리는 재킷을 벗고 카디건을 움켜쥐었다. "라이언의 메시지가 무엇을 말하는 건지 알아야 해, 안 그래?"

"가자." 할이 말했다.

세 사람이 승강장으로 뛰어나왔을 때 노란색 빛이 먼지 묻은 기차를 희미하게 비추었다. 그들이 실버 스카우트에 다가갔을 때, 할은 졸라가 승강장으로 나오는 것을 보았다. 할은 졸라를 부르기 위해 입을 벌렸지만, 그 전에 고음의 비명 소리가 들렸다.

할은 역 건물 모퉁이를 질주하며 앞으로 뛰어갔다. 노란색 드레스를 입은 인물이 후드를 쓴 괴한에게 끌려가고 있었다.

"마리안느!" 할이 소리쳤다. 그녀는 금발 머리를 휘날리며 몸부림치고 있었다. 납치범이 마리안느를 차 트렁크에 집어넣자 그녀의 비명이 사라졌다.

"그만!" 할이 차를 향해 달려가며 소리쳤다. 졸라도 하이힐을 신고 놀랍도록 빠른 속도로 달리고 있었다. 넷 삼촌이 갑자기 나타나 졸라를 추월했다. 바로 뒤에서 메이슨과 하들리의 목소리가 들렸다. 우디의 외침도 있었다.

후드를 쓴 인물이 운전석으로 뛰어들었다. 시동이 켜진 차는 타이어 소리를 내며 어둠 속으로 빠르게 사라졌다.

chapter 10

실록 다빈치

"**도** 와주세요!" 졸라는 비명을 지르며 다시 실버 스카우트로 달려갔다. "누가 좀 도와줘요!"

차가 속도를 내자 넷 삼촌은 낮은 담장 너머로 뛰어올라 뒤쫓아 달려갔다. 바로 뒤에 우디가 있었고 메이슨은 그들을 뒤쫓았다.

할은 무릎을 꿇고 주머니에서 스케치북을 꺼내 도로에서 빈 페이지를 급히 찾아 폈다. 손가락이 연필을 너무 세게 쥐어서 선을 제대로 그릴 수 없었지만 숨을 들이쉬고 몸을 휘감는 공포를 진정시키려 애썼다. 차는 모양이 그려졌고, 흠집이 났고, 움푹 들어간 곳이 있었고, 마음의 눈에는 번호판이 들어왔다. 상단에 줄무늬가 있었다. 오하이오라는 단어; 다음 세 단어 Birthplace of Aviation; 문자 FWW; 그리고 네 개의 숫자, 983#…… 네 번째 숫자는 거기에 없었다. 긁혀서 지워진 상태였다. 할은 다시 한번 숨을 들이쉬고 마리안느를 끌고 가는 검은 형체에 집중했다. 할은 눈을 감고 범인과 마리안느의 키 차이, 체형, 마리안느의 자세, 발에 집중했다.

하들리는 그의 뒤에 서서 할이 그림 그리는 걸 조용히 지켜보고 있었다.

할은 그리기를 마치고 그림을 내려다보았다.

"저게 뭐야?" 하들리가 할의 어깨를 두드리며 차를 가리켰다.

할은 마리안느를 데려간 차 옆에 주차된 차량 앞 유리 와이퍼 아래에 꽂혀 있는 흰 종잇조각을 보았다. 하들리는 그곳으로 달려갔다.

불안하고 호기심 많은 기자 무리가 괴로워하는 어거스트 레자를 뒤로 하고 실버 스카우트에서 튀어나왔다. 모두가 한꺼번에 질문을 던지면서 난리가 났다. 졸라는 숨이 가쁘고 눈에 띄게 화가 난 모습으로 마리안느의 아빠 앞에 섰다.

"당신 딸을 데려갔어요, 마리안느요. 저기 차 안에 남자가 있었어요." 졸라는 주차장을 가리켰다. "그들은 사라졌어요. 오! 어거스트 씨, 당신 딸이 납치되었다고요."

"오, 마리안느!" 어거스트 레자는 앞으로 몸을 휘청거리며 주차장으로 달려가면서 딸이 어딘가에 있지 않을까 하는 마음에 주위를 미친 듯이 둘러보았다. "마리안느?" 그가 어둠을 향해 딸의 이름을 불렀다. "마리안느!"

할은 괴로웠다.

'왜 넷 삼촌은 약속한 대로 그녀를 지켜보지 않았을까? 우디 아저씨에게 무슨 일이 있었던 걸까?'

넷 삼촌은 메이슨을 따라 주차장으로 다시 달려가 어거스트 레자에게 곧장 갔다. "차는 퍼시픽 거리로 우회전했다가 남쪽 10번가에서 북쪽으로 갔어요." 삼촌은 숨을 헐떡였다. "쉐보레였어요. 어두운 빨강, 그러니까 적갈색에…… 번호판은 못 봤어요." 삼촌이 숨을 고르기 위해 잠시 멈춘 순간 멀리서 사이렌 소리가 들렸다. "우디 씨가 911에 전화를 걸었어요."

어거스트 레자는 어찌할 바를 모르고 분노에 찬 목소리로 밤하늘을 향해 울부짖었다. "마리안느!"

하들리는 할에게 차 쪽으로 오라고 손을 흔들었다. "협박 편지야!" 하들리가 쉿 소리를 냈다. 할은 오려낸 신문 활자로 쓰인 메시지를 보았다.

"만지면 안 돼. 범인의 지문이 묻어 있을 수 있잖아."

할은 고개를 끄덕이고 재빨리 그 메시지를 스케치북에 베껴 쓰면서 토할 것 같았다. 힘든 감정을 추스르며 할은 넷 삼촌을 찾아가서 말했다. "여기 레자 씨에게 보낸 메모가 있어요." 할이 앞 유리를 가리켰다.

우디가 잿빛 얼굴로 주차장으로 뛰어 들어왔다.

"마리안느는 어디 있지?" 어거스트가 우디에게 소리쳤다. "마리안느는 도대체 어디에 있냐고?"

우디는 고개를 저으며 빈손을 들어 올렸다. "마리안느에게서 고작 1분 눈을 떼었을 뿐이에요. 음료수를 갖다 달라고 해서……."

"자네는 해고야!" 어거스트가 경호원에게서 등을 돌리며 소리쳤다. "아니." 마음이 바뀐 어거스트가 돌아서며 말했다. "아직은 아니야. 작은 마리를 찾아 안전하게 집으로 데려올 때까지 쉬면 안 돼!…… 그리고 나서 당신은 해고야."

우디는 고통스러운 얼굴로 땅을 내려다보았다.

"경찰이 올 때까지 모두 역으로 가세요. 아무도 떠나면 안 돼요."

"어거스트 씨, 이리 와서 이거 좀 보세요." 넷 삼촌이 말했다.

"협박장?" 어거스트는 감정을 참으려 애쓰며 퉁명스럽게 말했다.

할은 고개를 끄덕이고 그가 읽을 수 있도록 뒤로 물러났다.

"만지지 마십시오." 하들리가 부드럽게 말했다." 지문이 있을 수도 있어요."

어거스트는 와이퍼를 들지 않고 종이를 훑어봤다. "욕심쟁이 하층민들아!" 어거스트는 소리를 지르며 꽉 쥔 주먹을 들어 차의 보닛을 쾅 내리쳤다.

"그들은 멀리 가지 않았을 것입니다." 넷 삼촌은 조용하고 확신에 찬 말투로 말했다. "분명 경찰이 범인을 찾을 거예요."

마침 경찰차가 주차장으로 들어서고 있었다. 경찰차의 불빛으로 밤은 빨간색과 파란색으로 타올랐다. 어거스트는 딸 걱정에 힘들었지만 그들을 만나러 가야 했다.

"할, 괜찮아?" 넷 삼촌은 그의 어깨에 팔을 둘렀다.

할은 어깨를 으쓱했다. "삼촌은 마리안느를 지켜보고 있어야 했어요." 할은 분노가 치솟는 것을 느꼈다. "날 믿지 않았죠?"

"아니야, 삼촌은 널 믿었어. 단지 그녀가 실버 스카우트에서는 안전하다고 생각했단다. 잠시 그녀에게서 눈을 떼었을 뿐이야……." 할은 시선을 돌렸다. "미안하다." 삼촌이 할의 팔에 손을 얹자 할은 몸이 떨리는 것을 느꼈다.

"번호판을 봤어요." 할이 감정이 묻어나는 목소리로 퉁명스럽게 말했다.

"정말로?"

"네, 차 오른쪽 뒤 범퍼에 움푹 들어간 곳이 있었고 타이어는 많이 닳았어요. 마리안느를 끌고 간 사람은 키가 작아서 마리안느보다 7~10센티미터 정도 더 컸고, 검은색 옷을 입어서 뭐라 말하기는 어렵지만…… 아무래도 여자인 것 같아요."

"뭐! 왜?"

"확신할 수는 없어요. 발라클라바(머리, 목, 얼굴을 거의 다 덮는 방한모. 역자 주)와 검은색 후드 티를 입고 있어서 머리카락이나 얼굴은 볼 수 없었지만, 발은 마리안느와 거의 같은 크기로 작아 보였어요. 바닥에 발자국이 있는지 확인하면 알 수 있을 것 같아요. 제가 범인이 여자라고 생각한 것은 그녀의 몸매와 허리, 엉덩이의 곡선이었어요." 할은 고개를 끄덕였다. "확실히 여자였어요."

근처에 서 있던 메이슨과 하들리는 입을 벌리고 대화를 들었다.

"할, 그걸 어떻게 다 봤어?" 넷 삼촌이 평평한 지붕이 있는 역으로 세 명의 아이들을 안내할 때 하들리가 물었다.

"나는 그림을 그릴 때 사물의 모양, 크기, 비율을 봐. 마치 내 뇌가 사진을 찍고 내 손이 프린터가 되는 것과 같지. 세세한 것은 나도 내가 그릴 때까지 알아차리지 못해. 그림을 그리기 전에는 말로 설명하라고 하면 기억이 흐려지고 무엇을 보았는지 확신이 서지 않거든." 할은 어깨를 으쓱했다.

"야!" 메이슨이 소리쳤다. "넌 마치 레오나르도 다빈치와 셜록 홈스가 하나가 된 것 같잖아."

"셜록 홈스라면 마리안느가 납치되기 전에 모든 것을 해결했을 거야." 할은 뾰로통하게 대답했다.

기차 안의 승객들은 무슨 일이 일어나는지 보려고 유리창에 코를 박고 있었다.

할은 메이슨과 하들리와 함께 역으로 갔고, 그곳은 실버 스카우트의 기자들이 서로에게 속삭이고 전화하면서 북적거렸다. 할은 서서 군중을 훑어봤다.

"누군가를 찾고 있니?" 메이슨이 물었다.

"라이언." 할이 이를 갈며 말했다. "그는 이런 일이 일어날 것을 알고 있었는데 아무것도 하지 않았어."

"그렇지 않아." 하들리가 말했다. "라이언은 너에게 무언가 말하려고 했어, 그렇지 않아?"

"어쩌면 그게 라이언이 할 수 있는 전부였는지도 몰라." 메이슨이 덧붙였다.

"라이언은 어디 있는 거야?" 할이 사람들을 다시 훑어보았다. "라이언을 찾으려고 기차 전체를 뒤졌는데 없었어."

넷 삼촌은 두 명의 경찰관과 이야기를 하고 있었다. 덩치가 큰 금발 장교가 그녀의 무전기에 대고 말하고 있었고, 턱이 네모난 남자는 넷 삼촌이 할을 가리키자 고개를 끄덕였다. 그러고는 넷 삼촌과 두 명의 경찰관은 하들리, 메이슨과 함께 있는 할에게 걸어왔다.

"경사 버키란다." 남자 경관이 할에게 손을 내밀며 악수했다. "몇 가지 질문을 하고 싶구나."

"아빠!" 메이슨이 걱정스러운 표정으로 역 출입구에 나타난 프랭크 모레티를 보고 소리쳤다.

"오, 얘들아!" 프랭크는 아이들을 팔로 안으면서 앞으로 달려왔다. "어떤 소녀가 납치되었다는 얘기를 듣고……." 프랭크는 심장을 부여잡고 고개를 저었다. 눈에는 눈물이 고이기 시작했다.

"괜찮아, 아빠." 하들리는 아빠를 안심시키며 꼭 껴안았다.

"비명 소리가 들리자 기차에 탄 사람들은 모두 창문으로 달려갔어. 순간 나는 기차 사이를 뛰어다니며 너희를 찾아다녔어." 프랭크는 그의 얼굴을 움켜쥐었다. "나는 너를 본 줄 알았는데 네가 아니었어." 프랭크는 여전히 혼란스러워하며 중얼거리고 있었다. "너를 찾지 못했지. 그래서 나는 경찰에게 말하려고 했는데, 그들은 나를 …… 그래서…… 나는 생각……."

"아빠, 하들리에게 아무 일도 일어나지 않도록 할게요." 메이슨은 아빠의 팔을 부드럽게 잡았다. "납치된 것은 어거스트 레자 아저씨의 딸이에요. 우리가 그것을 보았고요."

"봤어?" 프랭크의 눈이 커졌다. "아, 불쌍한 아이."

넷 삼촌은 프랭크에게 손을 내밀었다.

"저는 할의 삼촌인 나타니엘입니다. 이분들은 오마하 경찰서의 버키 경사와 바인즈 경관이고요. 아이들에게 질문할 게 있다고 합니다."

"네." 프랭크 모레티는 아이들을 놓지 않고 고개를 끄덕였다.

"해리슨과 먼저 이야기할 거니 아무 데도 가지 마라." 바인즈 경관이 하들리와 메이슨에게 말했다. "곧 다른 경찰관이 너희에게도 진술을 받을 거거든."

"여기는 너무 번잡하구나." 버키 경사가 할에게 말했다. "조용한 곳으로 가자, 따라와."

그들은 옆문을 통해 경찰관을 따라 매표소로 들어갔고, 그곳에서 할은 회전의자에 앉았다. 경찰들은 계산대에 등을 대고 섰고, 뒤편의 유리 벽으로 인해 혼잡한 역의 소음이 줄어들었다. 버키 경사는 블라인드를 내렸다.

"네 삼촌은 네가 납치범과 그들의 차량에 대해 구체적인 사항을 보았다고 하던데……." 바인즈 경관이 노트북을 펼치며 말했다.

할이 경관에게 스케치북을 보여 주었다.

할은 그림을 가리키며 삼촌에게 했던 말을 그대로 반복했다. 바인즈 경관은 할이 말하는 모든 것을 받아 썼고, 버키 경사는 눈을 가늘게 뜨고 할과 그림 번갈아 보았다.

"나는 네가 그 모든 것을 다 봤다는 것이 놀랍구나." 버키 경사는 믿기지 않는다는 듯이 말했다. "꽤 어두웠는데 말이야."

할은 어깨를 으쓱했다. "역에는 불이 켜져 있었어요."

"다음에는 납치범의 몸무게도 얼마인지 알려 주겠네." 버키 경사가 농담했지만 할은 망설임 없이 대꾸했다.

"대략 55킬로그램이요. 저희 어머니와 키가 비슷하지만, 더 날씬하고 더 어리다고 생각해요."

"그래서 납치범이 55킬로그램 정도 나가는 여자였단 말이지?"

버키 경사는 의아해하며 물었다. "혹시 나이까지 알아?"

"아니요, 하지만 그녀는 몸부림치는 마리안느를 트렁크 속으로 들어 올려 넣을 만큼 매우 강했어요…… 그래서 나는 그녀가 스무 살에서 서른 살 사이라고 생각합니다."

"와, 꼬마야." 버키 경사가 손을 저었다. "이건 사실이 아니야."

"전 제가 본 것을 말하고 있습니다." 할의 얼굴이 굳어 버렸다.

"그림은 증거가 아니란다." 바인즈 경관은 상냥하게 말했다.

넷 삼촌은 앞으로 몸을 기울였다. "할에게서 자동차의 제조사와 색상, 번호판을 알아냈죠?" 바인즈 경관이 고개를 끄덕였다. "그 정보를 확인할 수 있다면 할의 다른 말도 고려해 볼 수 있지 않을까요?"

"물론입니다, 즉시 번호판을 조회하겠습니다." 바인즈 경관은 노트북을 닫았다.

하지만 할은 경찰관들이 자신의 말을 진지하게 받아들이지 않는다는 것을 알 수 있었다.

"도와줘서 고마워, 꼬마야." 버키 경사가 할에게 윙크했다. "이제부턴 우리에게 맡겨 보렴."

"이제 너는 기차로 돌아가도 된단다." 버키 경사가 문을 열자 바인즈 경관이 말했다.

바인즈 경관은 고개를 저었다. "범죄는 기차 밖에서 일어났고 우리는 단서를 찾기 위해 모든 증인을 인터뷰하고 있어. 레자의 기자 회견에 온 사람들은 오마하에 남아 있어야 해. 지금 기차를 수색하고 있지만, 샌프란시스코로 여행하는 착하고 정직한 사람들을 막을 필요는 없겠지. 우리가 작업을 마치면 기차가 떠날 거야."

"실버 스카우트는 어떤가요?" 삼촌이 물었다.

"조사가 끝나면 캘리포니아 코밋과 함께 떠날 것입니다. 레자 씨는 그것을 샌프란시스코에 있는 그의 집으로 가져가길 원하기 때문에 함께 출발했다가 에머리빌에서 분리될 것입니다."

역 건물에서 나온 할은 귀가 먹먹할 정도로 시끄러운 헬리콥터 프로펠러 소리에 고개를 숙였다. 할은 눈부신 스포트라이트에 순간적으로 눈이 멀었다. 시야를 잘 보이게 하려고 눈을 깜박이는데, 저 멀리 승강장에서 바인즈 경관이 바네사 로드리게스를 향해 걸어가고 있었다. 그녀는 가죽 재킷 주머니에서 무언가를 꺼내 바인즈 경관에게 보여 주며 이야기를 나누다가 그 자리를 떠났다.

"할, 뭘 보고 있는 거니?" 역에서 나오자 하들리가 물었다. "저기 바네사 로드리게스는 우리 맞은편 루멧에 있어. 경찰이 왜 그녀와 이야기하고 있는지 궁금해서 말이야."

"아마 창밖으로 무언가를 보았겠지."

"우와, 수색 헬리콥터!" 메이슨은 손으로 눈을 가렸다. "너희들 '뜨거운 추격'이라는 텔레비전 프로그램 봤니? 악당들은 수색 헬리콥터가 따라붙으면 절대 도망 못 가더라고. 굉장하다! 마리안느는 곧 구출될 거야."

"경찰들이 납치범을 감옥에 넣었으면 좋겠어." 하들리의 말에 할이 고개를 끄덕였다.

"경찰이 너희에게도 질문했니?"

"응, 우리 진술도 받았어." 메이슨이 말했다.

"휴…… 얘들아, 아빠는 한잔 마시고 싶구나." 프랭크 모레티가 이마의 땀을 닦으며 말했다. "아직 카페가 열려 있는 것 같은데…… 얘들아, 아이스크림 먹을래? 이런 충격에서 벗어나려면 뭔가 먹는 게 좋아. 나는 이탈리아 사람이라서 이런 일에 대해 잘 알거든."

하들리와 메이슨은 환호했다.

"저도 아이스크림이 먹고 싶어요, 따라가도 돼요? 자려고 해도 잠을 잘 수가 없을 것 같아요." 할이 삼촌에게 말했다.

"괜찮으시겠어요, 모레티 씨?" 넷 삼촌이 물었다.

"그럼요, 할을 놓치지 않고 잘 보고 있을게요. 그리고 프랭크라고 불러 주세요."

"고마워요, 프랭크."

넷 삼촌은 할에게 쓸쓸한 미소를 지으며 낮은 목소리로 말했다. "너를 실망하게 해서 미안하구나. 친구와 함께 가서 아이스크림을 먹으면 기분이 좀 나아질 거야. 내가 필요하면 방에 있을 테니 언제든지 부르렴."

"일하실 거예요?" 할은 살짝 넷 삼촌을 비난하듯이 말했다.

넷 삼촌은 아래를 내려다보며 고개를 끄덕였다. "신문은 내일의 이야기를 원하니까…… 이 사건은 1면 뉴스가 될 거야."

chapter 11

동기, 수단 그리고 이유

"**이**제 무엇을 할까?" 메이슨이 초콜릿 아이스크림 통을 숟가락으로 파헤치며 말했다.

할과 그의 두 친구는 마리안느와 함께 앉았던 테이블에 앉아 있었다. 프랭크는 계산대에서 카페 점원인 찰리와 이야기를 나누면서 수시로 아이들을 쳐다보았다.

"무슨 말이야?" 할이 인상을 찌푸렸다.

"넌 탐정이잖아?" 메이슨이 숟가락으로 할을 가리켰다. "그러니까 범인을 찾아야지."

할은 친구 레니를 구하기 위해 보석 도난 사건을 해결한 것뿐이라고 항의하려다가 관뒀다. 마리안느도 친구였기 때문이다.

"나는 네가 이전에 말한 것에 대해 여전히 놀라고 있어." 메이슨의 목소리가 높아졌고 완벽한 크루 억양으로 덧붙였다. '나는 뭔가를 볼 수 있어야 한다고 느끼지만 내가 무엇을 찾고 있는지는 모르겠어.' 그는 테이블을 두드렸다. "너는 마치 이런 일이 일어날 거라고 말한 거 같아."

하들리는 큰 눈으로 할을 바라보았다. "이런 일이 일어날 줄 알았어?"

"정확하진 않아." 할이 자신을 바라보는 그들의 깜박이지 않는 눈을 불편하게 느끼며 말했다. "그건 마치…… 그림을 봤는데 네가 기대한 것이 아니기 때문에 뭔가가 눈에 거슬리는 것과 같아." 할은 고개를 저었다. "내 말이 이해되니?"

하들리는 고개를 끄덕였다. "주차장에서 봤어. 넌 모든 것을 엄청 빨리 그리더라. 같은 것을 보고 있는데도 내가 보지도 못한 것을 알아차리던걸?"

"경찰에게는 라이언의 메시지에 대해 뭐라고 말했니?" 메이슨이 물었다.

할은 죄책감을 느끼며 말했다. "경찰은 내 그림이 유치하다고 생각하더라. 라이언이 보이지 않는 메시지를 남겼다는 것에 대해 이야기했다면 이상한 아이로 여겼을지도 몰라. 그들은 내가 하는 말에 관심이 없었어."

"어른들이 우리를 진지하게 생각하는 때는 언제쯤일까?" 하들리는 고개를 갸우뚱했다. "나도 마술사라고 하면 꼭 잔소리를 듣는다니까." 그렇게 말하고 하들리는 팔짱을 꼈다. "하지만 우리는 마지막에는 결국 멋지게 해낼 거야."

"넌 대단한 마술사야. 난 네가 메이슨을 어떻게 사라지게 했다가 다시 나타나게 했는지 아직도 모르겠거든."

"후후, 그건 간단해." 하들리는 손가락을 흔들었다. "메이슨은 사실 옷장에 숨어 있었지. 그동안 나는 너의 주의를 끌었고 그가 돌아올 때 수정 구슬을 사용해서 그를 덮은 거야."

"그게 그렇게 간단한 일이야?" 할은 놀란 표정으로 메이슨을 바라보았다.

"내가 어떻게 못 봤지?"

"넌 하들리가 보았으면 하는 것을 본 거지. 그게 마술이야!" 메이슨이 씩 웃었다. "하지만, 네가 하는 일은 정말 대단해. 넌 마리안느가 위험에 처했다는 것을 직감했잖아. 그리고, 와! 그녀는 정말로 납치되었고. 네가 납치범이 아니라면 굉장한 탐정임이 틀림없어. 그러니 이 일을 제대로 밝혀 보자. 누가 마리안느를 납치했는지 알아내는 거야."

"할 수 있을지 확신이 서지 않아. 미국은 내 고향과는 너무 다르거든." 할이 스케치북을 꺼내며 말했다. "보석 도난 사건을 해결할 때는 장소와 사람, 언어 모두 나에게 익숙했고, 삼촌이 도와주었어."

"그래, 하지만 이번에는 우리가 있잖아." 하들리가 말했다.

"적어도 리노에 도착할 모레까지는 말이지." 메이슨이 덧붙였다.

"용의자가 누구인지 알아내려면 몇 가지를 생각해야 해." 할은 스케치북 페이지를 넘기며 말했다. "동기, 수단, 기회, 이유 그리고 범행 방식 같은 거 말이야." 협박 편지를 베껴 둔 페이지에서 멈췄다. "자, 동기부터 시작하자. 누가, 왜 마리안느를 납치하려 한 걸까?"

셋은 모두 스케치북을 내려다보았다.

"그들이 1,000만 달러를 요구했다는 것이 믿기지 않아. 내 말은, 레자는 세계에서 가장 부유한 남자 중 한 사람이야. 나라면 5,000만 달러 또는 1억 달러라고 말했을 거야."

할은 메이슨의 말에 동의하며 고개를 끄덕였다. "레자의 로켓을 디자인한 상금이 10억 달러라고."

"아마 그들은 레자가 1,000만 달러를 지급할 가능성이 더 크다고 생각한 당신의 딸을 데리고 있습니다.
그녀를 다시 보고 싶다면 1,000만 달러를
터치스톤 홀딩스 계좌 번호
9781529013061로 이체하십시오.
돈이 들어올 때까지
매일 딸의 치아를 하나씩 보내겠습니다.

것 같아." 하들리가 자신의 의견을 말했다.

"마리안느는 우리에게 납치될 만한 동기를 알려 주었어." 할이 말했다. "사람들이 아버지의 돈과 비밀을 노린다고 했었잖아."

"어떤 비밀일까?" 하들리가 물었다.

"사업 비밀?" 메이슨이 말했다.

"편지에 적힌 글자는 영화에서 보듯이 신문 머리기사에서 자른 거야. 아마도 납치범이 영리하다면 지문도 없을 거야. 그러나 우리는 한 가지를 알 수 있어……." 할은 하들리와 메이슨을 바라보았다. "이 글자들을 모두 찾아서 오려 내고 종이 한 장에 붙이려면 시간이 걸렸을 거야. 급하게 할 수 없어. 따라서 납치가 신중하게 계획되었다는 거지."

하들리와 메이슨의 눈이 커졌다.

"그렇다면 이 터치스톤 홀딩스 은행 계좌는 어떻니?" 메이슨이 물었다.

"나는 은행 계좌에 대해 잘 모르지만, 영화에서 나쁜 사람들은 바하마에 가명으로 계좌를 가지고 있더라고." 하들리가 말했다.

"은행 계좌는 경찰이 조사할 것이라고 확신해." 할이 말했다.

"자, 그럼 마리안느가 납치된 방식은 어떻지?" 메이슨이 말했다. "수단!"

"우리가 무엇을 알고 있지?" 할이 물었다.

"검은 옷을 입고 얼굴을 가린 누군가가 시동을 켠 채 적갈색 쉐보레에서 기다리고 있었어."

"그래." 할이 고개를 끄덕였다. "유괴범은 단 한 명뿐이었고."

"어거스트 아저씨가 오마하에서 기자 회견을 열고 있다는 것은 모두 알고 있는 사실이야." 메이슨이 말했다.

"그래, 하지만 딸을 데려온다는 것을 모든 사람이 아는 것은 아니지." 할이 지적했다. "협박 편지가 중요한 단서가 될 거야."

"유괴범은 마리안느가 혼자 경호원도 없이 있기를 바라면서 시동을 켠 채 차 안에 앉아 있지는 않았을 거야." 하들리가 말했다.

"맞아." 할이 동의했다. "그리고 마리안느는 왜 밖으로 나갔을까? 우디 아저씨가 어디든 함께 가는데 말이야. 게다가 난 넷 삼촌에게도 마리안느를 지켜봐 달라고 부탁했었어. 그런데 둘 다 실패한 거지."

"실버 스카우트의 누군가가 납치범을 위해 일하고 있는 거야! 그 사람이 마리안느가 밖으로 나가게 만든 거 같아." 하들리가 숨을 헐떡이며 말했다.

"보디가드에게서 떨어져서 말이지." 할이 고개를 끄덕였다.

"우리가 마리안느를 만났을 때 너에게 상처를 준 것에 대해 사과했었어."

메이슨은 할을 바라보았다. "무슨 일이 있었던 거야?"

"마리안느가 내 머리카락을 잡아당겼어. 마리안느의 침실에서 그림을 그리다가 실수로 펜이 들어 있는 병을 바닥으로 떨어뜨렸거든. 그래서 그것을 주우려고 몸을 굽혔는데 마리안느가 내 머리카락을 잡아당겼어. 정말 아팠지."

"머리카락을 잡아당겼다고?" 하들리는 놀란 표정을 지었다.

"그리고 소리를 지르며 화도 막 내고."

"헐!" 메이슨이 눈을 깜박였다.

"삼촌은 뭐라고 했는데?" 하들리가 물었다. "삼촌에게는 말하지 않았어." 할이 말했다. "삼촌은 내가 어거스트 아저씨의 딸과 잘 지내는 것을 기뻐하는 것 같았거든. 그래서 마리안느가 나를 싫어한다고 삼촌에게 말하고 싶지 않았어."

"이상한 변장을 한 것에 대해서는 이야기했니?" 메이슨이 물었다.

"그걸 말할 시간이 없었어." 할은 고개를 저었다. 할은 그것이 사실이 아님을 알고 죄책감에 시달렸다. '왜 넷 삼촌에게 털어놓지 않았을까?'

"얘들아, 미안하지만 이제 그만 이야기를 끝내야겠구나. 너무 늦었거든." 프랭크는 셔터를 내리고 있던 매점 직원을 가리켰다. "빨리 떠나지 않으면 여기 찰리가 호박으로 변할 거야."

기차가 요동을 치면서 오마하역을 출발하는 순간 그들은 모두 창밖을 바라보았다. 경찰차의 회전하는 빨간색과 파란색 표시등, 위성 방송 수신 안테나가 달린 가십 텔레비전 쇼 봉고차, 수많은 기자들…… 그 모든 게 사라지고 어둠이 찾아왔다.

할은 차의 트렁크에 실린 마리안느를 생각하면서 몸을 떨었다. '납치를 막을 수 있었을까? 마리안느는 지금 어디에 있을까? 두려움에 떨고 있겠지?' 할은 위협적인 편지의 내용과 마리안느의 치아에 대해 생각하고 눈을 감았다.

"주 경찰 전체가 그녀를 찾고 있어." 메이슨이 부드럽게 말했다. "네 덕분에 그들은 차량 번호를 가지고 있잖아. 나는 마리안느가 아침까지 아빠와 함께 돌아올 것이라고 확신해."

"만약 못 돌아오면?" 할이 말했다.

"그럼 아침에 다시 만나자." 하들리가 대답했다. "그래서 우리가 이 문제를 해결하는 거야."

할은 고개를 끄덕였다. "그래, 우리는 그녀를 도와야만 해."

세 사람은 일어나서 프랭크를 따라 그들의 방으로 돌아갔고 그곳에서 헤어졌다.

"잘 자, 셜록 다빈치." 메이슨은 침실 문을 닫으며 할에게 속삭였다.

네브래스카로 향하면서 객차는 조용히 삐걱거렸고 레일 위 바퀴는 덜컹거리는 소리가 났다. 할은 조심스럽게 루멧의 문을 밀어 열었다. 할의 침대는 접혀 있었다. 넷 삼촌은 맨 아래 침대에 똑바로 앉아 안경을 끼고 무릎에 일기장을 펴 놓은 채 곤히 잠들어 있었다. 할은 일기장과 안경을 조심스럽게 들어 선반 위에 놓고 독서등을 껐다.

할은 객실 벽에 내장된 발판을 딛고 침대로 올라갔다. 탁탁 소리를 내며 정전기로 불꽃이 튀는 파란색 폴리에스터 담요를 펼치고 그 아래로 몸을 쭉 뻗고 눈을 감았다. 기차가 할을 부드럽게 흔드는 동안 노란색 드레스를 입은 겁에 질린 마리안느가 차 트렁크에 몸을 웅크리고 있는 모습이 떠올랐다. 그래서 다시 눈을 뜰 수밖에 없었다.

할은 캘리포니아 코밋에서 이런 식으로 첫날밤을 보낼 것이라고는 전혀 생각하지 못했다.

chapter 12

산 시간대

할은 커피 냄새와 기차 소리에 잠에서 깼다. 전날 밤, 잠이 오지 않아 침대에 누워 천장을 바라보며 기차 선로에서 길 잃은 소에게 경고하는 경적을 세기 시작했다. 스물셋까지 세고 나서 잠에 골아떨어지고 말았다.

"할, 잘 잤니? 프랜신이 선물을 줬구나." 넷 삼촌은 한 손에는 새까만 커피 한 잔을, 다른 한 손에는 막대 사탕을 들고 출입구에 서 있었다.

"나는 사탕을 먹을 만큼 어리지 않고 커피는 좋아하지 않아요." 할은 퉁명스럽게 말했다. 할은 여전히 마리안느를 지켜보지 않은 삼촌에게 화가 나 있었다. 할은 재빨리 자리에서 일어나려다 천장에 머리를 부딪쳤다.

"저런, 조심해야지." 넷 삼촌이 앉으면서 부드럽게 말했다.

"마리안느에 대한 소식은 없나요?"

"없어, 하지만 아직 이른 시간이야."

"지금 몇 시예요?" 할이 몸을 일으켜 넷 삼촌의 침상이 다시 두 개의 좌석임을 발견하고는 물었다.

"좋은 질문이야." 넷 삼촌은 자신 없는 미소를 지으며 대답했다. "아침 7시처럼 느껴지지만 6시야. 어젯밤에 우리는 네브래스카에서 콜로라도로 건너가 새로운 시간대에 들어왔기 때문에 1시간 뒤로 갔단다." 두툼한 은색 끈이 달린 시계를 벗고 옆에 있는 은색 버튼을 빙글빙글 돌렸다. 가느다란 주황색 초침이 지나가는 초를 표시하기 위해 앞으로 잽싸게 움직이자 분침이 시계의 앞면 주위로 뒤집혔다.

"다른 나라에 갔을 때만 그런 줄 알았는데……."

"미국은 너무 커서 시간대가 여섯으로 나뉘어 있어. 동쪽의 워싱턴 D.C.와 서쪽의 하와이는 7시간 차이가 나지. 어젯밤 우리는 중부 표준시를 떠났고 지금은 산지 시간에 있어."

"산이라고요? 산은 안 보이는데요?" 할은 창밖을 내다보았다. 밝고 맑은 아침이었다. 콜로라도의 희뿌연 흙이 지평선까지 펼쳐져 있었다.

"오늘 우리는 로키산맥의 눈 덮인 봉우리를 지나갈 건데 그 광경은 정말 환상적일 거야." 넷 삼촌은 시계를 다시 차고 있었다. "운이 좋으면 곰이나 큰 사슴을 발견할 수도 있어."

"그것들도 시간을 바꿔야 하지 않나요?" 할은 남은 다섯 개의 시계를 가리켰다.

"괜찮아, 도쿄나 집의 시간은 변하지 않았거든." 삼촌은 오른팔을 들어 올렸다. "베를린, 시드니, 모스크바도 안 바뀌어. 움직이는 것은 시간이 아니라 우리란다."

할은 고개를 가로저었다. "미국에 온 이후로 몇 시인지 모르겠어요." 할은 잠이 덜 깬 눈을 비비며 말했다. "먹는 시간과 취침 시간에 몸이 적응이 안 돼요."

"시차로 인해 그럴 수 있어." 넷 삼촌은 걱정스럽게 할은 쳐다보았다. "그래, 잠은 좀 잤니?"

"조금요." 할이 어깨를 으쓱했다. "마리안느를 머리에서 지울 수 없었거든요."

"나도 마찬가지야." 넷 삼촌은 잠시 말을 멈췄다가 목을 가다듬었다. "어제의 드라마 같은 일을 말하기 싫다고 해도 이해가 되지만, 이야기를 좀 해도 될까?"

"네, 상관없어요."

"시간을 되돌릴 수만 있다면 무슨 짓이든 할 거란다." 넷 삼촌은 조용히 말했다.

"삼촌은 마리안느가 납치될 때 뭘 하고 계셨던 거죠?"

"나는 실버 스카우트에서 마리안느의 맞은편에 앉아 있었어. 그 애는 문 옆에서 졸라와 이야기하고 있었고, 바로 옆에 우디 씨가 있었지. 어거스트 씨는 태양 전지가 어떻게 작동하는지 시연하고 질문을 받고 있어서 나는 그에게 질문 하나를 했고…… 그 바람에 잠깐 마리안느에게서 눈을 뗐단다." 넷 삼촌은 고개를 숙였다. "나는 우디 씨가 음료수 쟁반을 들고 있는 것을 보고는 마리안느가 안 보이는 것을 깨달았어. 기차를 건너 문으로 가는데 비명이 들려서 달려나갔던 거야." 삼촌은 두 손으로 얼굴을 가리고 심호흡하며 감정을 가라앉히려 애쓰며 할을 바라보았다. "하지만 내가 너무 늦었어."

"마리안느와 졸라가 무슨 이야기를 하고 있었는지 알아요?"

"뭔지는 모르겠지만, 확실한 것은 졸라가 어거스트 씨의 연설보다 더 흥미를 가질 만한 이야기였겠지.”

“그렇다면 무슨 얘기를 했는지 졸라 누나에게 물어봐야 해요.” 할은 동의를 구하면서 고개를 끄덕이는 넷 삼촌을 바라보았다.

“넌 승강장에 있었고. 그런데 할, 너 의심하는 거야……? 내 말은, 졸라가 마리안느 근처에 있지 않냐고?”

“졸라 누나가 실버 스카우트에서 혼자 나오는 걸 봤어요. 그때 마리안느가 소리쳤고…… 나는 달렸어요…… 마리안느가 끌려가는 것을 보면서 말이에요. 졸라는 나만큼 빠르고 열심히 마리안느를 향해 달려가고 있었어요.”

넷 삼촌은 안도의 표정을 지었다. “할, 넌 마리안느가 위험하다는 걸 어떻게 알게 된 거지?”

“마리안느가 납치될 줄은 몰랐지만, 시카고의 유니언역에서 그림을 그릴 때 눈에 보이지 않는 일이 내 앞에서 일어나고 있다는 느낌을 받았어요.” 할이 말했다. “나는 마리안느가 우디 아저씨와 함께 유니언역 중앙 홀을 건너는 것을 보았어요…….” 할은 말을 멈추고 생각에 잠겼다.

“그래서?” 넷 삼촌은 앞으로 몸을 기울이며 물었다.

“삼촌, 방금 생각난 게 있어요.” 할은 침대 위로 손을 뻗어 스케치북을 집어 들고 첫 번째 그림을 펼쳤다. “마리안느가 라이언에게 윙크했어요. 저는 그때 마리안느가 라이언의 안면 보호대 때문에 친절하게 대했다고 생각했어요. 그리고 제대로 대답하지 않는 라이언을 보고 수줍어하거나 창피해한다고 생각했어요.”

“내가 보기에도 라이언은 수줍어하는 거 같은데?”

“네, 하지만…….” 할은 창밖을 스쳐 지나가는 덤불을 바라보았다. “둘이 아는 사이 같다고 생각하는 거니?"

넷 삼촌은 인상을 찌푸렸다. "라이언 잭슨과 마리안느 레자가 만날 기회가 많았을 거라고는 가정할 수 없어. 마리안느는 파리에서 학교 다닌다고 하지 않았니?"

할은 고개를 끄덕였다. "우리가 라이언과 그의 아빠와 점심을 먹었을 때를 기억해요? 라이언은 말수가 많지 않았지만, 나에게 뭔가를 말하려는 느낌이 들었어요."

문을 두드리는 소리에 할은 말을 멈추었고 넷 삼촌이 손을 뻗어 문을 열었다.

하들리와 메이슨이 복도에 서 있었다. "좋은 아침!" 하들리가 인사했다.

"아빠는 여전히 코를 골지만 우리는 배고파요." 메이슨이 말했다.

"그리고 마리안느에 대한 소식이 있는지도 궁금하고요." 하들리가 덧붙였다.

"아직 아무것도 없어." 넷 삼촌이 대답했다.

"할, 아침 같이 먹을래?" 메이슨은 할을 간절히 바라보았다.

할은 넷 삼촌에게 질문하는 표정을 지었다. "가도 돼요?"

넷 삼촌은 고개를 끄덕였다.

"삼촌은 졸라와 먹을게. 그녀에게 묻고 싶은 게 몇 가지 있거든."

"얘들아, 난 옷을 입어야 해. 거기서 보자."

"알았어." 메이슨이 고개를 끄덕이곤 모레티 남매는 사라졌다.

"마리안느가 밖으로 나간 이유와 우디 아저씨가 함께 있지 않은 이유를 졸라 누나에게 물어보세요." 할이 청바지와 줄무늬 점퍼를 입으며 말했다. "그리고 졸라 누나도 왜 밖에 나갔는지 알아낼 수 있으면 알아보세요." 할은 양말을 신고 신발을 집어 들었다. "식당에서 만나요."

"잠깐, 할." 넷 삼촌이 일어섰다. "우리, 괜찮은 거지?"

할은 삼촌이 걱정하고 있다는 것을 깨닫고 그 질문에 놀랐다. "괜찮죠."

"할, 고맙구나." 넷 삼촌은 대답했다.

할은 복도로 나와 문을 닫았다.

마침 지나던 프랜신이 할을 보고 걱정스레 말했다. "얘야, 신발을 신는 게 좋겠구나. 날카로운 것에 발이 다칠 수 있거든."

"미안해요, 프랜신 누나." 바닥에 쪼그려 앉아 신발 끈을 묶던 할은 카펫 위에 구겨진 사탕 포장지가 놓여 있는 것을 발견했다. 할은 그것을 집어 들고 보라색과 검은색 포일을 살펴보았다. 작은 소용돌이 모양의 글자로 블랙커런트 감초라는 단어가 인쇄되어 있었다. 할은 주머니에 손을 넣어 전날 마리안느가 그에게 준 사탕을 꺼냈다.

정확히 같았다.

chapter 13

훌리오의 아침 식사

할은 쌉싸름한 커피와 베이컨, 메이플시럽 향을 따라 식당으로 달려갔다. 얼은 메이슨과 하들리가 기다리고 있는 코너 테이블을 가리키며 할을 향해 씩 웃었다.

"애들아, 이것 좀 봐." 모레티 남매를 만난 할은 탁자 위에 사탕 포장지를 내려놓으며 말했다. "루멧 밖 바닥에서 찾았어." 메이슨과 하들리는 어리둥절한 표정을 지었다. "이건 마리안느가 가장 좋아하는 거야." 할은 포장지 옆에 사탕을 놓았다. "프랑스 사탕이거든."

"그래서?" 하들리가 물었다.

"내 루멧 밖에 이게 어떻게 놓여 있는 걸까?"

"음, 모든 객차에 여러 가지 사탕이 담긴 그릇이 있어." 메이슨이 지적했다. "할 수 있는 한 많이 먹는 게 내 의무라고 생각해."

"이렇게 생긴 거 먹어 봤어?" 할이 사탕 포장지를 가리키며 말했다. "블랙커런트 감초야."

"어우, 아니."

"그래서 이게 어디서 나왔을까?" 할이 앉으며 물었다. "프랑스 사탕이야. 나는 이 사탕이 그 사탕 그릇에 있다고 생각하진 않아."

"하지만 이 사탕을 가지고 있는 사람이 이 기차에 마리안느뿐이라면 어떻게 그 포장지가 너의 루멧 밖에 있을 수 있을까?"

"바로 그거야!" 할이 말했다.

"마리안느가 어제 점심시간에 지르코나 스파이를 피하려고 지나가면서 떨어뜨린 게 아닐까?" 메이슨이 추측했다.

"아니, 프랜신 누나는 온종일 청소를 해." 할이 말했다. "어제 떨어뜨린 거라면 프랜신이 이미 쓸어 버렸을 거야."

"그렇다면……." 하들리는 어깨를 으쓱했다. "이게 단서야!" 할이 포장지를 집어 들며 말했다.

"그게?" 메이슨은 인상을 찌푸리며 포장지를 바라보았다.

"만약 마리안느가 기차에서 이 사탕을 가지고 있는 유일한 사람이라면 말이지." 할이 스케치북을 꺼내 폈다. "어제 오후에 그녀가 그것을 떨어뜨리지 않았다면……." 그러고는 스케치북 사이에 사탕 포장지를 넣고 닫았다. "사실 오늘 아침에 루멧 밖에서 발견한 것은 어젯밤에 우리가 알지 못하는 일이 일어났음을 의미해."

"그런데 마리안느가 어젯밤에 어떻게 기차에 있었을까?" 하들리가 물었다. "마리안느는 기자 회견에 있었잖아. 네 삼촌은 마리안느와 함께 실버 스카우트에 있었고 말이야. 우리는 마리안느가 납치되는 것을 모두 보았어."

"음, 그건 모르겠어." 할이 인정했다.

얼이 테이블 옆에 나타났다. "주문하시겠어요?"

"팬케이크를 먹고 싶어요." 메이슨이 말했다.

"좋은 선택이야. 저도 팬케이크 주세요." 하들리가 고개를 끄덕였다.

"저도요." 할이 상냥하게 미소 지었다. "얼 아저씨, 오늘 아침에 라이언 봤어요? 교정기와 빨간 안경을 쓴 소년인데요, 우리와 함께 아침 식사를 하고 싶어 할지도 몰라서요."

메이슨과 하들리는 서로를 쳐다보았다.

"어제 점심 이후로 보지 못했구나." 얼은 고개를 저었다.

"아, 어쩌면 이미 기차에서 떠났을지도 모르겠네요." 할이 말했다.

"그렇진 않아. 그의 아버지는 저쪽에 있거든." 얼은 진 잭슨이 바네사 로드 리게스와 다른 두 사람과 함께 앉아서 입에 달걀을 쑤셔 넣고 있는 곳을 가리켰다. "바로 팬케이크 가져올게." 얼은 펜을 귀 뒤에 꽂고 서둘러 자리를 떴다.

"할, 잘 알아내는구나!" 하들리는 깊은 인상을 받았다.

"어젯밤에 라이언을 찾지 못했을 때 그들이 오마하에서 내린 줄 알았어." 할은 커피를 홀짝이는 진을 바라보았다. "하지만 그들은 그러지 않았어." 할은 탁자에 몸을 기댔다. "우리는 라이언을 혼자 데려와서 그 메시지에 관해 물어보고 마리안느가 납치될 것을 알고 있었는지 확인해야 해."

"경찰에게 알려야 하지 않을까?" 하들리가 말했다.

"그렇겠지?" 할이 말했다. "하지만 잘못하면 아무것도 아닌 걸로 경찰의 시간을 낭비할 수도 있어."

"그럼 우리가 라이언을 찾아 경찰에 보내자." 하들리는 고개를 끄덕였다.

"누가 우리 용의자 명단에 있지?" 메이슨이 물었다.

"졸라 누나와 시모어 아저씨. 우선 졸라 누나는 범죄 현장에 있었고, 시모어 아저씨에 대해서는 좀 더 알봐야 한다고 생각해." 할이 대답했다.

"지르코나 스파이." 메이슨은 극적인 영화 예고편을 알리는 듯한 목소리로 말했다.

"좋은 아침, 얼이 나를 너희와 함께 식사하라고 보냈어." 파란색 패딩 코트와 붉은 곱슬머리를 한 여자가 할의 옆자리에 엉덩이를 내려놓고 할을 창가 쪽으로 밀어 넣었다. "같이 앉아도 되지? 내 이름은 아델베르트야, 그냥 애디라고 불러 줘." 애디의 진한 핑크색 입술이 따뜻한 미소로 벌어지자 하얀 치아 사이로 금 이빨이 보였다.

메이슨은 목에 두른 도마뱀을 쳐다보았다. "도마뱀이 정말 멋지네요!"

"너는 도마뱀을 무서워하지 않니?" 애디가 해적 목소리로 할에게 말했다. "난 앵무새보다 도마뱀이 더 좋아."

"턱수염 도마뱀이에요?" 할이 물었다.

"그래!" 애디는 감명받은 것 같았다.

"이름이 뭔데요?" 메이슨이 물었다.

"홀리오." 애디가 손가락 끝으로 도마뱀의 머리를 긁으며 대답했다.

"미국에서는 도마뱀이 기차에 탈 수 있어요?" 할이 물었다.

"홀리오는 여행 상자에 갇히면 짜증을 내거든." 애디가 도마뱀에게 쩍쩍거리는 소리를 내자 홀리오가 한쪽 눈을 윙크했다. "화난 도마뱀을 좋아하는 사람은 없어, 그렇지 않니? 나는 여동생과 함께 머물기 위해 새크라멘토로

여행을 가고 있는데, 돌봐 줄 사람이 없어서 시카고에 혼자 훌리오를 남겨
둘 수 없단다. 훌리오는 애완동물 여권이 없어 비행기를 탈 수 없거든. 기차
만이 유일한 방법이지."

"시카고에서 오셨어요?" 메이슨이 물었다.

"응."

팬케이크 접시를 들고 온 얼은 훌리오를 보며 혀를 찼다. "캐비지 양, 우리
는 이미 이 문제로 대화를 나누지 않았나요? 당신의 도마뱀은 식당차에 들
어올 수 없다고 말입니다."

할은 애디의 성을 듣고 웃지 않으려고 애쓰는 하들리와 메이슨을 바라보
며 킥킥 웃었다.

"오! 얼, 이 아이들은 훌리오가 있는 걸
개의치 않아요. 그렇지 않니?"

셋 모두 고개를 저었다.

"다른 손님들이 불편해하면 도
마뱀은 떠나야 하고 당신도 같이
나가야 합니다." 얼이 옆 테이블
을 시중들기 위해 몸을 돌리며 말
했다.

"어젯밤 이후에 사람들에
게 더 중요한 관심거리
가 생겼지 않니?" 애
디가 눈을 동그랗게

뜨고 물었다. "그 소녀에게 일어난 일은 정말 끔찍하지 않니?" 애디는 할에게 메이플시럽을 넘기며 고개를 저었다.

"끔찍해요." 하들리가 고개를 끄덕였다. "우리는 그녀를 알고 있거든요."

"어머! 너희들 힘들겠구나."

"할의 친구거든요." 메이슨이 말했다.

"일반 객차 사람들은 전부 그 얘기야." 애디는 훌리오의 꼬리를 쓰다듬으며 말했다. "사람들은 어거스트 씨와 그의 직원이 네브래스카 경찰을 돕기 위해 오마하에서 기차에서 내렸다고 하던데…… 멋진 은색 객차는 빈 채 잠겨 있었어, 맞지?"

할은 고개를 끄덕였다.

"혹시 너희가 모든 일을 본 세 아이니?"

"맞아요!" 메이슨이 씩 웃었다. "사람들이 우리에 대해서도 이야기하고 있나요?"

"당연하지, 다들 얼마나 용감했는지 말하고 있어." 애디는 메이슨에게 몸을 기댔다. "유괴범을 자세히 봤니?"

"아니요, 머리부터 발끝까지 검은색 옷을 입고 있었어요. 얼굴도 가렸고요." 메이슨이 말했다. "하지만 할은 범인이 여자라고 생각해요."

"그걸 어떻게 알지?" 애디가 할에게 날카롭게 물었다.

"잘 모르겠어요." 할이 말했다. "그냥 납치범의 키가 작았어요."

"세상에는 키 작은 남자가 많아." 애디가 메이슨을 바라보며 눈을 가늘게 뜨고 말했다. "설마 네 아빠가 유명한 가수 프랭크 모레티 씨는 아니겠지? 너는 그를 많이 닮았구나. 어제 오후에 이곳에서 그를 만났는데, 아주 잘생

겼더라."

메이슨은 고개를 끄덕이며 얼굴을 붉혔다. 하들리는 기가 막힌 표정이었다.

"유괴범은 발이 작고 허리가 가늘었어요." 할이 말했다.

"오, 네가 잘못 알고 있는 거 아닐까? 난 여자가 그 불쌍한 소녀를 납치했을 거라고는 생각하지 않아." 애디는 코트에서 성냥갑을 꺼내 어깨너머로 바라보며 할에게 윙크를 했다. 그러고는 성냥갑을 열어 힘겹게 뛰는 귀뚜라미를 들어 올렸다. 그녀는 그것을 홀리오에게 주었다. 도마뱀의 혀가 튀어나오는 순간 귀뚜라미는 사라졌다. "그래, 분명히 키 작은 남자였을 거야."

할은 애디가 자신을 믿지 않는다는 사실에 짜증이 났다. 논쟁을 벌이려고 하자 진 잭슨이 자리에서 일어서는 것이 보였다.

"먼저 일어날게요." 할이 말했다. "해야 할 일이 있어서요."

할이 진 잭슨을 따라가려고 일어선 그 순간 옆 테이블에서 누군가 소리를 질렀다.

"맙소사! 저거 도마뱀 아니야?"

엎친 데 덮친 격으로 할이 애디를 지나치면서 실수로 귀뚜라미 상자를 바닥에 떨어뜨리고 말았다. 할은 진을 향해 서둘러 가려고 했지만 비명 소리를 무시할 수 없었다. 뒤를 돌아보니 식당차가 야단법석이었다. 귀뚜라미가 사방에서 튀고 사람들이 비명을 지르고 있었다. 일부는 벌레를 피하려고 의자 위로 올라가는가 하면 몇몇 사람들은 식당 바닥에 무릎을 꿇고 앉아 귀뚜라미를 잡느라 정신이 없었다. 홀리오는 사방으로 혀를 날름거리고 있었고, 애디는 바닥에서 귀뚜라미를 퍼 올리려고 안간힘을 썼다. 메이슨은 귀뚜라미를 잡으면서 팬케이크를 먹고 있었고, 하들리는 자리에 무릎을 꿇고 지켜보

면서 씩 웃고 있었다. 참다 못
한 얼은 애디에게 나가라고
소리치면서 행주로 사람들
의 음식에 묻은 벌레를 털어
냈다.

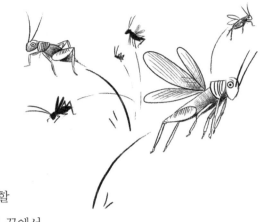

　할은 자신이 도와야 한다
는 것을 알았지만, 라이언과 이
야기할 기회를 잃고 싶지 않았다. 할
은 몸을 돌려 가려다 기차 반대편 끝에서
벌어진 소동에도 꼼짝도 하지 않고 통로에 서 있던 바네사 로드리게스와 세
게 부딪치고 말았다. 사과를 하고 할은 그녀를 빙 돌아서 돌진했다. "실례합
니다, 잭슨 아저씨." 진이 복도를 따라 사라지려고 하는 것을 본 할은 애타게
진 잭슨을 불렀다. "기다려요!" 할은 노부부를 피해서 달려갔고 그가 침대차

에 타는 것을 보았다. 문에 도착했을 때 그는 방으로 들어가 버렸다.

할은 숨을 고르기 위해 잠시 멈추고 노크했다. 문이 열리고 진이 할을 내려다보았다.

"뭘 원하는 거야?"

"로키산맥을 보려고 하는데, 라이언과 함께 관광객 라운지에 가도 될까요?"

"라이언은 너랑 놀고 싶어 하지 않아, 꼬마야." 진이 대답했다. "가서 다른 애들과 놀아."

"음, 라이언은 괜찮은 건가요? 어제 점심 이후로 보지 못했……."

진은 할을 의아하게 쳐다보았다. "라이언은 지금 아프단다. 몸에 안 맞는 것을 먹은 거 같아." 진은 옆으로 물러나 문을 밀어서 할이 객실 안을 볼 수 있도록 했다. 라이언은 아래 침대에 앉아 만화책을 읽고 있었다. 다리에는 담요가 덮여 있었다. "라이언, 그 영국 꼬마가 널 만나러 왔어."

"안녕!" 할이 손을 흔들었다. "관광 라운지에 갈 의향이 있는지 궁금해서…… 혹시 카드놀이 같이 할래?"

라이언은 고개를 저었다. "별로." 라이언은 시큰둥하게 말하고는 만화책으로 시선을 돌렸다.

"할 수 없지. 나중에 기분이 좋으면 같이 놀자." 할이 유쾌하게 말했다. "같이 그림을 그려도 좋고, 아니면 함께 흉내 놀이를 해도 좋고."

"아니 괜찮아." 라이언은 만화책에서 눈을 떼지 않고 잘라 말했다.

"이것 봐." 진이 할의 앞으로 다가왔다. "얘는 아파."

프랜신이 다루기 어려운 승객들을 어떻게 대했는지 생각하며 할은 미소를

지었다. "라이언, 친구가 필요하거나 필요한 것이 있으면 나를 찾아와. 나는
10호실에 있어. 그럼 좋은 하루 보내."

진은 끙끙거리며 문을 닫았다. 할은 잠시 가만히 서서 귀를 기울였다. 할은 진이 '그 아이에게서 떨어져 있어야 한다.'라고 말하는 것을 들었다. 그러나 라이언이 머뭇거리면서 뭐라고 말했는지는 알아들을 수 없었다.

chapter 14

프렌치 드롭

"**구**경거리를 놓쳤군." 메이슨이 말했다. 할이 식당차로 돌아와 자리에 앉았다.

하들리는 테이블 위에 은색 동전을 줄지어 늘어놓고 있었다. "불쌍한 애디와 훌리오는 일반 객차로 돌아갔어." 하들리는 킥킥 웃었다. "얼 아저씨는 불행해 보였고 말야."

"라이언 봤어?" 메이슨이 물었다.

"응, 아프대. 침대에서 책을 읽고 있더라. 라이언의 메시지가 의미하는 바를 알아냈다고 생각했는데…… 이제는 확신이 서지 않아."

할은 팬케이크 옆에 있는 메이플시럽 웅덩이에서 죽은 귀뚜라미를 꺼내며 고개를 끄덕였다.

"하지만 라이언은 납치를 예측했어." 하들리가 동전 줄을 따라 손가락을 움직이며 말했다.

"그랬을까?" 할은 확신이 서지 않았다. "라이언에게 나와 함께 그림을 그리고 같이 흉내 놀이를 하자고 했어. 무언의 메시지에 대해 간접적으로 표현하면서 말이지." 할은 고개를 저으며 인상을 찌푸렸다. "하지만 아무런 반응이 없었어. 만화책만 읽더라니까."

"이상하네." 하들리는 어리둥절한 표정을 지었다.

"그런데 말이야. 그의 아버지가 문을 닫고 나서, 라이언에게 나에게서 떨어져 있어야 한다고 말하는 것을 들었어."

"뭐? 그렇다면 라이언이 아빠 앞에서 말을 제대로 못 하는 걸 수도 있어. 그래서 흉내를 내고 메시지 자국을 남겼을 거야." 메이슨이 말했다. "아빠를 두려워하는 건지도 몰라."

"음, 하지만 겁먹은 기색이 없었어. 좋아…… 보였어."

"내 생각에는 말이야, 진 아저씨도 용의자라고 생각해." 하들리가 말했다.

할은 스케치북을 꺼내 시모어 하트, 졸라와 진 잭슨의 간단한 초상화를 그렸다.

"하지만 이 기차에 타고 있는 사람은 마리안느를 붙잡고 차를 몰고 간 사람이 될 수 없잖아." 메이슨이 지적했다.

"그렇지. 하지만 납치범에게는 공범이 있을 테고, 이 세 사람 중 범인을 도와준 사람이 있을 수도 있어."

메이슨은 고개를 끄덕였다. "그렇다면 라이언이 혼자 있을 때 다시 말을 걸어 보자."

"할, 혹시 이 테이블에서 동전 마술을 하는 것을 보고 싶니?" 하들리가 물었다. "머리 좀 식히라고. 문제에 관한 생각을 멈추면 저절로 해결될 수도 있거든."

"나는 수학 숙제를 그 말대로 한번 해 봤는
데." 메이슨이 말했다. "수학 선생님께 혼만
났어."

"마술 속임수? 재미있겠다." 할이 차가운
팬케이크 접시를 밀어 내며 말했다.

"자, 여길 봐." 하들리는 동전을 집어 들
었다. "나는 이 손에 동전을 놓았어." 하들리
는 주먹을 쥐었다. "다른 손을 탁자 아래에 두

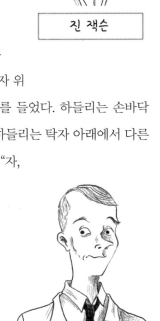

진 잭슨

고…… 얏!" 하들리는 동전이 들어 있는 손을 탁자 위
에 펴면서 쳤고, 할은 그 아래에서 쨍그랑 소리를 들었다. 하들리는 손바닥
을 위로 해서 폈다. 놀랍게도 동전이 없어졌다. 하들리는 탁자 아래에서 다른
손을 뽑았고 그 안에 동전 두 개가 들어 있었다. "자,
여기 보세요." 하들리는 미소를 지었다. "돈이
두 배가 되었네요."

"멋져!" 할은 놀랐다.

"가르쳐 줄까? 동전은 사람들이 항상
주머니에 가지고 있어서 동전 속임수는
호텔 방이나 기차에서 지루할 때 연습하
기에 좋아. 나도 그렇게 마술을 배우기 시
작했거든. 애틀랜타시의 카지노 호텔에 있
을 때 아빠는 일하고 있었고, 어떤 멋진 사환이

시모어 하트

졸라 디올먼드

동전 속임수를 가르쳐 주었지. 그것을 연습하고 또 다른 것도 배웠어."

"나도 가르쳐 줘." 할은 고개를 끄덕이며 동전을 집어 들었다.

"청중이 볼 수 있도록 왼손을 펴. 그렇지. 손바닥에 동전을 놓고 다른 손을 빼. 좋아, 이제 왼손을 뒤집어…… 잠깐 아직 아니야. 돌리기 시작할 때 팔꿈치를 뒤로 당겨 손이 무릎 위에 오도록 해. 손을 돌릴 때 동전 주위를 주먹으로 쥐어. 해 봐. 좋아, 이제 편 손 위 위치로 돌아가는 거야. 이번에는 손을 뒤집을 때 주먹을 쥐면서 동전이 무릎에 떨어지도록 하는 거지. 청중은 그것을 보지 못할 거야. 특히 네가 계속 주먹을 쳐다보고 있다면 말이야."

"애디 아줌마는 우리에게 거짓말을 했어." 할이 동전을 무릎에 떨어뜨리는 연습을 하자 메이슨이 말했다.

"뭘?" 할의 손에서 동전이 미끄러지며 탁자 위에 부딪쳤다.

"시카고 출신이라고 말했지만 다른 억양을 쓰고 있어. 보스턴 출신인 것 같아."

"그게 무슨 상관이야?" 하들리는 곤혹스러운 표정을 짓고는 다시 할에게 주의를 돌렸다. "다음에는 청중에게 네가 동전을 잡으려고 다른 손을 탁자 아래에 놓을 거라고 말해. 그러면서 넌 무릎에 있는 동전을 집는 거야. 나는 거기에 여분의 동전이 있었기 때문에 둘 다 집어 들었어. 쨍그랑거리는 소리

가 도움이 돼. 자, 여기 이 동전을 무릎에
놓고 한번 해 봐."

할은 그것이 얼마나 간단한지 웃으며
하들리를 위해 속임수를 수행했다.

"완벽해!" 하들리는 격려하듯이 고개
를 끄덕였다. "마술에서는 물건을 다루는
것을 파밍이라고 해." 하들리는 왼손으
로 동전을 집어 오른손으로 잡고는 '아브
라카다브라'라고 속삭인 후 주먹을 휘둘
렀다. 동전이 없어졌다고 생각한 순간 하
들리는 손을 뻗어 할의 귀 뒤에서 동전을
꺼냈다.

숨겨진 동전

할은 또 다른 동전을 집어 왼손에 손바
닥을 대면서 오른손에 넣는 것처럼 보이
려고 했지만, 탁탁 소리와 함께 탁자 위로
떨어졌고 메이슨은 웃었다. "프렌치 드롭
(동전 마술 트릭 중에 가장 기본이자 핵심인 기술. 역
자 주)을 배워야 해." 하들리가 말했다. "이
게 바로 그 동작이야." 하들리는 할이 볼
수 있도록 손을 돌려 자신이 컵 모양의
손가락에 동전을 떨어뜨리고 다른 주먹
으로 쥐는 척했다. "마술의 주요 기술 중

숨겨진 동전

숨겨진 동전

하나야. 나는 이걸 매일 연습해. 종이를 돌돌 말아 만든 공으로도 할 수 있어. 또는 포도 같은 작은 과일이나 동전으로도 할 수 있지." 하들리는 다시 그 기술을 선보였고, 할은 여전히 그것이 그녀가 쥐고 있는 주먹에 동전이 있는 것처럼 느꼈다. 하들리가 이미 동전을 손바닥에 넣었다는 것을 알았지만 말이다. "모든 마술은 일종의 속임수야. 퍼포먼스가 전부라고 할 수 있지."

꼬불꼬불한 선로 한가운데서 기차가 멈춰 섰을 때 약간의 흔들림이 있었다. 메이슨은 창밖을 내다보았다. "오, 뒤로 가고 있어."

"덴버에 정차할 거야. 거기까지 뒤로 가는 거야." 할이 말했다.

하들리와 메이슨이 동시에 할을 바라보았다.

"뭐? 뒤로 간다고?"

"응, 오기 전에 찾아봤어. 기차가 로키산맥으로 향하기 전에 점검을 위해 최소한 30분 동안 덴버에 들러. 그래서 난 기차가 좋아, 알았지?"

"이런 괴짜 같으니라고." 메이슨이 씩 웃었다. "영국 괴짜."

덴버역의 승강장이 시야에 들어오고 기차가 멈췄다.

"저기 봐, 시모어 아저씨가 막 나왔어. 그는 오마하에서 기차를 떠나지 않았어." 하들리가 창문을 두드리며 말했다.

"서두르는 것 같군." 할이 말했다.

"그를 따라가자." 메이슨이 자리에서 벌떡 일어나 말했다. "이런 일은 탐정이 하는 거 아닌가?"

식당차 안을 돌진하면서 그들은 졸라와 함께 아침 식사를 하는 넷 삼촌을 지나갔다. 그녀는 두 손으로 커피 잔을 꼭 쥐고 있었고 충격받은 모습이었다.

"친구들과 잠깐만 밖에 나가서 다리를 쭉 뻗고 올게요." 할이 지나가면서 말했다.

"30분 동안만 멈추는 거야!" 넷 삼촌이 아이들이 달려가는 곳에 대고 소리쳤다.

할은 기차에서 뛰어내려 천천히 파고드는 파도처럼 승강장을 둘러싸고 있는 인상적인 흰색 지붕을 올려다보았다. 메이슨이 '저기 있다!'라고 작은 목소리로 속삭일 때까지 지붕 그릴 것에 대해서 생각하고 있었다. 시모어 하트는 승강장에 걸쳐 있는 콘크리트와 유리로 된 보행자 전용 다리를 빠르게 걷고 있었다.

사람들을 밀치고 세 사람은 용의자를 뒤쫓아 중앙 홀을 따라 역으로 달려갔다. 높은 창문과 반짝이는 샹들리에가 있는 웅장한 로비였다. 역 시계를 올려다보며 시모어는 서둘러 계단으로 향했다.

"자, 애들아!"

메이슨이 쉿 소리를 내며 그를 쫓아갔다.

계단 위에는 아래 로비가 내려다보이는 대리석과 반짝거리는 청동으로 된 멋진 바가 있었다. 햇빛 아래에서 시모어는 멋진 재킷을 입은 키 큰 남자 옆에서 가죽 의자에 앉아 있었다. 할은 스케치북을 바닥에 놓고 재빨리 그 장면을 그렸다.

"저 사람 뭐 하고 있는 거야?" 하들리가 속삭였다.

시모어 하트는 서류 가방을 열어 옆 사람에게 보여 주었다. 안을 들여다보던 다른 남자의 얼굴이 밝아졌다. 시모어는 서류 가방에서 검은색 상자를 들어 올려 내밀었다. 그러자 남자는 봉투를 건네고 상자를 받았다. 시모어는 봉투를 열어 달러 뭉치를 꺼내서 세고는 고개를 끄덕이며 봉투를 서류 가방에 넣고 잠갔다. 악수를 마친 남자는 상자를 주머니에 넣고 일어나 계단에 무릎을 꿇고 있는 할과 친구들을 향해 곧바로 걷기 시작했다.

"빨리 도망쳐!" 하들리가 쉿 소리를 냈고, 세 사람은 모두 몸을 돌려 정문을 나와 역 앞 주차장으로 달려갔다.

"정말 수상해 보이는데!" 메이슨은 숨을 고르기 위해 멈춰 섰다.

할은 헐떡이며 고개를 끄덕였다. "맞아! 정말 수상해. 그 상자에 무엇이 들어 있었는지 알아내야 해."

chapter 15

믿을 수 없는 치아

하들리는 신문을 나눠 주는 빨간색과 노란색 금속 상자를 가리켰다. "저기 신문이 있어! 납치에 대한 뉴스가 있을지도 몰라."

"경찰이 마리안느를 찾았을 수도 있잖아." 메이슨이 희망찬 목소리로 말했다.

하들리는 주머니에서 25센트 동전을 상자 중 하나의 구멍에 떨어뜨리고 신문을 꺼냈다. 마리안느의 얼굴 사진이 1면을 가득 채웠다. 메이슨과 할이 신문을 읽으려고 모여들었다. "아직 마리안느를 찾지 못했나 봐."

하들리가 얼굴이 창백해져서 말했다. "협박장처럼 그녀의 치아를 뽑았어…… 진짜 할 줄은 몰랐는데."

'…… 몇 거리 떨어진 곳에.'

"으악! 이 모든 것이 말이 되지 않아!"

"아마 납치범의 두 번째 차가 기다리고 있었을 거야." 메이슨이 말했다. "차를 바꿔 탄 거야. 그래서 경찰에 안 잡힌 거지."

데일리 신문

억만장자의 딸 납치!

억만장자 어거스트 레자와 유엔 대사 카밀 브로더의 딸인 열세 살 마리안느 레자가 어젯밤 오마하역에서 납치되었습니다. 검은색 옷을 입고 얼굴을 가린 납치범은 안전한 귀환을 위해 돈을 요구하는 협박장을 남겼습니다.

오늘 아침 일찍 샌프란시스코에 있는 아버지의 집으로 치아가 배달되자 마리안느의 안전에 대한 우려가 커졌습니다. DNA 검사 결과, 치아는 납치된 소녀의 것으로 확인됐습니다.

납치에 사용된 적갈색 쉐보레 렌터카는 역에서 몇 거리 떨어진 곳에 버려진 채 발견되었고, 차량에서는 사건에 대해 중요한 단서가 확인되지 않았습니다.

"휴, 생각 좀 해 보자." 할이 몸을 돌려 역으로 걸어갔다. 할은 눈가를 찌르는 눈물을 느끼며 주먹을 꽉 쥐었고, 약속한 대로 마리안느를 지켜보지 않은 삼촌에게 또다시 화가 났다. 보행자 전용 다리로 가는 계단을 올라갈 때, 여러 단서 조각들이 조롱하며 할의 마음을 소용돌이치게 했다. 메이슨과 하들리는 서둘러 그를 따라갔다.

할은 스케치북을 꺼내 다리 한가운데 있는 난간에 기대어 빈 페이지에 원근감을 살짝 표시했다. '누가 마리안느 레자를 납치했을까?' 할의 연필은 종이 위를 휙휙 지나가며 눈앞에 있는 오래된 역의 석조 건물 윤곽을 맹렬하게 그렸다. '지르코나라면 1,000만 달러를 요구하지는 않았겠지? 레자나 그들에게 많은 돈이 아니니까. 아니면 레자의 발명품에 대한 비밀……?' 할은 지붕같이 생긴 건물의 둥근 부분을 그렸다. '하지만 그들이 노리는 것이 돈이라면…….' 할은 목을 가다듬고 눈물을 훔쳐 내며 역의 시계를 표현하는 데 집중했다. '그러면 치아를 뽑을 필요는 없는데…….'

"괜찮니?" 하들리가 부드럽게 물었다.

"내 머리에서 그 사탕 포장지를 지울 수가 없어. 뭔가 있는 것 같아."

"기차에 타면 사탕이 든 그릇을 확인해 볼게." 메이슨이 말했다.

할은 캘리포니아 코밋을 내려다보며 뱀처럼 생긴 형체를 그렸다. 파란색 암트랙 유니폼을 입은 두 명의 작업자가 카트에서 음식과 보급품 상자를 내리고 있었다. 노란색 안전모를 쓴 세 사람이 긴 대걸레로 관광객 라운지 창문을 비눗물로 닦고 있었다. 몇 초 후 그들은 그림에 나타났다.

"로키산맥이 곧 보이기 때문에 창문을 청소하고 있는 거야." 하들리가 조용히 말했다. "이 세상의 경치가 아니래."

할은 스케치를 승강장으로 확장했다. 애디는 훌리오와 함께 벤치에 앉아 있었다. 바네사 로드리게스는 승강장 맨 끝에 서서 도마뱀을 노려보고 있었다. 할은 왜 버키 경사가 오마하에서 바네사와 이야기하고 있었는지 다시 한 번 궁금해졌다.

"라이언의 아빠가 저기 있어." 하들리는 승강장을 따라 서두르는 진 잭슨을 가리키며 말했다. 어깨에는 배낭을 메고 있었다. "바빠 보이네."

진 잭슨이 그림에 등장했다.

"지금 너의 머릿속은 컴퓨터와 같은 거야?" 메이슨이 물었다. "0과 1 같은 건 없지만, 퍼즐 조각처럼 딱 맞춰지는 그림이 있는 거야? 그게 너만의 추리가 작동하는 방식인 거야?"

"아니, 지금 내 마음은 완전히 텅 비어 있어." 할이 중얼거렸다.

"저기 봐, 시모어 아저씨가 다시 기차에 올라타고 있어." 하들리가 가리켰다.

"뭘 하는 걸까?" 메이슨이 물었다.

"이리 와 봐." 하들리가 난간에 몸을 기댔다. "여기서 실버 스카우트를 내려다볼 수 있어." 그들은 모두 다리 너머로 어거스트 레자의 전망대 유리 지붕을 통해서 들여다보았다. 레자의 침실 가구가 흐릿한 형체를 드러내었다. "내 후드 티가 저기 어딘가에 있는지 궁금해"

"마리안느의 침실에 있을 거야." 할이 대답했다. "그건 반대편에 있어."

"마리안느에게 일어난 일에 비하면 중요하지 않다는 건 알지만, 그 후드 티를 잃어버려서 슬퍼. 아빠가 내 생일을 위해 특별히 만들어 주셨는데, 잃어버렸다고 말하고 싶지 않아."

"실버 스카우트 안을 들여다볼 수 있었으면 좋겠어." 메이슨이 손에 머리를 기대며 말했다. "저기에 단서가 있을지도 몰라."

"아쉽지만 잠겼어. 출입문에 비밀번호 있거든." 할이 말했다.

"비밀번호라면 우리가 알아낼 수도 있어." 하들리가 흥분해서 말했다. "000과 같은 단순한 것일 수 있잖아."

"어거스트 아저씨가 문 비밀번호를 000으로 했을 것 같지는 않은데……."

메이슨이 비웃었다. "그는 천재잖아."

"글쎄, 그러면 아마도 비밀번호는 피보나치수열(앞의 두 수의 합이 바로 뒤의 수가 되는 수의 배열. 역자 주)이겠네!" 하들리가 말했다. "파이는 어때? 3.14159…… 아니, 무한대로 가는 건 피해야겠네."

할은 기차에서 내리면서 하품을 하고 몸을 쭉 뻗고 있는 프랭크 모레티를 연필로 가리켰다. "저기 너희 아빠가 있어."

"아빠는 번호가 필요할 때마다 엘비스의 생일을 사용해." 메이슨이 말했다. "휴대폰이랑 은행 카드 비밀번호도 모두 엘비스의 생일이지."

"아빠가 우리를 찾고 있어." 하들리는 아버지가 승강장으로 천천히 걸어가는 것을 보며 말했다. "아빠!"

프랭크 모레티가 그들을 발견하고 손을 흔들자 남매는 아빠를 만나기 위해 계단을 내려갔다.

할이 스케치북을 덮고 그들을 따라가려 했을 때 실버 스카우트의 침실에서 움직임을 보았다. 누군가 난간 너머로 몸을 기대고 목에서 휘파람을 읊조렸다. 할은 돔을 다시 살폈지만 유리를 통해 더 이상 아무것도 보지 못했다. 그 안에는 아무도 없어야 했다. 할은 문의 비밀번호를 떠올리기 위해 눈을 감고 키패드에 올려진 마리안느의 손가락을 상상했다. 마리안느의 집게손가락이 첫 번째 버튼을 누르는 것을 보았다.

숫자 7이었다.

chapter 16

사탕에 담긴 단서

할은 자신들은 안전하다고 아버지를 계속해서 안심시키는 하들리와 메이슨을 따라잡았다.

"우리는 기차로 돌아가야 해." 메이슨이 말했다.

"사탕 그릇을 살펴보자." 할이 말하며 기차에 올랐다.

"시모어 아저씨가 서류 가방에 무엇을 보관하고 있는지 알고 싶어." 하들리가 말했다. "그가 돈 받고 건네준 그 상자가 자꾸 생각난다는 말이지? 마리안느의 치아 중 하나가 그 안에 있다면 어떻게 되는 거지?"

메이슨이 투덜거렸다. "그가 유괴범들을 위해 일하는 사악한 치과 의사였다면 이 기차에 타고 있지 않을 텐데? 그렇지 않아? 그는 마리안느가 있는 곳이면 어디든지 갈 거라고."

"그 사탕 포장지에 집중하자." 할이 자기 방으로 향하며 말했다.

메이슨은 잠시 멈추어 서서 사탕 한 줌을 주머니에 넣고는 졸리 랜처 롤리

팝의 포장지를 벗겨 입에 물었다.

"사탕 포장지가 정말로 최근에 버려졌는지 알고 싶어." 할이 말했다. "루멧 밖 바닥에 포장지를 버려 봐."

메이슨은 포장지를 바닥에 떨어뜨리고 하들리와 할을 따라 방으로 들어가 할의 의자 팔걸이에 앉았다.

"사탕 그릇에 블랙커런트 감초 사탕은 들어 있지 않았어." 메이슨이 주머니에서 사탕을 꺼내며 말했다.

그때 기차의 경적이 역 주변에 울려 퍼졌다. 문이 닫히는 소리와 함께 기차가 덴버에서 출발했다.

"할, 이것 좀 봐. 누군가가 너에게 메모를 남겼어."

하들리가 할에게 그의 이름이 적힌 접힌 종이 한 장을 건네며 말했다. 할은 바로 넷 삼촌의 깔끔한 필체를 알아보았다.

할은 얼굴을 찡그렸다.

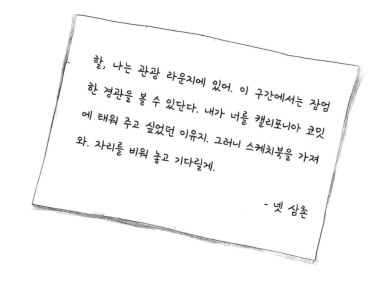

> 할, 나는 관광 라운지에 있어. 이 구간에서는 장엄
> 한 경관을 볼 수 있단다. 내가 너를 캘리포니아 코밋
> 에 태워 주고 싶었던 이유지. 그러니 스케치북을 가져
> 와. 자리를 비워 놓고 기다릴게.
>
> - 넷 삼촌

"이게 뭐야?" 하들리가 물었다.

"넷 삼촌은 내가 관광 라운지로 가서 경치를 보길 원해."

"그래야지." 메이슨이 말했다. "로키산맥은 멋지거든."

"알아, 그러고 싶지만 산을 쳐다보는 것은 마리안느에게 도움이 되지 않겠지? 24시간 후에 마리안느는 또 다른 치아를 잃게 될 거야."

"…… 그리고 나와 메이슨은 기차에서 내려야 해." 하들리가 덧붙였다.

"그래서 우리는 헤어지겠지만." 메이슨이 말했다. "조사를 중단한다는 뜻은 아니야."

"그건 그렇지." 할은 기분이 좋아졌다. "넷 삼촌이 졸라 누나와 함께한 아침 식사에서 뭔가를 알아냈을 수도 있어. 그녀가 실버 스카우트 밖에서 뭘 하고 있었는지 말이야."

"나는 시모어 아저씨의 서류 가방 안을 볼 수 있는 방법을 찾아볼게." 하들리가 말했다.

"프랜신 누나!" 할은 프랜신이 손에 쓰레받기와 빗자루를 들고 문으로 지나갈 때 손을 흔들었다. 메이슨의 사탕 포장지가 쓰레받기에 있었다.

"안녕." 프랜신은 몸을 일으켜 미소를 지었다. "잘 지내고 있니?"

그들은 모두 고개를 끄덕였다.

"할이 접시에 있는 무료 사탕을 다 먹으라고 했어요." 메이슨이 과자

한 줌을 집어 들며 말했다.

"그러다가 아프면 어떻게 하려고?" 프랜신이 눈을 깜박이며 말했다.

"아프진 않을 거예요." 메이슨이 씩 웃었다. "혹시 블랙커런트 감초 사탕을 가지고 있나요? 보라색과 검은색 포장지예요. 멋진 프랑스어가 적혀 있고요."

프랜신은 멍하니 할을 바라보며 고개를 저었다.

할이 바지 주머니에서 마리안느의 사탕을 꺼내며 말했다. "이런 거요."

"미안해, 난 그런 사탕을 본 적이 없단다. 확실히 암트랙에서는 아니야."

"저, 프랜신 언니." 하들리는 상냥하게 미소 지었다. "어젯밤 이 객실 밖 복도에서 귀걸이를 잃어버렸는데, 혹시 보셨어요?"

"아니, 못 봤어."

하들리는 계속해서 물었다. "낮에는 누나가 청소하는 것을 봤는데 밤에 복도를 청소하는 사람이 또 있는지 궁금해서요. 어쩌면 그들이 봤을까요?"

프랜신은 고개를 저었다. "이 기차의 침대차를 돌보는 사람은 나뿐이란다. 나는 낮에 청소해. 아침 6시경, 날이 밝고 소리가 사람들을 성가시게 하지 않을 때 말이야. 그리고 청소는 저녁 식사가 제공되는 저녁 6시에 끝나지."

할은 벌떡 일어났다. "고마워요, 누나. 정말 정말 도움이 많이 됐어요."

"도움이 됐다니 기쁘구나." 프랜신은 할의 감사에 어리둥절한 표정을 하고 통로를 청소하러 돌아갔다.

"내 말이 맞았어!" 할은 기분이 들떴다.

"그래, 하지만 그게 무슨 의미가 있어?" 메이슨은 사탕을 열심히 빨았다.

"어젯밤 6시부터 오늘 아침 6시 사이에 이 복도에 사탕 포장지가 떨어졌다는 뜻이야. 그리고 마리안느가 기차에서 이 사탕을 가지고 있는 유일한 사람이기 때문에 마리안느가 여기에 있었을 거야." 할은 사탕을 들어 올렸다.

"우연히 이 기차에 블랙커런트 감초 사탕을 좋아하는 프랑스 승객이 있지 않는 한 말이지." 하들리가 지적했다.

"음, 그럴 것 같지는 않은데……." 할은 대답했다.

"마리안느는 오후 7시 30분에 납치되었지." 메이슨은 말했다.

"응." 할은 흥분을 느끼며 말을 이어 갔다. "왜 경찰은 마리안느가 어디에 있는지 단서를 찾지 못하는 걸까?"

"납치범들이 차를 바꿨기 때문 아닐까?" 메이슨이 말했다. "또는…… 납치범이 모퉁이를 돌아서 차를 버리고 경찰이 수색한 다음에 기차로 돌아왔다면?" 할은 메이슨과 하들리를 바라보며 사탕을 주먹으로 꽉 쥐었다. "마리안느가 이 기차에 타고 있을 수도 있다는 말이지."

할의 말이 끝나자 잠시 침묵이 흘렀다.

"음…… 할, 너의 추리를 부정하고 싶진 않아." 하들리가 입술을 깨물며 말했고 메이슨은 고개를 끄덕였다. "하지만 여기서 치아를 뽑았다면…… 엄청 시끄러웠을 거야."

메이슨은 움찔했다. "누군가는 무슨 소리를 들었을 거야."

"그녀가 실버 스카우트에 있다면 가능해." 할이 말했다.

"하지만 너는 그곳이 비어 있다고 말했어." 하들리가 똑바로 앉으며 말했다.

"기차가 오마하를 떠날 때는 텅 비어 있었어. 하지만 지금은 비어 있는지 모르겠어." 할은 하들리에게서 메이슨 쪽으로 시선을 옮겨 바라보았다. "생각해 봐. 이 기차에서 아무도 탈 수 없는 한 곳이 어디지?"

"정말 마리안느가 실버 스카우트에 들어갈 수 있다고 생각해?" 메이슨이 일어서며 말했다.

"가능해. 납치범들은 경찰이 기차를 수색하고 난 후 마리안느를 데려와서 루멧에 숨겼을 수도 있어. 사탕 포장지가 주머니에서 떨어졌거나……." 할이 잠시 말을 멈췄다. "일부러 떨어뜨렸거나……."

"메시지처럼?" 하들리가 말했다.

"어쩌면." 할이 사탕 포장지를 발견했을 때 처음으로 생각한 것은 마리안느가 할의 루멧이 어디인지 몰랐음에도 불구하고, 할이 사탕 포장지를 찾을 수 있기를 바라면서 떨어뜨렸다는 것이었다. "그러면 납치범들이 한밤중에 오마하역에서 기차에서 마리안느를 내리게 한 후 실버 스카우트로 데려갔다면 어땠을까?"

"그러려면 납치범들은 문의 비밀번호를 알아야 했을 거야." 하들리는 지적했다.

"마리안느는 비밀번호를 알고 있어." 메이슨이 말했다.

"얘들아, 이건 미쳤어." 하들리는 놀란 표정을 지었다.

"하지만 가능해." 할이 말했다. "그리고 또 있어. 우리가 덴버의 보행자 전용 다리에 기대어 있을 때 어거스트 아저씨의 침실에서 누군가 움직이는 것을 봤어. 그들이 아직 거기에 있다면 어떻게 되는 거지?"

로키 철로

"이제 왔구나." 넷 삼촌은 관광 라운지 중앙의 이인용 소파 한가운데에 앉아 있었다. 무릎에는 미국 철도에 관한 책이 펼쳐져 있었다. "네가 덴버에 남았을까 봐 걱정되기 시작했어."

할은 미소를 지었다. "메이슨, 하들리와 함께 있었어요."

"친구가 생겨서 다행이구나." 넷 삼촌은 할이 앉을 수 있도록 자리를 옮겼다.

할이 말했다. "범인이 마리안느의 치아 중 하나를 보내왔대요."

"휴, 너도 봤니?" 넷 삼촌은 한숨을 쉬었다. "네가 보지 않았으면 했는데……."

할과 삼촌은 소파에 앉아 지나가는 풍경을 파노라마로 볼 수 있었다. 다른 객차에서는 좌석이 가득 차 통로에 서서 카메라 셔터를 누르거나 안내 책자를 훑어보고 있었다.

"우리도 이번 여행을 즐겨 보자." 넷 삼촌은 억지로 미소를 지었다. "경관이 초현실적이거든."

"나는 왜 레자 아저씨가 몸값을 지불하고 마리안느를 되찾지 않는지 이해가 되지 않아요." 할은 참을 수 없어 불쑥 말했다. "당연히 마리안느를 무사히 데려와야 하고, 아저씨는 그 정도 돈은 감당할 수 있잖아요."

"그건 그렇게 간단한 일은 아니야." 넷 삼촌이 목소리를 낮추며 말했다. "레자 씨가 돈을 내도 납치범들이 마리안느를 돌려보내지 않고 더 많은 것을 요구할 수 있어. 최악의 상황은 돈과 마리안느를 빼앗고 사라지는 거야. 경찰은 몸값 협상을 통해 상대가 누구인지, 납치범이 희생자를 어디에 숨겼는지 알아내려고 해. 경찰들이 어거스트 씨에게 몸값을 내지 말라고 말했을 거야." 삼촌은 두 손을 맞잡았다. "자, 이제 이런 이야기는 그만하자."

할은 캘리포니아 코밋이 덴버의 사무실 건물과 고속도로를 덜컹거리며 지나서 언덕의 측면을 자르는 거대한 곡선 선로 위로 올라오자 창밖을 내다보았다. 할은 저 멀리 녹슨 컨테이너가 줄지어 있는 것을 가리켰다. "저게 뭐예요?"

"돌과 잔해가 실린 석탄차야. 호퍼라고도 해." 넷 삼촌은 안경을 코 위로 밀어 올렸다. "빅 텐(Big Ten)으로 알려진 이 구부러진 선로를 도는 기차를 보호하는 바람막이 역할을 한단다. 풍속은 산에서 계곡으로 쓸려 내려가면서 시속 160킬로에 달할 수도 있어. 약 40년 전에 화물 기차가 선로에서 날아가 버렸거든. 그 이후 호퍼를 만든 거야."

할은 스케치북을 꺼내 곡선 선로를 그렸다. 가까운 거리의 선로 위에 석탄차가 있고, 잔해로 가득 찬 트럭에서 식물이 싹을 틔웠다. 이제 기차는 좁은 커브를 조심스럽게 다루며 소나무와 바위 돌출부 사이를 요리조리 통과하면서 천천히 올라가고 있었다.

"졸라에게 마리안느에 관해 이야기했어." 넷 삼촌이 갑자기 말했다. "그녀는 납치 때문에 많이 힘들어하고 있더구나. 레자 씨가 그의 새 배터리에 관해 이야기하는 동안 마리안느가 실버 스카우트에서 접근했다고 했어. 마리안느는 졸라에게 아버지의 경쟁 회사에 대해 말할 일급비밀이 있다고 말했대. 졸라는 그것이 무엇인지 물었지만, 마리안느는 사람이 많은 곳에서 이야기할 수 없다고 했대. 밖으로 나가서 얘기하자는 마리안느의 제안에 졸라는 동의했고 말이야. 마리안느는 우디에게 마실 것을 가져오라고 시키고는 먼저 밖으로 빠져나간 거지. 졸라에게 잠시 기다렸다가 따라오라고 말했다더구나."

"마리안느는 졸라 누나에게 무엇을 말하고 싶었을까요?"

"미처 졸라는 그 이야기를 못 들었어. 그녀가 밖으로 나가자마자 마리안느가 비명을 지르는 소리가 났고 그 후는 네가 본 그대로니까."

전나무와 소나무의 초록빛 덮개가 가늘어지고 갈라져 콜로라도를 엿볼 수 있었다. 라운지는 수다와 카메라가 찰칵거리는 소리로 시끄러워졌다.

"삼촌은 졸라 누나를 믿어요?" 할은 삼촌을 올려다보며 물었다.

"그녀를 믿고 싶다. 그녀는 진실을 말하는 것 같았어." 넷 삼촌은 머뭇거리며 말했다.

"이야기가 반대였다면 더 말이 될 수도 있어요. 졸라 누나가 마리안느에게 밖으로 나가자고 설득했다면……."

"나도 알아." 넷 삼촌이 입술을 오물거리며 말했다. "하지만 졸라는 납치 사건에 휘말리지 않았을 거야. 그녀는 범죄자를 폭로하는 데 엄청난 경력을 쌓았어. 그것은 많은 노력과 용기가 필요하단다."

"하지만 납치범들은 마리안느가 실버 스카우트에서 나올 걸 어떻게 알았을까요? 우디 아저씨가 어디에서나 따라다니고, 마리안느 혼자서 거기에 서 있으면 안 되는 거였어요. 마리안느가 그렇게 될 줄은 아무도 몰랐다고요."

"정말이지 당황스럽네." 넷 삼촌은 창밖을 바라보며 말했다.

기차는 어둠 속으로 빠져들었다. 승객들이 신나서 소리를 질렀고 창문 주변의 비상구 표지판은 녹색으로 빛났다.

"터널 지구에 들어섰구나." 넷 삼촌은 할에게 설명했다. "그중 28개는 로키 산맥을 가로지르고, 일부는 엄청나게 길단다."

기차가 터널에서 나올 때 햇빛이 기차를 흠뻑 적시고 있었고, 할은 두 자리 앞에 앉은 남자가 신문을 읽고 있는 것을 보았다. 하들리와 메이슨과 함께 보았던 신문과는 달랐지만, 역시 앞면에 마리안느의 사진이 있었다. 사진 속 마리안느는 더 어렸다. 마리안느의 뒤에는 풍선과 촛불이 켜진 케이크가 있었다. 사진을 바라보던 할의 눈은 초점을 잃었고 두 가지 생각이 합쳐지는 것을 느꼈다. 할은 스케치북을 넘기며 찾고 있는 것을 발견하고는 자리에서 벌떡 일어났다.

"괜찮아?" 넷 삼촌이 물었다.

"참, 하들리와 메이슨이 마술하는 것을 도와주기로 했어요." 할이 중얼거렸다. "가야겠어요."

기차는 다시 어두워졌고 할은 가만히 서서 기다리고 있었다. 2분 후, 쏟아지는 햇빛에 눈이 멀었던 할은 바네사 로드리게스와 코를 맞대고 서 있는 자신을 발견했다. 놀란 할은 뒤로 물러나 자리에 주저앉았다.

"안녕." 바네사는 싸늘하게 말했다.

"안녕하세요." 넷 삼촌이 말했다. "로드리게스 씨, 자리를 원하세요? 할은 막 자리를 떠나려던 참이었어요."

"전 몇 가지 질문을 하고 싶어 왔어요." 바네사의 목소리는 단조로웠다.

"네, 하세요." 넷 삼촌은 고개를 끄덕였다. "어떻게 도와드릴까요?"

"당신에게 질문할 건 아니에요." 바네사는 할을 바라보았다. "얘한테요."

할은 삼촌을 바라보았다. "너는 오늘 아침 식당차에서 귀뚜라미를 풀어 준 여자와 아침을 먹었어, 그렇지?"

"그건 제 잘못이었어요." 할은 자신이 곤경에 처한 건지 궁금했다.

"그게 너였어?" 넷 삼촌은 웃음을 참았다.

"실수로 애디 아줌마의 귀뚜라미 상자를 넘어뜨렸거든요. 아줌마는 홀리오에게 아침 식사를 주고 있었어요."

"홀리오?" 바네사는 인상을 찌푸렸다.

"그녀의 도마뱀이요."

"맞아, 그녀의 이름이 무엇이라고 했지?"

"애디, 아델베르트 캐비지예요."

바네사는 콧방귀를 뀌며 시선을 돌렸다.

"그녀를 아십니까?" 넷 삼촌이 바네사에게 물었고 그녀는 기차가 다른 터널로 들어가자 고개를 끄덕였다. 터널을 지날 때마다 승객들의 웅성거리는 소리와 수다 소리가 점점 커졌다. 빛이 돌아왔다.

"그리고 또 무슨 얘기를 했니?"

"얼 아저씨가…… 애디와 도마뱀과 같이 식탁에 앉아도 되는지 물었어요. 우리는 괜찮다고 했고요. 그런 다음 그녀가 도마뱀에게 먹이를 주는데 내가 귀뚜라미 상자를 쓰러뜨리게 된 거예요."

"나는 귀뚜라미 같은 건 신경 쓰지 않아. 꼬마야, 그녀가 다른 이야기를 한 건 없니?"

할은 뻣뻣하게 굳었다. "우리는 납치에 관해 이야기했어요. 애디 아줌마는 우리가 본 것을 알고 싶어 했어요."

"저, 잠시만요." 넷 삼촌이 끼어들었다. "할이 당신에게 뭐 실수한 게 있나요?"

"아니요, 아이는 저를 화나게 하지 않았어요." 바네사는 강렬한 눈빛으로 할을 보았다. "캐비지 부인이 정확히 뭐라고 말했니?"

"실버 스카우트가 닫혀 있고 비어 있는지 물었어요. 그리고 우리가 납치를 목격했다는 것이 정말 끔찍하다고 말했어요. 그러곤 우리가 무엇을 보았는지 물었고, 나는 납치범이 여자인 거 같다고 말했는데……."

"유괴범이 여자라고 생각해?" 바네사의 눈썹이 치켜 올라갔다. "왜?"

"키랑 발 크기, 허리와 엉덩이 때문에요." 할은 자신을 믿지 않는 사람들에게 자신이 본 내용을 정당화해야 하는 것에 지쳐서 대답했다.

"흥미롭군." 바네사는 고개를 끄덕였다. "캐비지 부인은 그것에 대해서 뭐라고 말했니?"

"내가 틀렸고 납치범은 키가 작 은 남자임이 틀림없다고 말했어요."

"그런데 도대체 아델베르트가 누구죠?" 삼촌이 물었다.

"피해야 할 사람이요."

바네사가 대답하며 할을 바라보았다. "진심이야. 다시는 그녀에게 말 걸지 마."

"왜요?"

"아델베르트 캐비지가 실명처럼 들리니?" 바네사가 반쯤 미소를 지으며 윗입술을 일그러뜨리며 물었다. "가명을 사용하는 사람은 의심스러운 의도가 있단다. 내가 너라면 아델베르트 캐비지와 그녀의 도마뱀에게서 거리를 둘 거야."

기차가 다른 터널에 들어서자 기차에 있는 모든 사람이 소리를 질렀다. 기차가 반대편으로 빠져나왔을 때 바네사 로드리게스는 사라졌다.

chapter 18

윈터 파크

암트랙 유니폼을 입은 남자가 말했다. "터널에 있는 동안에는 객차 사이를 지나갈 수 없습니다. 디젤 매연이 유입되어 몸에 해로울 수도 있습니다."

할은 유리 너머로 식당차 안을 응시하고 테이블에 앉아 있는 빨간색 티셔츠를 입은 라이언을 발견하고 작게 소리를 질렀다. 터널은 영원히 계속될 것 같았다. 라이언이 일어나서 진을 따라 식당 문으로 가고 있었다.

다시 한번 햇빛이 창문을 통해 들어오자, 할은 금속판을 손으로 쾅쾅 두드려 문이 열리도록 했다.

"라이언!" 할이 외치며 통로를 질주했고 기차는 다시 어둠 속으로 미끄러졌다. "아, 어서." 할은 옆문에 서서 기차가 터널에서 나오길 바라며 까만 창문을 바라보았다.

"긴장감 넘치죠?" 남편과 팔짱을 끼고서 부스에 앉아 있던 노부인이 말했다. 남편이 부인에게 다시 미소를 지으면서 눈을 반짝였다.

기차 안이 밝아졌고 할은 서둘러 침대차로 갔다. 프랜신은 빨래 더미를 들고 복도에 서 있었다. "라이언 잭슨을 봤어요?"

"교정기를 한 아이? 아래층으로 급하게 내려가던데."

할은 연결 통로로 내려가는 계단을 덜거덕거리며 내려갔다. "라이언?"

화장실 문이 살짝 열렸다.

"뭘 원하는 거야?"

라이언이 대답했다.

"괜찮니?" 라이언의 눈과 얼굴 일부가 안면 보호대 틈을 통해 찌그러져 있었다.

"아니." 라이언은 아래를 내려다보았다. "배 아파."

"뭐?"

"배가 아프다고!" 라이언이 배를 부여잡고 할을 노려보며 되풀이했다.

"마리안느에 관해 물어봐야겠어."

"누구?" 라이언이 낮은 신음을 내뱉었다.

"납치된 소녀."

"그녀에 대해서 뭘?"

"너는 그녀를 알지?"

"아니." 라이언은 고개를 저었다. "왜 그렇게 생각해?"

"너의 메시지……." 할은 주춤했다. "너는 그녀의 이름을 흉내 냈어." 할은 자신이 큰소리로 말하는 것이 우스꽝스럽게 들렸다. "그리고 넌 내 스케치북의 그림에 펜으로 눌러 자국을 남겼어."

"아니, 안 했어." 라이언은 고개를 저으며 신음했다. "가야겠어." 라이언은 문을 닫고는 잠가 버렸다.

기차가 다른 터널로 미끄러져 들어가 발광 페인트가 계단을 으스스한 녹색으로 비추자 할은 비틀거리며 뒤로 물러났다. 할은 모든 것을 잘못 알고 있었다. 어떻게 라이언의 행동을 그렇게 완벽히 오해할 수 있었을까? 창문을 통해 들어오는 햇빛에 눈을 깜박였다.

"할? 거기 있니?" 계단 꼭대기에 메이슨의 얼굴이 나타나 손짓했다. "나 좀 봐 봐. 아이디어가 떠올랐어."

"아이디어?" 할은 메이슨을 따라 다음 침대차로 갔다. "무슨 아이디어?"

"시모어 아저씨의 서류 가방에 무엇이 들어 있는지 알아내는 방법." 메이슨은 씩 웃으며 할을 아래층으로 이끌고 하들리가 기다리고 있는 곳으로 데리고 갔다. 기차가 경적을 울리고 나무 꼭대기에서 새들이 날아올랐다.

"또 다른 터널!" 메이슨이 외쳤다.

"이것은 프레이저 가기 전에 꽤 긴 터널이야."

기차의 불빛이 어두워지자 하들리가 말했다.

"모펫 터널." 할이 말했다.

"길이가 10킬로미터 가까이나 돼. 바로 지금, 우리 머리 위로 5킬로미터의 바위가 있어."

"우와!" 메이슨은 고개를 저었다. "그런 걸 어떻게 알아?"

할은 바닥에 다리를 꼬고 앉아 '책'이라고 대답했다. "들어 봐, 전할 소식이 있어."

메이슨과 하들리는 그의 양쪽에 앉았고, 할은 친구들에게 넷 삼촌이 졸라에 대해 말한 것을 들려주었다.

"졸라 누나는 거짓말을 하는 것 같아." 이야기를 다 듣고 난 하들리가 말했다.

기차가 어둠 속을 질주하자 바닥이 덜컹거렸다.

"넷 삼촌은 그녀가 진실을 말하고 있다고 생각해." 할이 어깨를 으쓱했다. "삼촌은 졸라 누나를 오랫동안 알고 있었거든. 하지만 그게 다가 아니야……."

이어서 할은 바네사 로드리게스와의 대화를 전달했다.

"뭐라고?" 메이슨은 뒤로 몸을 기댔다. "애디 아줌마는 위험하지 않아."

"그거야 모르지." 하들리가 말했다. "이름이 이상한 데다가 넌 그 여자가 출신에 대해 거짓말을 하고 있다고 했잖아."

"내 말 듣고 있었던 거야?" 메이슨은 놀랐다.

하들리는 어깨를 으쓱했다. "가끔은 듣지."

"애디 아줌마를 용의자 목록에 추가해야 해." 할이 덧붙였다.

"그렇다면 바네사 로드리게스 누나도 추가해야 해." 메이슨이 말했다. "경찰이 오마하에서 그녀를 심문하는 것을 보았니?"

"봤어." 할이 고개를 끄덕였다. "좀 이상해. 그녀와 이야기하면 꼭 슈퍼 악당에게 심문받는 것처럼 느껴져." 그 사이 기차 안이 더 밝아졌다. "우리는 프레이저로 가고 있어." 할이 일어나 창밖을 내다보았다.

머리 위의 스피커에서 소리가 났다. '윈터 파크 스키장에 가는 분들이 짐을 찾을 수 있도록 프레이저에 15분 정차합니다.'

할은 메이슨과 하들리에게 시선을 돌렸다. "지금 당장 해야 할 일이 있어."

"뭔데?"

"날 따라와." 할이 말했다.

승강장은 얼어붙을 정도로 추웠다. 지평선은 마치 산봉우리의 상어 입 모양을 하고 있었다. 얼음 바람이 할의 목구멍에서 숨을 훔쳐 갈 정도로 차가워서 파카가 있었으면 하는 생각을 했다. 메이슨은 그닥 추워 보이지 않았지만, 하들리는 추워서 메이슨 옆에 웅크리고 있었다.

"넷 삼촌 말에 따르면 우리는 해발 2,700킬로미터 위에 있대." 할이 몸을 떨며 걸음을 재촉했다. "이 역은 암트랙 네트워크에서 가장 높은 지점이지." 할은 메이슨을 바라보았다. "여기서부터는 줄곧 내리막길이야."

메이슨은 믿기지 않는다는 듯 고개를 저었다.

"할, 농담은 내 몫인데……."

"우리 여기서 뭐 하고 있는 거야?" 하들리의 이가 덜덜 떨렸다. "고드름으로 변하는 것 외에는 할 게 없는데."

"사람들이 기억에 남는 숫자를 비밀번호로 선택한다는 것을 아니?" 할이 말했다. "저 문의 비밀번호를 알 것 같아."

할이 실버 스카우트를 가리켰다.

"할." 하들리가 말을 끊었다. "넌 못 해!"

"안심해. 나도 내가 비밀번호를 제대로 알고 있는지 확신이 서지는 않아." 할은 이가 덜덜 떨리지 못하도록 이를 악물며 말했다. "하지만 시도는 해 봐야 해."

"유괴범들이 안에 있으면 어떡해?" 메이슨이 문 가까이 다가가면서 말했다. "그럼 어떻게 할 거냐고?"

"먼저 비밀번호가 맞는지부터 해 보자." 키패드의 덮개를 열자 할의 가슴이 쿵쾅쿵쾅 뛰었다. 손가락은 차갑고 서툴렀지만, 할은 침을 삼키고 차가운 금속 단추에 70707이라는 숫자를 입력했다. 어거스트 레자의 기차 모형에서 본 번호였다. 마리안느의 생일일 것으로 추측했다. 순간 덜컥거리는 소리가 났고 문 손잡이를 잡자 문이 열렸다.

"이럴 수가!" 메이슨이 속삭였다.

할은 객차에 올라탔다.

"할, 뭐 하는 거야?" 하들리가 쉿 소리를 냈다.

"여기서 기다려." 할이 대답했다. "내가 소리 지르면 달려가서 도움을 청해."

"안 돼, 할!" 메이슨이 그에게 다가갔다.

"마리안느가 여기 있으면 다 끝난 거야."

할은 몸을 돌려 실버 스카우트의 흰색 통로로 향했다.

chapter 19

비밀 정찰

복도를 따라 실버 스카우트 안으로 기어 들어갔을 때 할의 얕은 숨과 쿵쾅거리는 심장 박동은 '어리석은 생각'이라고 자신의 뇌에 비명을 질렀다. 하지만 할은 멈추지 않았다. 첫 번째 문을 밀어 열었다. 흰색 가죽 시트가 있는 텅 빈 방이었다. 어거스트 레자는 그것을 직원 침실이라고 불렀다. 할은 그곳이 우디가 자는 곳이라고 추측했다.

등 뒤에서 소리가 나 소리치려고 입을 벌린 순간 메이슨의 튀어나온 눈이 모퉁이를 돌아보는 것을 보았다.

"메이슨, 뭐 하는 거야?" 할이 입을 열었다.

"이 일을 혼자 하게 둘 순 없어." 메이슨이 속삭였다. "하들리가 문 옆에 있으니까 누군가 나타나면 우리는 미친 듯이 소리치면 돼. 하들리가 달려가 도움을 요청할 테니까."

할은 고개를 끄덕였고, 메이슨이 옆에 있으니 기분이 좋아졌다. 마리안느

의 방문을 밀어 열고는 숨이 턱 막혔다. 서랍과 붙박이장이 열려 있고 옷과 책이 여기저기 흩어져 있었다. 마리안느가 아주 정성스럽게 정리한 펜들이 있던 통은 텅 빈 채 침대 위에 놓여 있었고, 내용물은 매트리스 위에 흩어져 있었다. 분홍색 플라밍고 이불은 바닥에 뭉쳐져 있었다.

메이슨은 주먹을 쥐고 앞으로 뛰어갔다. "여기 아무도 없어."

"아주 엉망진창이야." 할이 말했다. "도둑이 왔다 간 거야!"

메이슨은 눈썹을 치켜올렸다. "내 침실도 이런데?"

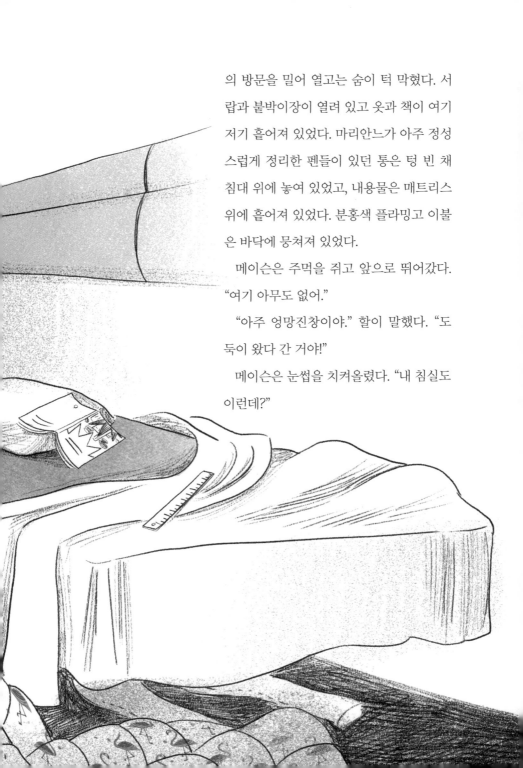

"마리안느가 이런 방을 보면 기가 막힐 거야." 할은 펜을 건드렸을 때 그녀가 어떤 반응을 보였는지 생각했다. 어제 아침에만 그랬을까?

"자." 메이슨이 하자는 대로 둘은 나란히 복도를 걸었다.

둘은 텅 빈 부엌을 지나쳤고, 메이슨은 회의실로 향하는 문을 열었다.

"우와……."

"뭔데?"

"이곳은 엄청 고급스럽다."

"아무것도 만지지 마." 할은 메이슨을 방으로 밀치며 말했다. "우리를 곤경에 빠트리게 하고 싶진 않아. 어서 이쪽으로." 할은 관람 라운지로 슬금슬금 들어가며 안도와 실망이 뒤섞인 표정을 지었다. "아무도 없어." 그러곤 말을 이었다. "잠깐, 위층도 확인해 보자."

메이슨은 레자의 침실로 가는 계단을 올라갔고, 1분 후에 다시 고개를 숙였다. "아무것도 없어. 아무것도."

"화장실 확인했어?"

"응."

귀까지 올라가 있던 할의 어깨가 내려앉았고, 다시 자신이 틀렸음을 인정해야 했다. 아무도 실버 스카우트를 은신처로 사용하지 않았다. "좋아, 내가 가서 하들리를 데려올게."

할은 하들리가 겁에 질린 표정으로 기다리고 있는 곳으로 빠르게 돌아갔다. "하들리, 괜찮아." 할이 말했다. "여기 아무도 없어."

"그럼 빨리 돌아가자." 하들리가 오라고 손짓하며 말했다. "사람들이 다시 기차에 올라타고 있어. 메이슨은 어디 있지?"

때마침 기차가 떠날 준비가 되었음을 알리는 호각 소리가 들렸다.

"음, 우리가 실버 스카우트를 타고 그랜비까지 가면 어때?"

"할!" 하들리는 당황한 표정을 지었다.

"단서를 찾아야 해. 엉망이 된 마리안느의 침실을 그려 보고 싶어."

"침실이 엉망진창이라고?"

"빨리 타." 메이슨이 할의 어깨너머로 소리쳤다. "네가 마리안느에게 빌려준 후디니 후드 티 찾아야지."

"그거 좋은 생각이야!" 하들리는 서둘러 실버 스카우트에 올라 할과 그녀의 오빠와 합류했다.

할은 문을 닫았고 그들은 모두 프레이저역에서 나올 때 기차가 움직이는 걸 느꼈다. 세 사람은 금지된 일을 하고 있다는 생각에 들떠서 서로를 쳐다보았다.

"우리는 마리안느를 도우러 왔어." 할은 모레티 남매보다는 자신을 안심시키기 위해 말했다. "단서를 찾아야 해."

"그리고 내 후드 티도." 하들리가 덧붙였다.

"그럼 가자, 셜록 다빈치." 메이슨이 말했다. "먼저 무엇부터 하지?"

"각자 흩어져서 살펴보자. 메이슨, 너는 위층 침실을 수색해. 하들리, 너는 전망 라운지와 회의실을 살펴봐. 어울리지 않는 것처럼 보이는 모든 것을 찾아. 나는 마리안느의 침실을 그릴 거야." 할이 하들리를 바라보았다. "그리는 것이 끝나면 후드 티를 찾으면 돼."

"이곳에 텔레비전이 없다는 게 믿기지 않는걸?" 메이슨이 기차 안을 둘러보며 말했다.

"텔레비전이라면 있어." 할이 대답했다.

"회의실로 가서 '스크린 켜'라고 말하면 텔레비전이 나올 거야." 할은 메이슨이 걸어가는 것을 바라보며 기다렸다.

"이럴 수가! 하들리, 와서 크기를 봐!" 메이슨이 소리쳤다. "애틀랜틱시티에서 본 것보다 커."

할은 하들리가 달려가자 씩 웃고는 스케치북을 꺼내서 마리안느의 침실 출입구 바닥에 주저앉았다. 창문으로 멀리는 스키장이, 가까이는 눈으로 덮인 산이 보였다. 너무 어렵게 생각하지 않으려고 할은 어수선한 침실에서 볼 수 있는 것을 그렸다. 자신의 그림에서 빈 곳으로 남겨 둔 부분에 대해 생각했다. 눈앞에 있는 것뿐만 아니라 보이지 않는 것도 알아차리려고 노력했다. '여기에 있어야 할 것과 그렇지 않은 것은 무엇일까?' 할은 그림을 그리면서 자신에게 물었다.

"지금 후드 티를 찾을 수는 있지만, 찾으면서 모든 것을 있던 그대로 남겨 두어야 해." 작업을 마친 할이 하들리에게 말했다.

"이걸 찾았어." 하들리가 반짝이는 검은색 물건을 내밀며 말했다. "회의실 테이블 아래 바닥에 있었어."

"이게 뭐야?" 할은 매끄러운 물건을 집어 가운데에 금이 간 것을 보고 분리했다.

"립스틱이야."

할은 밑부분을 돌리자 진분홍색 립스틱이 올라왔다. "잘 찾았어. 마리안느와 레자 아저씨

는 립스틱을 바르지 않아. 이것은 실버 스카우트에 원래 있던 물건이 아니야!"

"그렇게 생각했어." 하들리가 환하게 웃으며 말했다. "단서가 될 수 있을까?"

"흠……." 할은 그것을 바라보았다. "그럴 수도 있어." 할은 립스틱을 주머니에 넣었다. "메이슨이 뭔가를 찾았는지 확인하러 가자."

"우와!" 하들리가 마리안느의 방으로 들어서며 말했다. "누군가가 여기를 들어온 게 분명해."

"맞아." 할이 걸어가면서 중얼거렸다. 할은 전망 라운지에 들어서면서 탁 트인 창밖으로 방목하는 소와 눈덩이가 드문드문 보이는 광활한 미들 파크 계곡을 바라보았다. 관광객 라운지에서 이 풍경을 혼자 보고 있을 넷 삼촌을 생각하니 죄책감이 느껴졌다.

"할!" 메이슨이 불렀다. "이것 좀 봐."

어거스트 레자의 침실은 여전히 간소하고 깔끔했다. 메이슨은 책상 아래에 머리를 두고 바닥에 등을 대고 누워 있었다.

"뭐 하는 거야?" 할이 물었다.

"이리 와 봐." 메이슨이 손짓했다. 할은 몸을 웅크리고 책상 밑을 들여다보았다. "여기에 컴퓨터용 하드 디스크 드라이브가 있어야 해." 메이슨은 커다란 은색 상자를 가리켰다. "컴퓨터를 켜려고 했는데 안 켜지더라고. 그래서 찾아보니 하드 디스크 드라이브가 없어졌어."

"아마도 레자 아저씨가 가져갔을 거야."

"어쩌면." 메이슨이 몸을 꿈틀거렸다. "그건 좀 이상한 일이긴 하지만."

하들리는 머리를 계단 쪽으로 향했다. "후드 티는 마리안느 방에는 없어." 하들리는 일어나 소파에 털썩 앉았다. "영원히 없어진 거 같군." 하들리는 뚱한 얼굴로 인상을 찌푸렸다. "그래도 이상한 게 뭔지 알아? 옷장은 옷으로 가득 차 있지만, 상단 서랍은 비어 있어. 누가 와서 속옷만 가져간 것 같아."

"이상하네." 할은 메이슨의 다리 위로 지나가 레자의 침대 위에 서서 돔형지붕을 통해 밖을 내다보았다. 객차 여덟 개가 그의 앞을 가로질러 구불구불한 길을 가고 있었다. "난 마리안느의 방에서 뭔가 없어진 것을 발견했어." 할이 말했다. "어제 마리안느가 그림을 보여 줬는데 그림판과 그녀가 나에게 보여 준 페이지는 사라졌어."

"어쩌면 그녀의 아버지가 그림을 가져갔을 수도 있잖아." 하들리가 말했다. "감성적인 이유로."

"그런데 그는 왜 그림판을 가져갔을까?"

"누가 마리안느의 속옷이나 그림을 훔치고 싶어 할까?" 메이슨이 물었다. "그것들은 돈이 되지 않아. 어거스트 레자 아저씨의 컴퓨터 하드 디스크 드라이브, 그런 건 돈이 되지만 말이야."

"마리안느가 납치되지 않았다면." 할이 큰소리로 말했다. "모두 여기에 있었겠지."

하들리는 고개를 끄덕였다. "어거스트 레자 아저씨가 오마하에서 기차를 떠났기 때문에 이곳은 비어 있는 거야."

"그래서 납치당했다면? 미끼로? 너는 지르코나가 1,000만 달러에 대해서는 신경 쓰지 않을 것이라고 말했지만, 그들은 어거스트 레자 아저씨의 새로운 태양 전지를 위한 디자인을 손에 넣는 데 관심이 있을지도 몰라."

"그것들이 이 컴퓨터에 있었다고 생각하니?" 하들리가 물었다.

"아, 알았다!" 메이슨은 일어섰다. "내가 납치범이라고 치자." 메이슨이 할을 바라보았다. "넌 여자라고 생각하는 줄 알지만, 남자라고 치자. 나는 마리안느를 잡고 차 뒤 트렁크에 그녀를 밀어 넣고 모퉁이를 돌면서 그녀를 두 번째 차인 도주 차량으로 옮겨. 그러고는 검은색에서 일반 옷으로 갈아입고 납치범 복장을 도주 차량에 집어넣고…… 사라지는 거야. 그다음 다시 기차를 타고 그날 밤 늦게 기차에 침입하여 하드 디스크 드라이브를 훔친 거지. 기차가 덴버에 도착하면 지르코나 담당자를 만나 상자에 담긴 하드 디스크 드라이브를 건네고 현금이 가득 든 봉투에 들어 있는 돈을 받은 거야." 메이슨은 하들리와 할을 바라보았다. "네 말이 맞다면 우리는 그 납치범이 누구인지 정확히 알고 있어. 그렇지 않아?"

chapter 20

가방 바꿔치기
대작전

하늘은 증기 기관의 연기를 연상시키는 검은 구름으로 가득했다. 그랜비역은 작은 승강장에 녹색 슬레이트 지붕이 있는 고풍스러운 흰색 목조 건물이었다. 그들은 실버 스카우트에서 뛰어내려 선로 옆 흙길로 달려가 첫 번째 침대차 문을 따라 달려 들어갔다.

"누군가가 묻는다면 우리는 마술을 연습하기 위해 빈방에 있었다고 해." 하들리가 말했고 둘은 고개를 끄덕였다.

"시모어 아저씨를 잡으려면 점심을 먹기 전인 지금 해야 해." 메이슨이 말했다.

"시모어 아저씨는 서류 가방을 항상 옆에 두고 누군가 만지면 아주 싫어한다고." 하들리가 말했다. "안에 비밀이나 범죄와 관련 있는 것이 들어 있는 것이 틀림없어."

"우리가 가방 안을 볼 수 있는 방법이 뭐가 있을까?" 할이 물었다.

"그거라면 좋은 게 있지. 바로 가방 바꿔치기!" 하들리가 메이슨을 바라보고 미소 지으며 말했다.

"그럼 우선 시모어 아저씨를 찾아야 해." 메이슨이 말했다. "나는 기차의 다른 쪽 끝으로 가서 여기까지 오면서 찾을게."

"난 뭘 하면 되지?" 할이 물었다.

"프랜신 누나를 찾아." 하들리가 말했다. "시모어 아저씨가 있는 칸이나 루멧을 알려 달라고 해."

할은 고개를 끄덕였다. "넌 뭐 할 거야?"

"챙겨야 할 것이 있어서 말이야." 하들리가 모호하게 말했다.

세 사람은 각자 할 일을 하기 위해 헤어졌다. 할은 비어 있는 객실에서 침구를 바꾸고 있는 프랜신을 찾았다.

"안녕, 프랜신 누나. 저 좀 도와주실래요? 미스터 하트라는 사람을 아세요? 짧고 가느다란 백발 머리에 양복을 입고 항상 서류 가방을 들고 다니는데요."

프랜신은 고개를 끄덕였다. "아, 시모어 하트 씨."

"그분을 보셨어요?"

"오늘은 못 봤어. 차분한 성격의 남자분이야. 그가 새크라멘토에서 내릴 때까지 말하는 걸 못 들었을걸?"

"우리 옆 칸에 있었는데요, 그렇죠?" 할이 물었다. "루멧 나인?"

"아니, 꼬마야." 프랜신이 킬킬 웃으며 말했다. "그는 이 층에 없어. 하트 씨가 어디 있는지 왜 알고 싶니?"

"그분이 무언가를 떨어뜨렸는데 돌려주려고요."

"내가 해 줄까?" 프랜신이 물었다. "내가 루멧 번호를 알려 주는 것은 규칙에 어긋나거든."

"아니, 괜찮아요. 점심 때 찾을 수 있을 거예요." 할이 뒤로 물러서며 말했다.

할은 하들리가 서류 가방을 들고 기다리고 있는 모레티 남매의 침실로 달려갔다. 그녀는 머리를 갈래로 묶은 채 두꺼운 안경테를 쓰고 있었다. 그리고 그녀의 아버지의 것으로 보이는 옷을 입고 있었다. 하들리가 괴짜 같은 얼굴을 할에게 갖다 대자 할은 멍하니 바라보았다.

"이게 다야?"

"아니, 이건 마술이 아니야. 나는 이 가방을 계단 밑에 있는 수화물 선반에서 빌렸어." 하들리가 대답했다. "일이 끝나면 다시 제자리에 갖다 놓으려고."

"그런데 시모어 아저씨의 흔적을 찾을 수가 없어." 메이슨이 복도를 내려오며 말했다. "프랜신 누나가 어느 칸에 있는지 안 가르쳐 줬어?"

"정확하게 어느 칸에 있는지 말해 주지는 않았지만 그가 아래층 루멧에 있고 새크라멘토에서 내릴 것이라고 말했어. 문 옆에 있는 시카고에서 새크라멘토까지의 예약 표를 볼 수 있어. 내 기차에는 아래층 방이 없고 침실, 샤워실 그리고 화장실만 있어. 그렇다면 이 객차에 있는 것이 틀림없어."

세 사람은 계단을 내려가 하들리가 가짜 가방을 발견한 수화물 선반을 지나 작은 방의 복도를 바라보았다. 메이슨은 발끝으로 앞으로 나아가 각각의 바깥쪽에 있는 라벨을 확인했다. "새크라멘토까지 예약된 방이 두 개가 있고, 한 객실 앞에는 여자 신발이 있어."

"시모어 아저씨는 혼자 여행 중이야." 할이 숨을 고르며 말했다. "시모어 아저씨가 혼자 시카고역에 도착하는 것을 보았거든."

"그럼 오른쪽 끝에 있는 거야." 메이슨이 중얼거렸다.

"커튼이 닫혀 있더라." 하들리가 고개를 끄덕였다. "실루엣을 보니 그 사람인 것 같아."

"이제 어떡하지?" 할이 그들을 바라보았다.

"자, 여러분은 샤워실에 숨어서 쇼를 시청하세요." 하들리가 말했다.

할은 시키는 대로 했다. 메이슨은 고개를 끄덕이더니 시모어 하트의 방문까지 걸어가 유리창을 두드리면서 프랜신의 목소리를 흉내 냈다.

"안녕하세요, 하트 씨!" 메이슨이 외쳤다. "암트랙 알림입니다…… 어…… 서부 산악 시간으로 인해 점심 서비스가 10분 후에 종료됩니다. 배고프지 않으려면 서둘러야 해요!" 말을 마친 메이슨은 몸을 돌려 소리 없이 샤워실로 달려가 할에게 속삭였다. "아저씨가 신을 못 찾아서 욕하는 소리를 들었어. 금방 나올 거야."

할과 메이슨은 빌린 서류 가방을 가방 선반에 밀어 넣고 바보 같은 표정을 짓고 있는 하들리를 바라보았다.

루멧 문이 열리자 시모어 하트는 실수로 양복 재킷을 잡아당겼다. 그는 서류 가방을 들고 윗주머니에 손수건을 쑤셔 넣은 채 서둘러 하들리에게 다가갔다.

"저기요!" 하들리는 짐 선반에서 빌린 서류 가방을 빼내고 시모어 하트가 지나가려고 하자 비틀거리며 뒤로 물러났다. 하들리는 시모어를 치면서 비명을 질렀고, 계단으로 굴러떨어진 다음 바닥에 떨어졌다. 빌린 가방이 하들리 옆의 바닥에 떨어졌다.

메이슨은 할에게 윙크했다.

"맙소사." 시모어 하트는 하들리를 돕기 위해 서류 가방을 내려놓았다. "괜찮니? 도와줄까?"

"아!" 하들리는 비명을 지르며 팔을 휘둘러 벌떡 일어나 가짜 서류 가방을 바로 세웠다. "도와주세요!" 하들리는 시모어의 손을 뿌리치며 소리쳤다. "도와주세요, 제발요!"

시모어는 눈을 깜박이며 공포에 질려 하들리를 바라보았다. "아니야! 아니라니까…… 나는 단지 돕고 싶어서 그런 거야. 난 아니야."

할은, 하들리가 시모어의 서류 가방이 놓인 자리에 발로 가짜 서류 가방을 밀어 넣는 것을 보았다. "꺼져! 날 만지지 마요!" 하들리는 비명을 지르면서 머리를 세차게 흔들었다. "저리 가요!"

시모어는 가짜 서류 가방을 잡고 식당차 쪽으로 향하는 계단을 뛰어 올라갔다.

하들리는 시모어의 서류 가방을 낚아채 샤워실로 달려가 문을 닫고 잠갔다. 그러곤 서류 가방을 들고 눈을 반짝였다.

"빨리, 열어 봐." 메이슨이 말했다.

"이런, 잠겼어!" 하들리는 좌절감을 느끼며 서류 가방을 덜걱덜걱 흔들며 외쳤다. "그건 생각도 못 했네."

"아마도 주머니에 열쇠가 있을 거야." 메이슨이 말했다.

"그럼, 이제 우리는 무엇을 해야 하지?" 하들리는 난처한 표정으로 말했다.

"네가 어디로 사라졌는지 궁금했다." 넷 삼촌이 할을 올려다보며 말했다. 할은 시모어 하트의 서류 가방을 손에 들고 방의 출입구에 서 있었다. "뭘 들고 있는 거니?"

"삼촌의 도움이 필요해요." 할이 하들리와 메이슨에게 오라고 손짓하며 말했다. 모두 들어가기엔 좁았지만, 메이슨은 하들리가 할의 의자 팔걸이에 앉자 문을 밀어 닫았다. "이건 시모어 하트 아저씨의 서류 가방이에요." 할이 가방을 들어 올렸다.

넷 삼촌은 인상을 찌푸렸다. "그리고 시모어 하트는……?"

"캘리포니아 코밋의 승객인데, 마리안느의 납치에 연루되어 있다고 생각해요." 할이 대답했다.

"시모어 아저씨는 지르코나 스파이거든요." 메이슨이 불쑥 말했다.

"그런데 어떻게 그의 서류 가방을 갖게 되었니?" 넷 삼촌의 눈이 가늘어졌다.

"제가 잘못해서 복도에서 그와 부딪쳤거든요." 하들리가 말했다.

"우연히?" 넷 삼촌은 아이들을 바라보았고, 그들은 모두 아래를 내려다보았다. "가방을 돌려줄 방법을 논의 중인 것 같은데?"

"돌려줄 거예요. 하지만 그 전에 그가 점심을 먹는 동안 가방을 여는 것을 삼촌이 도와줬으면 좋겠어요." 할은 자신들의 조사에 대해 좀 더 일찍 삼촌에게 털어놓았으면 좋았을 거라 생각했다. "우리는…… 시모어 아저씨가 납치에 연루되어 있는지 알아내야 하거든요."

"알겠다." 넷 삼촌은 할에게서 서류 가방을 가져와서 자물쇠를 확인하면서 뒤집었다. 그러고는 탁자 위에 내려놓고 손가락으로 탁탁 치며 생각에 빠졌다. "너희 말이 맞아. 나는 이 가방을 어떻게 열어야 하는지 알고 있거든."

"그래요?" 메이슨은 관심을 보이며 앞으로 몸을 기울였다.

"그래, 모두 나가자." 넷 삼촌은 그들을 복도로 안내했다. "나를 따라오렴." 삼촌은 서류 가방을 옆에 들고 기차에서 성큼성큼 걸어 내려오며 말했다.

할은 식당차를 향해 가는 동안 께름칙한 공포를 느꼈다.

"저 사람이야?" 넷 삼촌은 혼자 테이블에 앉아 커피를 홀짝이고 있는 시모어 하트를 가리켰다. 할은 고개를 끄덕였다.

"앉아도 될까요?" 넷 삼촌은 대답도 기다리지 않고 시모어의 테이블로 다가가 맞은편 자리에 앉았다.

"무슨 일이세요?" 시모어 하트는 걱정스럽게 세 아이를 바라보았다.

"조카의 친구가 당신과 부딪쳤다고 하더군요." 삼촌은 하들리를 가리켰다.

"그건 사고였어요." 시모어는 당황한 표정을 지었다.

"그런데 그때 시모어 씨가 실수로 하들리의 가방을 가져간 것 같아요."

"그럴 리가……!"

넷 삼촌은 시모어의 서류 가방을 탁자 위에 올려놓았다. "그래서 당신의 가방을 가지고 왔어요."

"뭐라고?" 시모어는 인상을 찌푸리며 옆에 있던 서류 가방을 들어 올려 처음으로 제대로 살펴보았다. "못 믿겠어……! 어떻게 이런 일이 일어날 수 있는 거죠?"

"가방이 바뀐 거죠." 넷 삼촌은 서류 가방을 바꾸며 부드럽게 말했다. "이러한 일이 생기기도 하죠. 이제 모두 원위치입니다."

시모어 하트는 두 손으로 서류 가방을 움켜쥐었다.

"괜찮으세요?" 넷 삼촌은 걱정스럽게 그를 바라보았다.

"이 가방 안에 제 인생이 걸려 있어요. 제가 그것을 잃어버렸다면……." 시모어 하트는 몸서리를 쳤다.

"뭐가 들었는지 물어봐도 괜찮다면……." 넷 삼촌은 시모어에게 부드러운 미소를 지으며 말을 이었다. "인생이 걸려 있는 그 중요한 게 뭡니까?"

"시계예요." 시모어 하트가 대답했다.

"시계라고요?" 넷 삼촌의 눈이 빛났다.

"저는 시계 판매원으로, 새크라멘토에서 열리는 큰 회의에 참석하러 가는 중이거든요." 시모어는 서류 가방을 두드렸다. "모은 돈으로 몽땅 최신 모델을 샀죠. 이 한 주를 잘 보낸다는 것은 1년 동안 행복한 가정을 꾸릴 수 있다는 것을 의미하고요. 난 정말 이번에 운이 좋길 바라거든요."

"나도 시계를 좋아하는 편이에요." 넷 삼촌은 셔츠 소매를 걷어 올려 왼쪽 손목에 찬 세 개의 시계를 시모어에게 보여 주었다. "관심 있는 고객에게 시계를 한번 보여 주시겠습니까?"

"물론이죠!" 시모어 하트는 커피를 밀어 내며 활기찬 목소리로 말했다. "시계를 위해서라면 항상 시간이 있거든요." 시모어는 재킷 주머니에서 작은 열쇠를 꺼내 가방을 열었다.

메이슨, 하들리, 할이 몸을 기울여 서류 가방을 뚫어져라 보았다. 벨벳 쿠션에 묶인 값비싸 보이는 손목시계가 보기 좋게 진열되어 있었다. 빛나는 유리는 우아한 시계를 보호하고 있었다. 시계 톱니와 시계 바늘은 시간의 흐름을 정확히 측정하고 있었다.

안타깝게도 마리안느에게 주어진 시간도 흘러가고 있었다.

chapter 21

창 통증

얼은 할 앞에서 파스타가 쌓인 접시를 밀면서 하들리와 메이슨에게 감자튀김과 함께 거대한 스테이크를 배달했다. "애들아, 소스 더 먹을래?" 다들 고개를 저었다.

기차는 깊은 협곡을 여행하고 있었다. 벽돌처럼 붉은 바위가 그 위로 높이 뻗어 있어 하늘을 볼 수 없었다. 급류가 기차의 한쪽을 지나갔다. 다른 쪽에는 기둥에 매달린 고속도로가 구불구불 뻗어 있었다.

"시모어 아저씨가 시계 판매원으로 밝혀졌다는 게 믿기지 않아." 메이슨이 덤덤하게 말했다. "막다른 골목이군."

할은 파스타에 포크를 찔러 넣고 고개를 끄덕였다. 실패자처럼 느껴졌다. 마리안느는 실버 스카우트에 없었고, 라이언은 비밀 메시지를 보내려고 한 것이 아니었다. 심지어 시모어 하트는 헷갈리게 하는 사람일 뿐이었다. 할은 계속 이 모든 것을 잘못 추리하고 있었다. 누가 마리안느를 납치했는지, 왜 그랬는지 전혀 알 수 없었다. 다만 시간이 흐르면서 마리안느가 또 다른 치아를 잃으리라는 것만 알고 있었다. 할은 포크를 쳐다보았다. 전혀 배가 고프지 않았다.

"시모어 아저씨를 손가락으로 가리킨 것은 마리안느야." 하들리가 말했다. "그가 지르코나 스파이라고 말한 것도 마리안느란 말야. 우리는 몰랐고."

"마리안느가 틀린 것뿐이야." 할이 말했다.

"하지만 누군가 그녀를 쫓고 있었다는 것은 사실이지."

"사실 나는 마리안느가 관심을 끌기 위해 꾸며서 한 말이라고 생각했어." 이렇게 말하면서 하들리는 죄책감이 들었다.

셋 모두 비참한 표정으로 음식을 쳐다보았다.

"아직도 마리안느가 기차에 있다고 생각하니?" 메이슨이 할에게 물었다.

"그건 아닌 것 같아." 할은 한숨을 쉬었다. "메이슨의 말이 맞았어. 기차에 있다면 누군가는 무언가를 보거나 들었을 거야. 그러니 실버 스카우트에는 없는 것 같아." 할은 어깨를 으쓱했다. "더는 아무것도 확신할 수 없어."

기차는 통나무, 노란 판자, 젖은 톱밥 더미가 쌓여 있는 목재 마당을 지나갔다. 창 너머로 빗방울이 떨어졌다. 할은 스케치북에 있는 그림을 획획 넘기면서 뭔가 아이디어가 떠오르기를 바랐다. 그는 '도와줘' 자국이 남겨진 페이지에서 스케치북을 닫기 전에 잠시 그것을 응시했다.

"라이언이 너를 갖고 논 거야." 메이슨이 말했다. "그냥 농담한 거였어."

"그래, 그런데 재미없는 농담이었어."

"지금 마리안느가 사라졌으니 더욱더." 하들리가 동의했다.

"라이언을 찾아서 무슨 말을 하려고 했는지 설명해 달라고 부탁할 생각이야." 할이 으르렁거리듯 말했다.

"하트 씨가 가지고 있는 것은 멋진 시계 컬렉션이었어." 넷 삼촌이 테이블에 앉으며 말했다. "하나 사고 싶은 충동이 솟구칠 정도로 말이야." 삼촌이 할 무리를 바라보았다. "그런데 너희들은 왜 그렇게 슬픈 표정이니?"

"우리는 잘못 짚었어요. 모든 것을 말이에요." 할이 말했다.

"잘못 짚은 것이 잘못은 아니야." 넷 삼촌은 말했다. "하지만 아무리 좋은 의도라고 해도 다른 사람의 서류 가방을 가져와서 열어 보는 것은 문제가 있단다."

"시모어 아저씨가 마리안느의 납치에 연루되었는지 알아낼 다른 방법이 없었어요." 메이슨이 항의했다.

"방법은 있었어." 넷 삼촌은 메뉴를 집어 들었다.

"어떻게요?" 하들리가 물었다.

"솔직히 말해서 하트 씨에게 마리안느에 대해 몇 가지 질문을 할 수 있었잖니?"

할은 눈을 깜박였다. "음, 하지만 우리는 할 수 없었어요⋯⋯."

"넌 할 수 있었어. 나는 그에게 서류 가방에 무엇이 들어 있는지 보여 주겠느냐고 정중하게 물었고 그는 기꺼이 응해 주었지." 넷 삼촌은 얼이 지나갈 때 말을 멈췄다. "채소 샐러드 좀 주실래요? 그리고 커피? 정말 감사합니다." 삼촌은 아이들을 돌아보았다. "나는 영리하게 하트 씨에게 물었어. 물론, 내가 어른이라서 쉽게 그렇게 했겠지. 그러나 너도 그에게 올바른 방법으로 올바른 질문을 했다면 널 위해 서류 가방을 열어 주었을 것이라고 확신해. 숨길 것이 없기 때문이지."

"음, 그럴 것 같아요." 메이슨은 어깨를 으쓱했다.

"착한 사람을 착하게 만드는 것이 무엇인지 아니?" 넷 삼촌은 물 한 컵을 따르며 물었다. "그들은 정도를 지키면서 악당을 물리친단다. 물론 그렇게 하는 건 어렵지." 삼촌이 뒤로 물러나 앉으며 말했다. "네가 마리안느를 도우려는 건 이해하지만, 불법적인 행위에 의존해서는 안 되는 거야." 삼촌은 음료를 홀짝였다. "자, 왜 하트 씨를 의심한 거니?"

"시모어 아저씨가 덴버역에서 어떤 남자에게 상자를 주고 돈 봉투를 받는 것을 보았어요." 할이 말했다. "지금은 시모어 아저씨가 시계를 팔고 있다는 것을 알지만, 그때는 그것이 의심스럽다고 생각했어요. 물론 그의 서류 가방

을 바꾼 것은 잘못이었어요. 죄송해요, 넷 삼촌."

"걱정하지 마." 넷 삼촌은 빌린 서류 가방을 집어 들었다. "이것이 원래 주인에게 돌아가면 기분이 훨씬 나아지겠지만."

"수화물 선반에서 꺼냈어요." 하들리가 말했다. "점심 후에 다시 갖다 놓을게요."

메이슨은 창밖을 내다보았다. 기차가 빗방울이 떨어지는 나무 사이에 멈춰 섰다. "어? 기차가 왜 멈춘 거예요?"

"로키산맥을 가로지르는 선로는 하나뿐이거든." 넷 삼촌이 대답했다. "다른 방향에서 기차가 우리 쪽으로 오고 있어서 대피선에 기차를 세운 거야."

삼촌은 왼쪽 손목에 차고 있는 시계를 확인하며 말했다. "우리 쪽으로 오는 기차는 동쪽으로 향하는 기차인 것 같아."

그들은 경적을 들었고 또 다른 은빛 기차가 덜커덩거리며 창문 너머로 지나갔다. 그 기차는 앞쪽의 수화물차 옆에 침대차가 있고 뒤쪽에 일반 객차가 있었다. 할은 어거스트 레자의 실버 스카우트 때문에 기차의 구성이 다른 건지 궁금했다.

"같은 선로를 두 대의 기차가 반대 방향으로 달리는 것은 위험하지 않나요?" 할이 물었다. "단선은 달리는 기차가 적은 노선에 사용되지. 대피선이 기차 전체에 충분할 만큼 길면 안전하단다."

"반대편 기차가 갔으니 이제 우리 기차가 가던 길을 가야 하지 않나요?" 메이슨이 물었다.

"음, 아마도 또 다른 기차가 있겠지." 넷 삼촌이 샐러드를 입에 집어넣으며 말했다.

몇 분 후, 골재로 뒤덮인 수많은 트럭을 실은 화물 기차가 힘들게 지나갔다. 얼이 나타나 접시를 치우고 있을 때 안내 방송이 나와 모두 고개를 들었다.

"신사 숙녀 여러분, 우리는 산을 무사히 지나 글랜우드 스프링스에 도착하려고 합니다. 그곳에서 예정보다 일찍 도착해서 20분 정도 정차합니다. 이 기회에 다리를 쭉 뻗으시길 바랍니다."

"얘들아, 우리 밖으로 나가자." 메이슨이 간절히 말했다. "이 기차에서 잠시 내리자고."

할은 고개를 끄덕이는 넷 삼촌을 바라보았다. "비가 오니 외투를 가져가렴."

글렌우드 스프링스에 멈춰 문이 열리자 마을을 흐르는 강물 소리가 반갑게 맞아 주었다. 하들리와 메이슨 옆에서 승강장으로 뛰어내린 할은 방수 파카 후드에 빗방울이 가볍게 떨어지는 것을 느꼈다. 콘크리트 다리가 선로 위로 뻗어 있고 넓은 계단은 주차장과 공중전화로 이어졌다.

"진 아저씨가 저기 있어." 할이 진을 가리키며 말했다.

그들은 진 잭슨이 공중전화로 향하는 계단을 올라가는 것을 보았다.

"난 저 사람이 누구에게 전화하는지 궁금해." 하들리가 말했다. "요즘은 누구나 휴대전화를 가지고 있지 않아?"

"내게 좋은 아이디어가 떠올랐어!" 할은 스케치북을 꺼냈다. "가만히 있어 봐." 할은 메이슨의 등에 스케치북을 기대고 급하게 글을 쓰고 페이지를 넘기고 몇 개 더 썼다. "하들리, 돌 좀 찾아줘."

"무엇 때문에?"

"창문에 던질 거니까 너무 큰 거 말고. 유리를 깨고 싶지는 않거든."

"동전도 될까?" 하들리는 주머니에 손을 넣고 은색 동전을 꺼냈다.

"완벽해. 메이슨, 진 아저씨를 지켜봐." 할은 하들리를 끌어당겨 칸막이 창 아래에 섰다. "여기야, 던져! 너무 세게 던지진 말고." 하들리가 동전을 던질 때 경고했다. 하들리는 동전이 유리창에 부딪친 후 떨어지자 그것을 잡았다.

라이언이 나타나 커튼을 옆으로 치켜올리며 그들을 내려다보았다. 그는 스토리 북을 손에 들고서 읽고 있었다.

할이 손을 흔들자 라이언도 손을 흔들었다.

할은 스케치북을 머리 위로 들어 올려 글자를 쓴 페이지를 펼쳤다.

'어제 나랑 점심 먹었던 거 기억나?'

라이언은 고개를 끄덕였다.

할은 여전히 책을 높이 들고 페이지를 넘겼다.

'너는 내 스케치북에 표시를 남겼어.'

라이언은 인상을 찌푸렸다.

할은 페이지를 넘겼다. '단순한 농담이었니?'

라이언은 그 질문을 빤히 쳐다보더니 멍하니 할을 바라보며 고개를 끄덕였다. 할은 다른 페이지를 넘겼다. '마리안느 레자가 납치될 것이라는 사실을 알고 있었니?'

라이언은 고개를 세차게 저었다.

할은 오마하의 박물관에서 발견한 자국을 내어 만든 비밀 메시지를 찾을 때까지 페이지를 넘겼다. 할은 그것을 머리 위로 들고 비난하듯 라이언을 바라

보았다. 라이언은 그 페이지를 보고 충격을 받아 뒤로 물러서며 뒤를 돌아보았다. 진이 창문 밖을 노려보고 있었고 아이들은 깜짝 놀라 모두 숨을 헐떡였다.

"메이슨!" 할이 속삭였다. "넌 진 아저씨를 지켜보고 있었어야지."

진 잭슨이 앞으로 손을 뻗어 커튼을 쳐 버렸다.

chapter 22

후디니 후드 티

"우리가 라이언을 곤경에 빠뜨렸다고 생각하니?" 하들리는 걸으면서 초조하게 물었다.

"그러지 않기를 바라야지." 할은 진 잭슨이 친절한 아버지는 아니라고 생각했지만 이렇게 말했다.

"라이언이 강제로 객실에 갇혀 있어야 한다고 생각해?" 메이슨이 물었다. "포로처럼?"

아무도 대답하지 않았다. 할은 자신의 비밀 메시지를 본 라이언의 놀란 표정에 여전히 어리둥절했다. 라이언은 마치 아무것도 모르는 것 같았다. 그때 기차의 경적이 울려 승객들을 불렀다.

"얘들아, 이제 그만……." 말을 하던 하들리가 순간 죽은 듯이 멈췄다.

"뭐야 도대체?" 메이슨은 여동생을 바라보았다.

"이봐!" 하들리가 승강장을 따라 소리쳤다. "이봐! 기다려!" 그녀는 달리기 시작했다.

"왜 우리가 달리고 있는 거지?" 할이 메이슨과 함께 그녀를 쫓아가며 물었다.

"몰라." 메이슨이 대답했다. "하들리!" 메이슨이 그의 여동생을 붙잡았다. "무슨 일이야?"

"못 봤어?"

"뭘 봐?"

"어떤 소년이 내 보라색 후드 티를 입고 있었어."

경적이 다시 울리자 그들은 서로를 쳐다보았다.

"확실해?" 메이슨이 말했다.

하들리는 고개를 끄덕였다. "응! 일반 객차로 갔어."

할은 머리카락이 곤두서는 느낌이었다. "그럼 그 아이를 찾아야 해." 할이 기차에 뛰어오르며 말했다.

"저 애가 어떻게 내 후드 티를 손에 넣은 거지?" 얼을 피해 식당차를 돌진하면서 하들리는 의아해했다.

"어떻게 후드 티가 저 아이에게 있는지 곧 알아낼 수 있을 거야." 메이슨은 관광객 라운지의 한쪽 끝에서 다른 쪽 끝으로 연결되는 문을 뚫고 나가면서 말했다.

일반 객차 안의 공기는 치즈와 쪽파 칩 냄새로 가득했다. 좌석은 통로 양쪽에 짝을 이루어 배치되어 있었다. 아기가 고양이처럼 가냘프게 울었지만, 대부분 승객은 헤드폰을 끼고 있어서 별 신경을 안 쓰는 것 같았다. 할은 스케치북을 꺼내 자리에 앉은 승객들의 윤곽을 그렸다.

메이슨은 손가락을 입술에 대고 가리켰다. 아델베르트가 통로 오른쪽에 앉아 의자를 뒤로 젖히고 앉아 코를 골고 있었다. 그녀는 거대한 파란색 패딩 코트를 입고 눈가리개를 착용하고 있었다. 도마뱀 훌리오는 그녀의 쇄골을 가로질러 누워 그들을 올려다보고 있었다. 옆자리는 비어 있었고, 만화 캐릭터로 장식된 작은 배낭이 그 위에 놓여 있었다. 아델베르트를 스케치하면서 할은 그녀가 정말로 위험한 사람인지 아닌지 궁금했다.

세 사람은 객차의 최상층을 살살이 훑었지만 보라색 후드 티를 입은 소년이 보이지 않자 아래층으로 내려갔다. 메이슨은 하들리를 잡고 가리켰다. 하들리의 소중한 후드 티를 입은 어린 소년이 기차 중간쯤에 있는 통로 좌석에 앉아서 게임 콘솔의 버튼을 두드리고 있었다. 하들리는 할을 밀치고 복도를 성큼성큼 걸어갔다.

"안녕!" 하들리는 익살스러운 미소로 소년에게 인사했다. "네가 입고 있는 그건 내 옷이야, 돌려받고 싶어."

소년은 의자 깊숙이 앉아 있었다. 채 열 살도 되지 않아 보였고 옷은 너무 컸다. 소년은 믿을 수 없다는 듯이 갈색 눈으로 하들리를 노려보고는 뽀글뽀글한 검은 곱슬머리 위로 후드 티를 쑥 끌어 올리고 게임을 다시 시작했다.

하들리는 고집스럽게 몸을 숙였다. "야, 너 내 후드 티 입고 있다고."

"아니야." 소년이 게임기에 눈을 고정하며 말했다.

"네가 입은 게 내 것이라고."

"찾은 사람이 주인이지. 잃어버린 사람은 울든지 말든지."

"안녕." 할이 하들리를 뒤로 끌어당기며 말했다. "내 이름은 해리슨이야, 네 이름이 뭐니?"

"데릭." 소년이 중얼거렸다.

"안녕, 데릭." 소년이 게임기에서 눈을 떼고 할을 올려다보자 할이 미소를 지었다. "네 엄마야?" 할이 창가에 머리를 기대고 데릭 옆에서 자는 여자 쪽을 보면서 물었다. 그녀는 빠글빠글한 곱슬머리 머리카락 위에 소음 제거 헤드폰을 끼고 있었다.

데릭은 고개를 끄덕였다. "엄마는 피곤해. 우리는 어젯밤 늦게 기차를 탔거든."

"내가 카페에서 음료수와 먹을 것을 사 주면 너의 어머니가 좋아하실까?" 할이 물었다.

데릭은 갑자기 관심이 생긴 듯 할을 올려다보았다. "막대 사탕 하나 사 줄수 있어?"

"네가 원하는 것은 무엇이든지." 하들리가 말했다.

할은 데릭을 관광 라운지로 이끌어 카페로 내려갔고 메이슨과 하들리는 그 뒤를 따랐다.

"그런데 형은 말을 이상하게 하네." 데릭이 할에게 말했다.

"나는 영국 사람이거든." 할이 웃으며 대답했다. "뭘 먹을래?"

데릭이 고른 간식을 사서 그들 모두 늘 앉던 자리에 앉았다.

"보라색." 메이슨은 허쉬 바를 먹어 치우는 데릭을 보며 고개를 끄덕였다. "재미있는 색이라고."

데릭이 코웃음을 쳤다. "나는 보라색을 좋아해."

"후디니가 누군지 아니?" 하들리가 물었다.

"당연하지, 그는 지금까지 살았던 가장 위대한 에스파콜로지스트였어." 데릭이 미소를 지으며 대답했다.

"에스파콜로지스트가 아니라 에스카팔러지스트(몸을 가둔 로프·사슬·상자 등에서 빠져나오는 묘기를 보이는 곡예사. 역자 주)라고." 메이슨이 수정했다.

"그게 내가 말한 거야."

"이야기 하나 해 줄까?" 하들리가 물었다.

데릭은 어깨를 으쓱하며 주스 한 팩을 후루룩 들이켰다.

"이 기차의 이 테이블에서 소녀를 만났어. 그 아이는 어떤 남자가 자신을 뒤쫓고 있으며 그를 피하려고 변장이 필요하다고 말했지. 당시 난 내가 좋아하는 후드 티를 입고 있었고, 그 후드 티는 아빠가 내 생일에 준 거야. 아빠는 내가 가장 좋아하는 색인 보라색 스웨터를 사서 앞면에 후디니의 인용문을 인쇄했지. 후디니는 나의 영웅이기 때문이야." 하들리는 데릭을 빤히 쳐다보았다. "그러니까 세상에 이것과 같은 옷은 또 없다고."

"왜 후디니가 너의 영웅이야?"

"나는 마술사이고, 후디니는 마술사 중에 최고거든."

"너 마술사야?"

하들리는 누군가가 보고 있는지 확인하는 제스처를 취하고는 데릭의 귀 뒤로 손을 뻗어 동전을 꺼냈다. 데릭은 감명받지 못한 듯 시시한 표정을 지었다. 하들리는 다른 손으로 동전을 옮기고 테이블에 손을 납작하게 펴고는 쳤다. 그러자 쨍그랑 소리가 났다. 하들리는 데릭에게 빈손을 보여 주고 테이블 아래에서 다른 손을 꺼냈다. 동전이 손에 가득 찼다.

데릭의 입이 벌어졌다.

하들리는 데릭의 코 밑에서 동전을 덜그럭거렸다.

"허쉬 바 하나 더 줄까?"

데릭이 고개를 끄덕였다.

"좋아, 하지만 먼저 어떻게 후드 티를 갖게 됐는지 이야기를 듣고 싶어."

하들리는 미소를 지었다.

"내 후드 티를 가져간 소녀가 돌려주겠다고 약속했지만, 그녀는 납치되었기 때문에 그럴 수 없었어."

데릭은 눈을 깜박였다. "그 레자 여자애?" 데릭이 후드 티를 잡아당기며 말했다. "걔가 이걸 갖고 있었다고?"

하들리, 메이슨, 할은 모두 고개를 끄덕였다. 데릭은 침을 삼켰다.

"화장실 쓰레기통에 처박혀 있었어."

"언제 찾았어?" 할의 모든 감각이 깨어났다.

"우리는 맥쿡에서 기차를 탔고, 화장실에 갔는데 쓰레기통에서 이 후드 티를 봤어. 그 안에는 종이 수건 몇 장을 제외하고는 그것밖에 없었어. 깨끗해 보여서 추우니까 입은 게 다야." 데릭이 후드 티를 내려다보며 말했다. "여기……." 데릭은 소매에서 팔을 꿈틀거리며 머리 위로 잡아당겼다. "다시 가져가."

"오, 고마워." 하들리가 후드 티를 받아 껴안으며 말했다.

"맥쿡에서 탔어?" 할은 눈을 감고 기차 시간표를 떠올렸다. "그래서, 이것을 새벽 4시에 찾았니?"

"응, 정말 이른 시간이었어."

"맥쿡에서 내리는 사람을 봤어? 어른과 소녀라든지, 아니면 여자와 몇 명의 성인이라든지."

데릭은 고개를 저었다. "아무도 못 봤어. 저기, 엄마가 일어나서 내가 없다는 사실에 놀라기 전에 돌아가야 해." 데릭이 일어섰다. "허쉬 바 고마워."

"잘 가, 데릭." 하들리가 데릭의 뒷모습에 대고 인사했다. "고마워."

"얘들아, 이제 우리가 풀어야 할 또 다른 미스터리가 생겼어." 할이 하들리를 바라보며 말했다. "어떻게 후드 티가 한밤중에 일반 객차 화장실 쓰레기통에 있었을까?"

"난 상관없어." 하들리는 후드 티에 얼굴을 묻었다. "윽! 남자애 냄새가 나네."

"넌 마리안느에게 그 후드 티를 주었잖아. 그녀는 실버 스카우트에서 그 옷을 입고 있었고, 납치되었을 때 입었던 노란색 드레스로 갈아입은 것도 실버 스카우트일 거야." 할은 고개를 저었다. "그런데 후드 티는 실버 스카우트가 아니라 일반 객차 화장실에서 발견되었어. 후드 티가 어떻게 여기까지 왔을까?"

"도망친 건 아닐까? 후디니처럼?" 메이슨이 농담했다.

"모르겠어, 하지만 그건 불가능해." 할은 스케치북을 펼치고 사탕 포장지를 꺼냈다. "이 사탕처럼." 할은 설렘의 전율을 느꼈다. "이 기차에서 정말로 무슨 일이 일어나고 있어. 난 그것이 무엇인지 알아내고 말 거야."

chapter 23

위기에 놓인 자신감

"**할,** 이 일을 어른에게 말해야 해." 하들리가 기차를 걸어서 돌아오면서 말했다.

"누가 우리 말을 믿겠어?" 할이 대답했다.

"네 삼촌은 어때?" 메이슨이 제안했다.

"삼촌이 시모어 아저씨의 서류 가방에 대해 얼마나 화를 내는지 봤을 거야. 실버 스카우트에 몰래 들어갔다는 것까지 알면 다시는 나를 기차 여행에 데려가지 않을 거야. 절대 삼촌에게 말할 수 없어."

"네 삼촌은 그렇게 화를 내지 않았어."

"하지만 마리안느가 내 머리카락을 잡아당기거나 우디에게 실수를 저질렀을 때 말하지 않았어. 라이언의 엉뚱한 그림에 대해서도 말하지 않았고." 할은 손을 내저었다. "다 밝힐 수는 없어. 유치하게 들리겠지만, 삼촌은 내가 뭔가를 숨기고 있다고 생각할 거야." 할은 자신이 왜 삼촌에게 이런 사실을 말하지 않았는지 몰랐다. 말을 해야 했다. 그러나 그러기에 시간이 적절하지 않았다.

"그래, 삼촌은 아니야." 하들리가 말했다.

"우리 아빠는 농담하면서 경찰과 이야기하라고 할 거야." 메이슨이 말했다.

"왜 경찰하고 얘기하면 안 돼?" 하들리가 물었다.

"경찰은 우리 이야기를 진지하게 듣지 않을 거야." 할이 코웃음을 쳤다. "우리 머리를 쓰다듬으면서 착한 어린애들처럼 뛰어놀라고 하겠지." 할은 바지 주머니에 손을 찔러 넣었다. 그러자 하들리가 실버 스카우트에서 발견한 립스틱에 손이 닿았고, 갑자기 좋은 생각이 떠올랐다. "졸라 누나에게 말하자. 그녀는 내가 전에 사건을 해결했다는 것을 알고 있어. 그녀라면 우리 이야기를 제대로 들을 것 같아."

"하지만 그녀는 우리의 용의자 중 한 명이야." 메이슨이 지적했다. "우리가 그녀를 믿을 수 있을까?"

할은 잠시 생각했다. "넷 삼촌이 그녀를 믿는다면 나도 믿어. 하지만 그녀를 자세히 지켜봐야 해. 그녀가 이 일과 관련되어 있다면 정체를 드러내겠지."

"넌 역시 탐정이야." 하들리가 말했다.

"멋져! 자, 가자."

할은 친구들을 졸라의 방으로 안내하고 문을 두드렸다.

졸라는 세 사람이 서 있는 것을 보고 놀란 표정을 지었다.

"안녕하세요." 할이 미소를 지었다. "제 친구 메이슨과 하들리예요. 들어가도 될까요? 할 이야기가 있거든요."

"너희들 괜찮은 거니?" 졸라는 아이들이 들어오게 해 주었다.

할은 졸라의 소파에 앉아 있는 메이슨과 하들리를 바라보았다. "우리는 마리안느의 납치에 대해 조사하고 있습니다."

"그래?" 졸라는 즉시 관심을 보였다. "뭔가 찾았어?"

"확실한 건 아니에요." 할은 주머니에서 립스틱을 꺼냈다. "이거 졸라 누나 건가요?"

졸라는 립스틱을 받아 위 뚜껑을 열고 밑부분을 위로 비틀었다. "핑크네." 졸라가 말했다. "난 빨간색만 발라." 졸라는 붉은 입술을 오므리며 쪼옥 소리를 냈다.

'좋았어!' 할은 안도했다. 납치 후 졸라가 실버 스카우트에 갔었다는 증거는 없었다. "마리안느가 납치되기 전에 졸라 누나에게 한 말에 관해 묻고 싶었어요⋯⋯."

"날 심문하는 거야?"

졸라의 목소리가 날카로워졌다.

"아니, 저는⋯⋯."

"나타니엘이 너에게 이런 짓을 시켰니? 그는 나를 믿지 않는 건가?"

"삼촌은 확실히 누나를 믿고 있어요." 할이 성급하게 대답했다. "우리가 여기 있는지도 모르거든요."

"누군가가 나를 믿어 줘서 기쁘네." 졸라는 안락의자에 앉으면서 말했다. "로드리게스가 나를 미행하고 있거든."

"바네사 로드리게스요?"

"그녀는 경찰이야." 졸라가 말했다. "너도 그것쯤은 알아내리라 생각했는데."

"그렇군요." 할이 고개를 끄덕였다. 전에 바네사와 아델베르트 캐비지에 대해서 나누던 대화가 갑자기 이해되었다.

"그래서, 왜 여기 있는 거지?" 졸라가 물었다.

할은 그녀의 눈을 바라보았다. "우리는 마리안느, 또는 적어도 한 명의 납치범이 이 기차에 타고 있다고 생각합니다."

"뭐?" 졸라는 의자에서 조금 일어났다가 다시 앉았다. "증거 있어? 왜 그렇게 생각하는데?" 할은 그녀가 동요하고 있다는 것을 알 수 있었다. "나타니엘은 내 말에 대해 뭐라고 했지?"

할은 바닥을 바라보았다. "음, 삼촌에게는 아직 말하지 않았어요."

"왜?"

"실버 스카우트의 문 비밀번호를 알아냈거든요."

"똑똑한 녀석이군!" 졸라는 감명을 받았다.

"그리고 우리는 단서를 찾기 위해 잠입했어요." 할은 말을 멈췄다.

"그래? 그리고?"

"불법적인 일을 저질렀어요, 그렇죠?" 할이 올려다보았다. "넷 삼촌이 화낼 거예요."

졸라의 얼굴이 활짝 펴지며 요란하게 웃었다. "오! 해리슨, 네 삼촌은 도덕군자가 아니라 기자라고! 물론, 기차에 관한 글을 주로 쓰는 여행 기자지만, 네 삼촌이 있어서는 안 될 곳에 몰래 들어간 적이 없다고 생각한다면 오산이야." 졸라는 앞으로 몸을 기울였다. "이제, 네가 무엇을 찾았는지 말해 줘."

"마리안느의 침실이 엉망이었어요." 할이 대답했다.

"도둑의 짓이야 아니면 그냥 지저분한 거야?"

할은 하들리를 바라보았다.

"도둑이 든 것 같아요." 하들리가 말했다. "하지만 이상한 도둑이었어요. 서랍을 확인했더니 옷은 많은데 속옷이 없더라고요. 속옷 서랍은 비어 있었어요."

"그림판과 스케치북도 사라졌고요." 할이 덧붙였다.

졸라는 인상을 찌푸렸다. "훔치기엔 이상한 물건인데."

"그리고 레자 아저씨의 컴퓨터에서 하드 디스크 드라이브를 가져갔어요." 메이슨이 덧붙였다.

"뭐?!" 졸라의 눈이 커졌다. "분명 그 안에 그의 새 태양 전지 디자인이 들어 있었을 거야!"

"우리는 마리안느를 납치한 이유가 누군가가 레자 아저씨의 컴퓨터에 접근할 수 있도록 실버 스카우트에서 나오게 하려는 목적일 수도 있다고 생각해요." 할이 말했다. "메이슨은 몸값이 레자 아저씨처럼 부유한 사람에게는 적은 편이라고 지적했어요."

메이슨은 자랑스럽게 웃었다.

"몸값이 얼마인지 어떻게 아니?" 졸라가 말했다. "뉴스에 나가지도 않았는데."

"협박 편지를 베껴 놨어요." 할이 말했다.

"할은 셜록 다빈치니까요." 메이슨이 소리쳤다.

"그렇다면 너희는 누가 그 하드 디스크 드라이브를 원한다고 생각하니?" 졸라가 눈썹을 치켜뜨고 물었다.

"지르코나." 할이 말했다.

"아니야, 지르코나는 아닐 거야." 졸라가 인상을 찌푸리며 말했다. "하지만 마리안느가 기차에 있다고 생각한다고 했지?"

"우리는 마리안느만이 떨어뜨릴 수 있는 것을 기차 안에서 발견했어요. 그런데 그녀가 그것을 떨어뜨릴 수 있었던 유일한 시간은 납치 이후였거든요. 그래서 실버 스카우트에 갇혀 있다고 생각했지요. 서둘러 실버 스카우트에 갔지만 마리안느는 없었어요……."

기차는 속도를 늦추며 그랜드 정션역에 접근하면서 대피선에 주차된 밝은 노란색 서비스 차량을 지나쳤다.

"그리고 다른 것이 있어요." 할이 계속했다. "어제 오후, 마리안느가 하들리의 보라색 후드 티를 빌렸어요." 하들리가 후드 티를 들어서 보여 주었다. "그리고 그걸 입고 실버 스카우트로 갔고 그런 다음 마리안느는 몇 시간 후에 노란색 드레스로 갈아입고 납치되는 것이 목격되었어요. 하지만 이 후드 티는 오늘 새벽 4시에 일반 객차의 화장실에서 발견되었어요."

졸라는 후드 티를 살펴보았다. "음…… 그렇다면 네 이론은 뭐지, 할?"

"아직 잘 모르겠어요." 할이 인정했다. "그래서 여기 온 거예요. 냇 삼촌은 누나가 일을 정말 잘한다고 말했거든요……."

"그가?" 졸라는 미소를 지었다. "그것 참 듣기 좋네."

"우리는 누나가 도와줄 거라고 생각했어요. 증거 없이 경찰에 갈 수는 없어요. 그들은 우리를 진지하게 받아들이지 않을 거니까요."

"나도 도울게." 졸라는 할에게 고개를 끄덕였다.

"이 이야기를 터뜨리면 퓰리처상을 받을 수도 있어."

"그랜드 정션역에 도착했어요." 메이슨은 기차가 멈췄을 때 창밖을 내다보며 말했다. "저기 선글라스를 끼고 있는 갱들을 봐."

"자, 처음부터 시작해 보자." 졸라가 그들 사이에 전화기를 놓고 녹음기를 켜며 말했다. "시카고에서 기차를 탔을 때부터 모든 것을 말해 줘."

그러나 할이 시작하기도 전에 문을 짧게 두드리는 소리와 깊고 맑은 목소리가 울렸다. "FBI입니다, 문 열어요!"

문이 열리자 메이슨과 하들리는 벌떡 일어섰다. 짧은 곱슬머리의 중년 여자 옆에 짙은 회색 양복 차림의 키가 큰 남자가 서 있었다. 그녀의 라일락색 블라우스 위 사슬에 금색 배지가 달려 있었고 남자는 같은 배지가 벨트에 고정되어 있었다. 둘 다 검은 안경을 쓰고 있었고, 할은 자신이 숨을 죽이고 있다는 것을 깨달았다. 그러나 놀랍게도 졸라는 웃고 있었다.

"호호, 당신 두 사람이 관련되리라는 것을 알았어야 했어."

FBI 요원들은 안경을 벗고 허물없이 미소 지었다.

"얘들아, 여기는 FBI의 레나 코왈스키 요원과 말콤 발레와 요원이셔." 졸라가 안으로 손짓하며 말했다. "아쉽지만 들어갈 자리가 없는 것 같아."

"진짜 FBI라고요?" 할의 목소리가 비명처럼 굳어졌다.

"당신이 선생님이 될 줄은 몰랐어요, 졸라." 코왈스키 요원이 호기심 어린 눈으로 할을 쳐다보았다.

"얘들은 내 친구예요." 졸라가 설명했다. "할, 하들리와 메이슨."

"마리안느 레자와도 친구가 되었나요?" 발레와 요원의 목소리가 너무 낮아 지진 소리처럼 들렸다.

"나는 마리안느의 아버지를 오랫동안 알고 지냈지요." 졸라가 말했다. "그들이 당신을 납치 사건에 투입시킨 건가요?"

발레와 요원은 고개를 끄덕였다.

"저기 마리안느를 찾았나요?" 할이 간절히 물었다. "그녀가 어디 있는지 아세요?"

"아직은 아니란다." 코왈스키 요원이 대답했다. "졸라, 우리는 당신에게 몇 가지 질문을 해야 해요. 그래서 기차를 잡고 있거든요." 코왈스키는 할, 메이슨, 하들리를 바라보았다. "너희들은 자리를 비켜 줬으면 좋겠는데……."

한순간의 망설임도 없이 하들리와 메이슨은 서둘러 방에서 나왔다. 그러나 할은 따르지 않았다. "졸라는 납치와 아무 관련이 없어요." 할이 과감하게 앞으로 나서며 말했다.

"괜찮아, 할." 졸라가 할의 팔에 손을 얹었다. "전에 코왈스키와 발레와와 함께 일한 적이 있어."

"당신이 우리를 인터뷰했었지." 발레와는 졸라의 말을 수정했다. "우리는 함께 일한 적이 없습니다."

"정말?" 졸라는 딱딱한 시선으로 그를 보았다. "당신이 정말로 트레스커 사건을 어떻게 해결했는지 상사에게 말해 주고 싶은데."

발레와는 목을 가다듬고 바닥을 바라보았다. 코왈스키는 씩 웃었고, 할은 요원들이 졸라를 잘 알고 있다는 것을 깨달았다.

졸라가 일어서며 말했다. "오마하 경찰에 내가 본 모든 것을 말했어요. 더할 말이 없습니다."

"조사가 주 경계를 넘어서 진행되고 있습니다. 이제는 FBI 문제가 되었죠." 발레와가 말했다.

"그리고 내가 당신의 첫 번째 용의자인가요?" 졸라는 고개를 저으며 말했다.

"당신은 최고의 목격자입니다." 발레와는 반박했다. "어떻게 돌아가는지 알잖아요? 인터뷰를 위해 당신을 데려가야 한다는 말이지요."

졸라는 한숨을 쉬었다. "기차에 물건을 두고 가도 될까요?"

"물론이죠." 코왈스키는 고개를 끄덕였다.

"물건이 손상되면 보상해야 해요." 졸라가 물건을 가리키자 발레와가 폭소를 터뜨렸다.

"당신은 조금도 변하지 않았군요."

"네, 인정해요." 졸라가 발레와에게 윙크했다. "당신은 나를 그리워했잖아요."

"갑시다." 코왈스키가 복도로 나가면서 말했다.

졸라는 몸을 돌려 할의 손을 잡았다. "삼촌에게 가서 모든 것을 말해. 화내지 않을 거야."

졸라는 할에게 격려의 미소를 짓고는 발레와를 따라 문밖으로 나갔다.

할은 아래를 내려다보았다. 졸라는 그녀의 시계를 할의 손에 쥐여 주었고, 할은 그것을 잠시 바라보다가 주머니에 쑤셔 넣고 서둘러 그들을 뒤쫓았다.

"경고하지만……." 졸라는 계단을 내려가면서 발레와에게 말했다. "난 변호사 없이는 한마디도 하지 않을 거예요."

"군용 비행장에 도착하면 그에게 전화하세요." 발레와는 선글라스를 다시 착용하고 대답했다.

"그가 아니라 그녀라고요." 졸라가 수정하며 말했다. "군용 비행장에 도착하면 전화할 거예요."

코왈스키는 기차에서 내리면서 킬킬 웃었다. "네, 바로 그곳입니다."

chapter 24

요크셔 골드

"넷 삼촌! 졸라 누나가 체포되었어요!" 할은 방으로 뛰어 들어가 소리쳤다.

"뭐라고?" 넷 삼촌은 벌떡 일어났다. "그녀는 지금 어디에 있니?"

넷 삼촌은 기차가 그랜드 정선역을 빠져나갈 때 의자를 움켜쥐고 비틀거렸다. 승강장이 미끄러지면서 멀어지자 할이 창문을 가리켰다.

"두 명의 FBI 요원이 와서 졸라 누나에게 몇 가지 질문을 하기 위해 기차에서 내려야 한다고 했어요. 나는 누나가 납치와 아무 관련이 없다고 그들에게 말했지만요."

"그녀와 함께 있었니? 괜찮아?"

"그녀는 괜찮아 보였어요." 할은 삼촌을 안심시켰다. "졸라 누나는 자신이 가장 유력한 용의자라고 말했고, 두 요원은 졸라 누나가 최고의 목격자라고 말했어요."

"그들이 그녀의 권리를 읽었니?" 넷 삼촌이 물었다.

할은 고개를 저었다.

"그럼 그녀는 체포되지 않은 거야."

"졸라 누나는 그들을 알고 있는 것 같았어요. 계속해서 발레와 요원을 놀렸어요."

"말콤 발레와?" 넷 삼촌은 안도의 표정을 지었다. "그와 졸라는 오랜 친구란다." 삼촌이 앉으며 말했다. "그런데 왜 그녀와 함께 있었니?"

할은 긴장한 듯 손가락을 엮으며 심호흡했다. "사실 저는 마리안느의 납치를 조사하고 있었어요."

"아, 그래." 넷 삼촌은 안경을 벗어 점퍼 모서리로 닦으며 할에게 미소를 지었다. "너와 모레티 남매는 막대기를 쫓는 개처럼 기차를 오르락내리락하고 있더구나. 다행히 향수병은 극복한 것 같네."

"제가 향수병인 줄 아셨어요?" 할이 작은 목소리로 말했다.

"음…… 아니, 하지만 그럴 수도 있다고 생각했지. 그게 당연하고 자연스러우니까 말이야. 집에서 이렇게 먼 곳은 처음이잖니?" 삼촌은 안경을 다시 썼다. "미국은 너무 커서 압도적일 수 있어."

"하지만 삼촌은 여기서도 편안하잖아요."

"지금이야 그렇지." 넷 삼촌은 앞으로 몸을 기울였다. "네가 미국에 처음 왔을 때의 나를 보았어야 했어." 삼촌은 고개를 저었다. "집이 너무 그리워서 울었다니까."

"네? 울었다고요?" 할이 놀랐다. "나는 미국을 싫어하지 않아요. 오히려 훌륭하다고 생각하거든요. 그러나 영국과는 매우 다른 것 같아요. 그래서 내 물건, 내 방, 가족, 베일리가 그리웠고요."

"맞아, 고향을 그리워한다는 것은 멋진 일이지."

"향수를 느끼는 것이 멋지다고요?"

"그래, 비행기에서 내려 부모님을 보면 달려가서 꼭 안고 싶을 거야. 학교에서 집에 돌아오면 그런 기분은 들지 않지?" 할은 고개를 저었다. "가족과 집을 떠나 멀리 여행할 때만 그렇게 느끼는 거란다." 넷 삼촌이 미소 지었다.

그렇게 생각하니 할은 향수병에 대해 훨씬 더 기분이 좋아졌다. "그런 것 같아요."

"향수병은 나쁘지 않단다. 여행 가면 익숙해져야 하는 부분이지."

할은 삼촌과 함께 여행하게 되어 얼마나 다행인지를 생각하며 미소 지었다.

"자, 거기 앉아 봐." 넷 삼촌은 일어서서 가방을 뒤졌다. "생각하는 데 도움이 되는 게 있어." 삼촌은 냉동용 팩을 꺼냈다.

"티백?"

"그냥 티백이 아니라 요크셔 골드야." 넷 삼촌은 티백을 흔들었다. "나는 이것들 없이 영국을 떠나지 않는단다. 내가 좋은 차 한 잔을 만들어 줄 테니 네가 조사한 걸 말해 주렴."

넷 삼촌이 떠난 후 할은 바닥에 있는 작은 열쇠를 발견했다. 여행 가방 자물쇠 열쇠 중 하나가 삼촌의 재킷에서 떨어진 것 같았다. 할은 그것을 집어서 자신의 주머니에 넣어 안전하게 보관했다. 그러곤 스케치북을 가져와 테이블 위에 놓고 삼촌에게 모든 것을 말할 준비를 했다. 창밖으로 휘몰아치는 콜로라도강을 바라보며 삼촌이 돌아오기를 기다렸다. 주황색의 산화된 흙으로 이루어진 절벽이 먼 비탈면에서 솟아오른 광경을 보니 마치 외계 행성에 있는 것처럼 느껴졌다.

넷 삼촌이 돌아와서 김이 나는 차 두 잔을 탁자 위에 올려놓았다. 할은 한 모금 마시기 전에 차를 식히기 위해 입으로 살살 불었다. 따뜻한 음료를 마시니 마음이 안정되었다. "집에 있는 차와는 다른 맛이 나네요."

"여행의 신비 중 하나는 우유 맛이 어딜 가나 다르다는 거지." 넷 삼촌이 말했다. "프랑스 우유는 이탈리아 우유와 다르단다. 집에서 만든 차 한 잔의

맛에 비할 바는 아니지만, 이 정도면 매우 만족스럽지."

그들은 조용히 차를 마셨고, 할은 넷 삼촌이 자신이 말하기를 기다리고 있다는 것을 알게 되었다.

"어디서부터 말해야 할지 모르겠어요. 삼촌에게 말하지 않은 것이 많아요. 사실 난 삼촌이 마리안느를 잘 지켜보지 않은 것에 대해 너무 화가 났거든요." 할이 인정했다. "그래서 삼촌 도움 없이 문제를 해결하고 싶었어요."

"알겠어." 넷 삼촌이 조용히 말했다. "그렇다면 여행의 시작인 시카고의 유니언역부터 시작하지 않을래?"

할은 삼촌에게 마리안느와의 첫 만남에 대해 이야기하면서 스케치북을 펼쳤다. 자신이 실수로 마리안느의 펜을 넘어뜨렸을 때 얼마나 화를 냈는지, 그리고 사과하러 왔을 때 어떻게 변장했는지를 설명했다. 라이언의 이상한 행동에 관해서도 이야기했다. 마리안느가 시모어 하트를 손가락으로 가리키며 지르코나 스파이라고 말했던 것, 그리고 하들리가 마리안느에게 후디니 후드 티를 빌려준 것에 대해 말했다. 할이 스케치북 페이지를 넘기면서 이야기가 쏟아져 나왔다. 할은 잠시 머뭇거리다가 실버 스카우트의 문 비밀번호를 알아냈다고 고백하고는 삼촌에게 마리안느의 지저분한 침실 그림을 보여 주었다. 그런 다음 데릭이 어떻게 해서 하들리의 후드 티를 입고 나타났는지도 설명했다.

"그래서 제 생각에는 마리안느가 이 기차에 타고 있는 것 같아요." 할이 말했다. "이해가 안 된다는 건 알지만, 그 사탕 포장지나 후드 티도 이상해요."

넷 삼촌은 놀란 표정을 지었다. "무슨 말을 해야 할지 모르구나!" 삼촌은 고개를 저었다. "레자 씨의 하드 디스크가 없어졌다고? 누가 가져간 것 같니?"

"지르코나 회사의 스파이인 줄 알았는데 졸라 누나가 아니라고 했어요……." 할은 갑자기 시계가 생각나서 주머니에서 꺼냈다. "참, 이건 졸라 누나의 시계예요. 기차에서 내리기 전에 나에게 주었어요."

"왜 그랬을까?" 넷 삼촌은 할에게서 시계를 받아서 살펴보았다. "지르코나 스마트워치구나."

"누나는 그것을 주면서 삼촌에게 모든 것을 말하라고 말했어요."

넷 삼촌은 안경 너머로 할을 바라보았다. "나에게 오기 전에 졸라에게 갔다고?"

할은 뺨이 빨개지는 것을 느꼈다. "죄송해요. 삼촌은 시모어 아저씨의 서류 가방 바꿔치기에 대해 너무 실망해서 나와 다시 여행하는 것을 원하지 않을 것 같았거든요. 내가 실버 스카우트에 들어갔다고 말하기가 두려웠어요."

"음, 내가 화냈다고 생각하진 않아." 넷 삼촌은 뒤로 앉았다. "나는 일을 하는 다른 방법이 있다는 것을 네가 이해하기를 원했을 뿐이란다. 네가 위험에 처하지 않을 방법 말이야. 나는 널 책임지고 있잖니, 할. 그리고 내가 널 보살피는 동안 너에게 무슨 일이 생기면 난 네 엄마에게 어떻게 된 일인지 설명해야 해. 네 엄마는 꽤 힘들어할 수 있어."

"알아요." 할이 씩 웃었다.

"자, 졸라가 시계를 준 이유부터 알아보자." 넷 삼촌은 옆에 있는 버튼을 누르고 조명이 켜진 화면을 두드렸다. "여기 그녀의 메시지가 있어." 삼촌은 머리를 흔들며 메시지를 훑어보았다. "음, 아마도 그녀의 이메일이……."

넷 삼촌은 화면을 스캔하는 동안 몇 분의 침묵이 흐르자 할을 바라보았다. "빙고! 졸라가 납치범이 지르코나에서 일하지 않는다는 것을 어떻게 알았는지 알고 싶니?"

할은 고개를 끄덕였다.

"졸라가 지르코나에서 일하고 있기 때문이야. 그것 때문에 그녀가 심문받으러 끌려간 거 같구나. 이메일에는 그녀가 정보 수집에 대해 지급할 금액이 적혀 있어. 레자 씨가 자율 주행차에 태양열 배터리를 사용하지 않을까 걱정하는 것 같구나."

"네? 졸라 누나가 지르코나를 위해 일하고 있다고요?" 할은 충격을 받았다. "스파이일까요?"

"누군가가 졸라가 지르코나 급여 명단에 있다는 것을 FBI에 제보했을 거야. 그들은 졸라가 마리안느를 납치범들에게 인도한 사람이라고 생각한 거지. 하지만 그녀는 그렇지 않아." 넷 삼촌은 단호하게 말했다. "졸라에게 밖에 나가라고 한 사람은 마리안느였어." 삼촌은 시계를 들었다. "그녀의 지르코나 접촉자는 오늘 아침 그녀에게 메시지를 보냈어. 납치 사건에 대해 두려워하고 있는 내용이었고, 졸라에게 그녀가 할 수 있는 모든 방법으로 도우라는 내용이었단다. 이걸 보면 지르코나는 관여하지 않았다는 걸 알 수 있어."

"그럼 누가 하드 디스크 드라이브를 훔쳤을까요?" 할은 인상을 찌푸렸다. "그리고 납치의 진짜 동기는 무엇일까요?"

"몸값 자체가 재정적 동기를 암시한단다." 넷 삼촌이 말했다.

"그런데 금액이 왜 이렇게 적죠? 레자 아저씨는 수십억 달러를 지급할 수 있는데 말이에요."

"그건 나도 모르겠구나." 넷 삼촌은 한숨을 쉬었다.

"시간이 부족해요." 할이 일어섰다. "마리안느가 이 기차 어딘가에 있다면, 그녀가 또 다른 치아를 잃기 전에 찾아야 해요. 퍼즐 일부가 빠져 있지만 함께한다면 더 잘 할 수 있을 거예요."

"함께?"

"그래요, 어서!" 할은 스케치북을 들고 방에서 나왔다.

chapter 25

의심스러운 마음

모 레티 남매의 루멧 문을 두드리자 메이슨이 할과 삼촌을 맞이했다.
"우리도 당신을 파티에 초대하려고 했어요." 메이슨이 말했다.

"파티?"

"기차에서의 마지막 밤을 축하하기 위해 파티를 열기로 했거든요." 하들리
가 얼굴을 내밀며 말했다. "졸라 누나가 FBI에 끌려간 것에 대해 어떻게 생
각해?" 하들리가 그들에게 들어오라고 손짓했다.

"졸라 누나는 지르코나를 위해 일하고 있어. 하지만 그렇다고 해서 그녀가
납치와 관련이 있다는 의미는 아닌 거 같아." 할이 말했다.

"졸라 누나가 지르코나 스파이였구나!" 메이슨이 외쳤다.

"하지만 그녀가 납치범이 아니라고?" 하들리가 물었다.

"납치범일 수도 있긴 하지." 넷 삼촌이 대답했다.

하들리와 메이슨은 할을 바라보았다.

"삼촌에게 모든 것을 말했어. 이제 삼촌이 우리를 도울 거야." 할은 주위를 둘러보았다. "그런데 여기 왜 이렇게 깔끔해?"

"짐을 꾸렸거든." 메이슨이 말했다. "내일 아침 8시에 리노에서 내려야 하니까."

친구들이 떠난다는 말에 할의 마음은 가라앉았다. 모레티 남매에게 작별 인사를 하고 싶지 않았다.

하들리는 좌석을 이인용 매트리스로 평평하게 만들어 다리를 꼬고 앉았고, 메이슨과 할은 넷 삼촌이 문을 닫고 안락의자에 앉자 하들리 옆에 앉았다.

할은 스케치북을 침대 옆에 내려놓았다.

"머리 넷이 둘보다 낫다는 말이 있지. 단서를 함께 조사하면 마리안느가 치아를 하나 더 잃기 전에 어디 있는지 알아낼 수 있을 거라고 생각했어."

"그러자." 하들리가 말했다.

"위대한 셜록 다빈치와 작업하는 것은 항상 즐거워." 메이슨은 눈을 찡긋했다.

"그렇게 부르지 마." 할은 메이슨을 다정하게 밀쳤다. "지금까지 나는 아무 것도 해결하지 못했어."

문이 열리고 프랭크 모레티가 환영의 제스처를 취했다. "오! 다들 우리 파티에 왔군요."

"아빠, 음식 가지고 오는 거 아니었어요?" 하들리는 아버지의 빈손을 비난하는 듯이 쳐다보았다.

"음식이 곧 올 거란다." 프랭크는 딸을 안심시켰다. "우리는 그동안 뭐 할까? 보드게임?"

"아뇨, 우리는 마리안느 레자의 납치를 해결할 거예요." 메이슨이 대답했다.

"자, 꼬맹이." 프랭크는 아들 옆에 앉았다. "그건 심각한 문제란다."

"네." 할은 스케치북을 펼쳤다. "하들리의 후드 티가 어떻게 새벽 4시에 객차 안 쓰레기통에 있었는지 알아낼 수 있다면…… 그것이 누가 마리안느를 데리고 있는지 알아내는 열쇠가 될 거예요."

"제 생각에는요." 하들리가 갑작스러운 관심을 즐기며 자리에서 일어났다. "기자 회견에서 마리안느는 노란색 드레스를 입고 있었고, 7시 30분에 그 드레스를 입고 납치됐어요……."

"잠깐 기다려 봐……." 프랭크가 손을 들었다. "후드 티, 하들리 거라고? 그거라면 봤단다." 다들 그를 쳐다봤다. "오마하의 소란 속에서 너를 찾기 위해 기차 안을 달려가고 있을 때였어. 나는 공황 상태에 빠졌었지. 그런데 일반 객차 안에서 보라색 후드 티를 입은 아이를 보았단다. 나는 네 이름을 불렀어. 그 아이는 뒤를 돌아봤는데, 네가 아니었단다. 그래서 계속 봤지. 왜냐면 네 후드 티와 똑같아서 좀 놀랐거든."

"같은 후드 티인 게 확실해요?" 넷 삼촌이 물었다.

프랭크는 어깨를 으쓱했다. "확신할 순 없어요. 정신도 없는 데다가 앞쪽은 못 보고 뒷쪽만 봤거든요. 하지만 똑같아 보였어요."

"그 옷을 입은 아이가 남자였어? 여자였어?" 메이슨이 물었다.

"잘 모르겠어." 프랭크가 사과하듯 말했다. "안경을 쓰고 있었어."

"그렇다면 그 아이는 데릭이 아니에요." 하들리가 말했다. "데릭은 새벽 4시까지 기차를 타지 않았거든요."

"데릭이 쓰레기통에서 후드 티를 발견한 아이야?" 프랭크가 물었고 모두 고개를 끄덕였다.

그들이 이 새로운 정보에 대해 의아해하는 동안 긴 침묵이 이어졌다.

"다른 단서라도 있니?" 넷 삼촌이 물었다. "때때로 하나의 단서가 다른 단서와 결합하면 두 가지 모두가 이해될 때도 있거든."

"아, 사탕 포장지요." 할은 스케치북에서 그것을 꺼냈다. "이 프랑스 사탕은 마리안느만이 가지고 있는 거예요. 그런데 저녁 6시에서 아침 6시 사이에 떨어져 있었어요. 만약 그게 아니라면 프랜신이 다 쓸어버렸을 테니까요."

"그리고 없어진 하드 디스크 드라이브도 있어요." 메이슨이 말했다.

"진분홍색 립스틱도요." 하들리가 말했다.

할은 주머니에서 립스틱을 꺼내 뚜껑을 열었다.

"누가 그런 입술을 가졌는지 알아. 키스하고 싶은 입술 말이야." 프랭크는 눈썹을 꿈틀거렸고 귀도 꿈틀거렸다.

"애디 캐비지, 그녀는 멋진 여자지."

"아빠!" 메이슨과 하들리는 끔찍한 표정을 지으며 소리를 질렀다.

할은 바네사 로드리게스와 나눈 대화를 떠올리며 넷 삼촌을 바라보았다.

기차가 속도를 늦추자 프랭크는 자리에서 일어났다. "곧 돌아올게." 기차가 쉭쉭 소리를 내며 멈추자 프랭크는 루멧에서 뛰쳐나가며 말했다.

"여긴 어디예요?" 할이 창밖을 내다보며 물었다.

"헬퍼." 삼촌이 말했다.

바위투성이가 지평선 너머로 태양은 어두워지는 하늘에 황금빛 불꽃을 내뿜고 있었다.

"철도 마을이란 다." 삼촌이 말했 다. "기차를 추가 하기 위해 여기에 서 정차하는 기차 가 언덕을 오를 수 있도록 도와주는 기 차를 헬퍼 기차라고 부 르지. 마을의 이름도 그렇 게 붙여진 거야."

"네가 아는 게 많은 이유를 알겠 네." 메이슨은 할에게 속삭였다.

"저기 좀 봐!" 하들리가 창문을 가리켰다. "아빠가 뭐 하고 있는 거지?"

그들은 모여서 프랭크가 주차장으로 뛰어가 오토바이를 탄 젊은이에게 거 대한 피자 상자를 받고 돈을 건네는 것을 지켜보았다.

"와! 피자를 샀어!"

하들리가 손뼉을 쳤다.

"역시 아빠 최고야!"

경적이 울리자 프랭크 모레티가 기차로 달려갔다. 그가 상자를 들고 의기 양양하게 루멧에 들어왔을 때 모두 환호하며 그를 맞이했다. 프랭크는 피자 를 내밀며 말했다. "배달원이 기차역까지 배달한 적은 한 번도 없었다고 하 더라. 그는 내가 이 마을 사람이라고 생각하더구나. 아하! 미친! 놀랍지?" 프랭크가 씩 웃었다.

모두 치즈와 매운 페퍼로니가 가득 올라 간 자동차 바퀴만 한 피자를 입에 쑤셔 넣었다.

할은 '천국에 피자가 있다면 이런 맛일 것'이라고 말했다.

저녁 식사 후 기차가 다시 속도를 높이자 하들리는 종이컵 세 개를 준비하여 은박지로 구겨진 공을 만들었다. 프렌치 드롭으로 하나의 공을 둘로 만들고 둘을 하나의 큰 공으로 만들고 나서는 사라지게 했다. 할은 삼촌의 어리둥절한 표정을 보며 웃었다.

"한번은 아델파이 극장에서 사라지는 속임수를 본 적이 있단다. 절대 잊을 수 없었지. 관객 중 누군가가 무대에 불려 나가 옷장을 점검하고 마술사의 조수가 옷장 안으로 들어갔어. 시트 한 장을 옷장 위에 던져 놓고 꺼내 보니 관객은 옷장 안에 있었고 조수는 관객석에 앉아 있었단다!" 넷 삼촌이 하들리를 보며 말했다.

"그거 어떻게 하는 건지 알아요!" 하들리가 씩 웃었다.

"마리안느의 납치가 마술이라면 어떻게 할 거지?" 할이 말했다.

"할, 희생자가 있기 때문에 납치는 마술이 아니야." 하들리가 말했다. "마술은 청중을 포함하여 관련된 모든 사람이 동의하는 해가 없는 거짓말이라고. 마술 쇼에 가면 누구나 속을 준비가 되어 있는 거니까."

"오! 쇼에 관한 이야기." 프랭크는 자리에서 일어나 손가락을 튕겼다. "오늘은 특별한 날인데, 노래는 어때?"

프랭크는 문 뒤 고리에서 양복 가방을 들고 샤워실로 들어갔다.

하들리와 메이슨은 놀란 표정을 교환한 후 억지로 미소를 지으며 할과 넷

삼촌을 바라보았다.

"너희 괜찮아?" 할이 물었다.

"아빠는 그와 꼭 닮지는 않았어." 메이슨이 낮은 목소리로 말했다.

"노래 부르는 것도." 하들리가 속삭이듯 덧붙였다.

"하지만 아빠가 정말 좋아." 하들리와 메이슨이 함께 말했다.

그때 쾅 하는 소리가 나면서 반짝이는 모조 다이아몬드가 박힌 흰색 가죽 바지를 입고 앞머리가 풍성한 검은색 가발과 특대형 선글라스를 쓴 프랭크가 샤워실에서 뛰어나왔고 모두 펄쩍 뛰며 반겼다. 프랭크는 손가락으로 천장을 가리키며 어허! 하고 입술을 삐죽 내밀었다. 그러고는 사냥개 우는 듯한 소리에 미친 듯이 엉덩이를 흔들면서 노래를 부르기 시작했다. 마지막엔 한쪽 무릎을 꿇고 양팔을 쫙 벌렸다. 하들리와 메이슨은 펄쩍펄쩍 뛰며 손뼉을 쳤고, 잠시 후 할과 넷 삼촌도 똑같이 했다.

프랭크는 잔뜩 흥분한 표정을 지으며 선글라스를 벗었다. "왕이 이곳에 있다고 생각했습니까?"

"왕이라고요?" 할이 물었다.

"왕! 엘비스 프레슬리 말이야. 지금까지 살았던 가장 위대한 가수지."

"아, 그래요." 할이 확신이 서지 않은 목소리로 말했다.

"잊지 못할 공연이었어요." 넷 삼촌은 따뜻하게 말했다. "브라보."

할과 삼촌은 다음날 아침에 작별의 식사를 위해 만나기로 하고 모레티 가족과 헤어졌다. 기차가 유타주를 가로지르자 할은 아래층 화장실에서 이를 닦고 잠옷을 입었다. 다사다난한 하루였지만 마리안느에게 무슨 일이 일어났는지 알아낼 수 없었고 졸라도 걱정되었다. 침대로 올라가 파랗고 딱딱한 담요 아래로 미끄러져 들어가자 기차의 경적이 에어컨 소리 너머로 애절하게 들렸다. 기차가 평지를 통과하는 속도에 따라 침대가 부드럽게 흔들렸다. 눈을 감았을 때 겁에 질린 마리안느의 모습이 어둠 속에서 다시 한번 그를 기다리고 있었다.

"마리안느, 내가 너를 찾을 거야." 그녀에게 약속했다.

chapter 26

리노로 가는 길

할 이 깨어났을 때 넷 삼촌은 침대에 앉아 일출을 바라보고 있었다.

"굿모닝! 할." 삼촌이 커피를 한 모금 마시며 말했다. "이리 와서 이 광경을 보렴. 네바다 사막이야. 수백 킬로미터 동안 정말 아무것도 없구나."

할은 침대에서 내려와 삼촌의 침대 발치에 앉았다. "오늘 아침에 하들리와

메이슨이 떠나요." 할은 한숨을 쉬며 모래 덤불을 바라보았다.

"오늘 오후에 기차에서 내릴 거야." 넷 삼촌이 지적했다. "시계를 1시간 더 돌려야 해. 우리는 지금 태평양 시간에 있거든."

"이 모든 시간대가 나를 어지럽게 해요." 할이 눈을 비볐다. "지금 몇 시예요?"

"6시야." 넷 삼촌이 미국식 시계의 손잡이를 만지작거리며 말했다.

할은 사막 평원 위로 떠다니는 솜사탕 구름을 멍하니 바라보았다. "오늘은 라이언이 괜찮은지 확인하러 갈 거예요."

"좋은 생각이구나." 넷 삼촌은 고개를 끄덕였다.

"스케치북을 기차와 풍경 사진으로 채우고 싶었지만, 마리안느를 너무 간절히 찾으려고 하다 보니 승객 스케치가 많아졌어요."

"아마도 모레티 남매가 떠나고 나면 시간을 내어 다른 것을 스케치해야 할

거야. 그건 네가 생각하는 데 도움이 될 거고."

할은 고개를 끄덕였다. "저는 퍼즐 조각을 맞출 수 없었어요."

"할, 모든 미스터리를 풀 수는 없어." 넷 삼촌은 어깨를 으쓱했다.

"전 그냥 마리안느가 괜찮은지 알고 싶어요." 할이 말했다. 전화선이 선로를 따라 오르락내리락했다. 모래로 덮인 사막의 표면 사이로 시든 풀더미에서 싹이 났다. 그것은 할이 본 첫 번째 사막이었지만, 할이 생각할 수 있는 것은 머리를 잡아당겼던 소녀뿐이었다.

그날 아침 늦게 할과 삼촌이 식당차에 도착했을 때, 모레티 가족은 이미 자리에 앉아 있었다. 프랭크는 하들리와 메이슨의 맞은편에 앉아 있었고, 넷 삼촌에게 손을 흔들었다. "나타니엘, 아이들이 즐겁게 시간을 보낼 수 있으리라 생각했어요. 커피 마실래요?"

"할, 너와 함께 에머리빌까지 갔으면 좋겠어." 할이 앉자 하들리가 말했다.

"나도." 메이슨은 고개를 끄덕였다. "됐어, 알잖아……." 처음으로 할 말을 잃은 것 같았다.

"알아." 할은 스케치북을 깨끗한 페이지로 펼치고 탁자 건너편에 팬케이크와 베이컨을 쌓아 놓고 앉아 있는 하들리와 메이슨을 빠르게 그렸다. 그 밑에 주소와 전화번호를 적고 페이지를 찢어 탁자 위에 올려놓았다. "아마 크루까지 올 일을 없겠지만, 영국 런던에 오면 런던행 기차를 타고 갈게."

메이슨은 할의 스케치북을 꺼내 그의 연필을 가져갔다.

"우리가 머무는 리노 호텔이야. 무슨 일이 있으면 전화해."

"무슨 일?"

"네가 납치를 해결한다면 그 이야기를 듣고 싶어!"

할은 미소를 짓다가, 얼이 아델베르트 캐비지와 홀리오를 차갑게 맞이하는 모습을 보고는 입이 떡 벌어졌다. "방금 누가 들어왔는지 봐." 할이 숨을 내쉬며 말했다.

얼은 아델베르트를 문 옆에 앉히고 식당차가 가득 차면 홀리오와 함께 떠나야 한다고 말했다. 그녀는 눈이 침침해 보였고, 할은 그녀의 입술이 분홍색으로 물들어 있음을 알아차렸다. 할은 메이슨에게서 연필을 되찾아 최대한 빠르고 정확하게 아델베르트를 그렸다.

"둘이서 한꺼번에 돌아보지 마." 할이 속삭였다. "음, 애디 아줌마의 헤어라인은 흐릿해. 곱슬곱슬한 붉은색 머리는 가발인 것 같아."

메이슨은 팬케이크를 입에 밀어 넣고 포크를 바닥에 떨어뜨렸다. 그러고는 아무렇지 않게 포크를 집어 들면서 아델베르트를 바라보았다. "네 말이 맞아!"

"그리고 그 코트." 할이 중얼거렸다. "크고 길어서 꽤 더울 텐데 절대 벗지 않아."

"얘들아, 이제 그만 먹으렴." 프랭크가 복도 건너편에서 말했다. "가방을 빨리 싸야 한단다."

"기차는 리노에서 15분 동안 정차해." 자리에서 일어나면서 하들리가 말했다. "역에 가서 신문을 가져오자. 마리안느에 대한 더 많은 소식이 있을 수 있어."

할은 고개를 끄덕였다. "승강장에서 만나."

모레티 남매가 사라지자 넷 삼촌이 와서 할 맞은편에 앉았다. "팬케이크 먹을래?"

"배고프지 않아요." 할이 삼촌을 지나 아델베르트 캐비지를 바라보며 말했다. "내 배는 지금 밤이라고 생각하는 것 같아요."

"무엇을 그리고 있니?" 넷 삼촌은 할을 보는가 싶더니 애디를 쳐다보았다. "아, 알겠어."

"그녀가 납치와 관련이 있는 것 같아요. 하지만 뭔지는 모르겠어요. 하들리가 실버 스카우트에서 발견한 건 그녀의 립스틱이었거든요……." 할은 숨을 가쁘게 몰아쉬며 말했다.

리노역은 지하에 있었다. 도시로 들어가는 선로는 깊은 굴에 놓여 있었다. 승강장을 둘러싼 높은 콘크리트 벽은 기다리는 승객들 쪽으로 그늘을 만들었다. 승강장에 발을 디딘 할은 사막의 열기가 피부에 달라붙는 것을 느꼈다. 할은 타오르는 태양에 눈을 깜박이며 모레티 가족이 수화물차에서 가방을 내리는 것을 보았다.

"신문을 사고 작별 인사를 할게요." 할은 기차 문간에 서 있던 넷 삼촌에게 외쳤다. 할은 하들리와 메이슨과 합류하기 위해 달렸다. 세 사람은 군중을 뚫고 본관으로 향했다.

"저기 봐, 매점이 있어." 하들리는 주머니에서 거스름돈을 꺼내 〈로스앤젤레스 타임스〉를 사러 갔다. 하들리는 할과 메이슨이 합류하자 신문지를 펼쳐 들었다. 마리안느는 여전히 1면 뉴스를 장식하고 있었다.

"그들이 또 다른 치아를 뽑았어!" 할은 머리기사를 읽으며 숨을 헐떡였다. 기사는 이른 아침에 두 번째 치아가 레자 테크놀로지스에 어떻게 전달되었는지 설명했다.

메이슨은 하들리에게서 신문을 받아 빠르게 읽고 충격에 머리를 흔들었다.

"정말로 한다면 하네."

"이해가 안 돼." 할이 중얼거렸다. "이건 말이 안 돼."

"나는 그녀가 기차에 있다고 생각하지 않아." 하들리가 부드럽게 말했다.

"할!" 넷 삼촌이 승강장 아래쪽에서 부르자 할도 손을 흔들었다.

"이제 그만 가야겠어." 할은 갑자기 어색해진 표정으로 메이슨과 하들리를 바라보았다.

"이제 헤어질 시간인가 봐." 하들리가 할을 껴안으며 말했다.

"안녕히…… 옛 친구야, 쉭쉭!" 메이슨은 서투른 영국 억양으로 말하고는 신문을 건넸다.

"메이슨, 아무도 그런 식으론 말하지 않아." 할이 씁쓸하게 웃으며 말했다. "고마워…… 칩과 감자튀김의 차이점을 가르쳐 줘서."

"그런 건 기본이지." 메이슨이 대답했다.

캘리포니아 코밋의 경적이 울리자 할이 펄쩍 뛰었다. "아, 그러고 보니 네 보이스 뱅크를 위해 녹음한 적이 없어."

"그건 다음에." 메이슨은 웃으며 대답했다.

"다음 기회가 있었으면 좋겠다." 할은 아쉬워했다.

"할, 아쉽지만 이제 그만 가는 게 좋겠어." 하들리가 미소를 지었다. "아, 잠깐! 네가 질문한 것에 대해 생각해 봤어. 납치를 마술로 어떻게 할까? 글쎄, 나는 바꿔치기를 할 거야, 그렇지? 마리안느가 문밖으로 나오자마자 누군가가 마리안느를 잡아서 보이지 않는 곳으로 끌고 가도록 하겠어. 그리고 마리안느로 분장한 메이슨이 주차장에서 졸라가 실버 스카우트에서 나오기를 기다리고 있겠지. 메이슨은 비명을 지를 테고, 나는 그를 트렁크에 던지고 운전해서 모퉁이를 돌고 나서는 뛰쳐나와 옷을 갈아입고 사라지는 거지."

할은 하들리를 쳐다보았다. "그것도 가능하겠다."

"비명을 지른 것은 마리안느였어." 메이슨이 말했다. "그녀의 목소리를 알
아." 메이슨이 머리를 가볍게 두드렸다. "여기에 마리안느의 재미있는 억양
이 들어 있거든."

"하지만 이전에도 말했듯이……." 하들리가 말했다. "납치는 마술이 아니
라고."

"할!" 넷 삼촌이 기차 문에 매달려 소리쳤다.

"뛰어야겠어."

할은 친구들에게 미소를 짓고 문이 닫히기 전에 삼촌에게 달려갔다. 할은
창가로 가서 기차가 승강장을 떠날 때 기차 옆을 달리는 하들리와 메이슨에
게 미친 듯이 손을 흔들었다. 할은 그들이 사라지는 것을 보려고 목을 길게
뺐다. 할의 어깨에 손이 닿아 돌아보니 삼촌이 안쓰러운 표정을 짓고 있었다.

"우정은 여행자의 선물이지만, 이별은 여행자의 저주지."

chapter 27

말하는 시간

"**나**와 함께 갈래?" 넷 삼촌이 말했다. "리노에서 친구들을 보내고 기분이 우울할 것 같아서 서프라이즈를 준비했거든."

삼촌을 따라 관광 라운지로 가는 동안 할의 몸은 비틀거렸고 머릿속은 윙윙 울렸다. 기차가 리노 교외를 질주할 때 아침 햇살이 자동차와 상점의 창문에서 번쩍였다.

"여기야." 넷 삼촌은 테이블 위에 서류 가방을 올려놓은 시모어 하트가 있는 자리 옆에 멈췄다. 맞은편 자리로 미끄러지면서 넷 삼촌은 할에게 옆에 앉으라고 지시했다.

"시간이 되었나요?" 시모어가 미소를 지으며 묻자 넷 삼촌은 고개를 끄덕였다.

"무엇을 할 시간이요?" 할이 물었다.

"널 위한 선물을 샀거든." 넷 삼촌은 신이 났다.

시모어는 서류 가방을 열고 검은색 상자를 꺼내 탁자 위에 놓았다.

할은 삼촌을 바라보았다. "선물이요?"

"어서, 열어 봐." 넷 삼촌이 열성적으로 말했다. "생일 축하해!"

뚜껑을 들어 올리자 은색 시곗바늘과 테두리가 있는 남색 시계가 있었다. 삼촌은 두툼한 고무 밴드에서 그것을 꺼냈다.

"최고의 주니어 탐험가 시계지." 시모어가 자랑스럽게 말했다. "시간을 알려 주는 세 개의 바늘과 측면에 있는 저 버튼을 누르면……." 할이 그렇게 하자, 시계 앞면은 청록색으로 빛나며 시간을 디지털로 표시했다. "나침반, 달력, 스톱워치가 있고 30미터까지 방수가 된단다. 목욕이나 샤워를 할 때는 물론 바다에서 수영할 때도 착용할 수 있어." 넷 삼촌이 말했다.

할은 끈의 버클을 풀고 시계를 끼우고 손목에 가해지는 무게를 느끼며 시계를 조였다.

"모든 여행자에게는 시계가 필요하단다." 넷 삼촌이 긴장한 얼굴로 할을

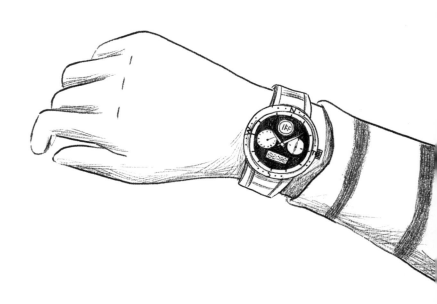

바라보며 말했다. "맘에 드니?"

"네! 맘에 들어요!" 할이 속삭였다. "정말 멋져요⋯⋯." 할은 팔로 삼촌을 꼭 껴안고 눈물을 흘렸다.

"아, 다행이구나." 넷 삼촌은 씩 웃었다.

할은 자신의 시계에 감탄하며 뒤로 물러섰다.

"최고의 선택일 줄 알았어요." 시모어가 넷 삼촌에게 윙크하며 말하고는 서류 가방을 닫아 잠그고 가볍게 두드렸다.

할은 생각했다. '그 가방은 시모어 아저씨의 가장 소중한 소유물이고, 그는 여전히 우리의 바꿔치기를 눈치채지 못하고 있다.'고 말이다. 납치 사건의 단서가 할의 머리를 맴돌았다. 마리안느의 노란색 드레스, 침실에 흩어져 있는 펜들, 협박장, 사탕 포장지, 보라색 후드 티. 답은 어딘가에 있었다. 그런데 왜 그것을 볼 수 없을까?

"할 일이 끝났으니 난 축하의 커피나 사러 가겠습니다." 시모어가 눈을 반짝이며 자리에서 일어났다. "당신들과 함께한 시간이 즐거웠습니다. 즐거운 하루 보내세요."

넷 삼촌은 할을 찬찬히 살폈다. "할, 삼촌은 너의 그 표정이 무슨 의미인지 안단다. 네 머릿속에서 무슨 일이 일어나고 있는 거지?"

할은 스케치북을 꺼내 시모어 하트가 들을 수 없을 때까지 기다렸다. "하들리가 리노의 승강장에서 내 머리를 어지럽게 만드는 말을 했거든요."

"계속해 봐."

"하들리는 납치가 자신의 속임수였다면, 마리안느로 분장한 메이슨이 소리를 지르며 차 트렁크에 던져질 때 마리안느는 붙잡혀 있었을 것이라고 말했어요." 할이 눈을 깜박였다. "기억나세요? 우리가 모두 그 차를 쫓아갔을 때…… 아무도 다른 쪽을 보고 있지 않았어요."

넷 삼촌의 눈이 커졌다.

"그리고 이걸 좀 보세요……." 할은 더럼 박물관에 있는 마리안느의 스케치를 휙휙 넘겨 보다가 납치될 당시의 상황이 그려진 페이지에 눈을 돌렸다. "삼촌도 보여요?"

삼촌의 눈이 한 스케치에서 다른 스케치로 옮겨 갔다. "보이냐고? 뭐가?"

"신발." 할이 가리켰다. "박물관에서 마리안느는 스트랩 샌들을 신고 있었어요. 하지만 여기서는 운동화를 신고 있어요. 미처 눈치채지 못했지만 말이에요."

"맙소사!" 넷 삼촌은 두 장의 그림을 살펴보며 스케치북을 더 가까이 끌어당겼다. "네 말이 옳아!"

"누가 그 차의 트렁크에 던져졌는지 모르겠지만, 그건 마리안느가 아니었어요." 할이 말했다.

넷 삼촌과 할은 서로를 쳐다보았다. "납치범은 마리안느가 실버 스카우트에서 나오자마자 붙잡았어요. 그리고 기차 뒤쪽으로 끌고 가서 입을 막고 주차장에서 가짜 납치를 벌였다면요?" 할이 말했다. "경찰이 수색을 마친 후 납치범들은 마리안느를 다시 기차에 태우고 루멧이나 칸막이에 숨겨 완벽한 도주를 할 수 있었을 거예요. 아마 그때 마리안느가 사탕 포장지를 일부로 떨어뜨릴 수 있었겠죠."

"그럴 수도 있긴 해……." 넷 삼촌은 머뭇거렸다. "그런데 치아는? 그리고 납치범들은 마리안느가 노란색 드레스를 입으리라는 것을 어떻게 알았을까?" 삼촌은 고개를 저었다. "그리고 그걸로는 하들리의 보라색 후드 티가 어떻게 객차에서 나타났는지도 설명하지 못해."

"음, 뭔가 놓치고 있어요." 할은 스케치북 페이지를 넘겼다. "하지만 점점 진실에 가까워지고 있다는 걸 느낄 수 있어요."

"네 말이 맞다면 납치에 연루된 사람들이 많이 있을 텐데…… 적어도 레자 씨의 내부에 한 명쯤은 있을 거야. 깡패일지도 몰라."

"깡패라고요?" 할의 목이 따끔거렸다.

"경찰에 알려야 해." 삼촌이 말했다.

"하지만 그들은 내 그림이 증거가 아니라고 말했어요." 할이 항의했다. "우리에게는 이론 외에는 아무것도 없잖아요. 명확한 증거가 필요해요." 할은 아델베르트 캐비지를 그린 스케치를 내려다보았다. '그녀도 관련이 있을까?'

"우리는 바네사 로드리게스 누나와 이야기해야 해요."

"왜?"

"졸라 누나는 그녀가 경찰이라고 했어요." 할이 일어섰다. "우리가 발견한 것을 그녀에게 말해야 해요."

"알았어." 넷 삼촌은 고개를 끄덕였다. "같이 가자꾸나."

"잠깐만요. 먼저 아델베르트 아줌마가 아직 일반 객차에 있는지 확인해 줄 수 있나요? 그녀의 자리는 오른쪽으로 반쯤 돌아가야 해요. 오늘 아침 식사 때 보았지만, 리노에서 내렸을 수도 있어요."

넷 삼촌은 고개를 끄덕였다. "좋아, 그럼 그걸 확인하고 바네사 로드리게스 씨의 방에서 만나자."

할은 진실이 차츰 윤곽을 드러내고 있는 것 같은 느낌을 받으며 서둘러 기차를 통과했다. 모레티 가족이 머물던 방에 다가가자 가슴이 조여 왔다. 그 너머에 있는 라이언의 침실을 보며 잠시 라이언을 곤경에 빠트린 것에 대해 죄책감을 느꼈다. 마음이 바뀌기 전에 할은 문으로 다가가 노크했다.

답이 없었다.

프랜신이 한 움큼의 시트를 들고 모레티 가족의 방 입구에 나타났다.

"잭슨을 찾고 있니?" 프랜신이 물었다. "그들은 한밤중에 떠났다. 솔트레이크시티에서 내렸어."

"하지만 잭슨 씨는 샌프란시스코에 간다고 했어요." 할은 팔에 소름이 돋는 것을 느꼈다.

"그 신사분은 어머니가 아프셔서 계획을 변경해야 한다고 했어. 정말 갑자기 말이야."프랜신은 할을 바라보았다. "그의 아들이 네 물건을 가지고 있니?"

할은 거짓말을 했다. "라이언에게 책을 빌려주었어요. 제일 좋아하는 책을요."

"네가 그것을 되찾고 싶어 한다는 것을 안다면 두고 갔을 거야." 프랜신은 열쇠고리가 달린 벨트에서 고무줄을 당겼다. "보자, 여기 있네." 프랜신은 열쇠로 문을 열었다. "둘러보렴. 에머리빌까지 루멧은 비어 있을 거야."

"고마워요, 프랜신 누나." 할의 심장은 빠르게 뛰고 있었다.

"책을 되찾길 바랄게." 프랜신이 침대보를 들고 자리를 털며 말했다.

루멧 입구에 들어서니 진의 애프터 셰이브 냄새가 났다. 모든 찬장과 서랍을 열어 선반을 살펴보았지만, 아무것도 찾지 못했다. 샤워실도 텅텅 비어 있었다.

할의 시선은 쓰레기통과 안에 들어 있는 흰색 비닐봉지에 꽂혔다. 누군가 가 그것을 묶었다. 그것을 비우러 올 사람을 위한 배려였다. 그러나 할은 진을 사려 깊은 사람이라고 생각하지 않았다. 재빠르게 매듭을 풀고, 웅크리고 앉아 바닥에 내용물을 비웠다. 쓰레기를 바라보자 머릿속에 일련의 그림이 형성되어 하나에서 다음으로 매끄럽게 넘어갔다. 할은 마음의 눈으로 모든 사건이 합쳐지는 것을 보았고 누가 마리안느를 납치했는지, 그리고 그들이 어떻게 했는지를 마침내 깨달았다.

chapter 28

위험한 캐비지

"아, 아악!"

할은 그 외침이 넷 삼촌이라는 것을 알고 겁에 질렸다. 할은 복도로 뛰어가다가 바네사 로드리게스의 방 밖에서 멈췄다.

넷 삼촌은 무릎을 꿇고 얼굴은 카펫에 대고 팔은 등 뒤로 비틀어진 상태였다. 여자는 한쪽 다리와 두 팔로 삼촌의 몸을 누르고 있었다.

"저, 잠깐만요. 전 나타니엘 브레드쇼입니다. 복도 건너편의 루멧에 있는!"

넷 삼촌이 간청했다. 바네사 로드리게스는 삼촌을 놓아주었다.

"헤드폰을 끼고 있는 사람을 놀라게 해서는 안 되지요." 바네사가 단호하게 말했다.

"당신을 놀라게 할 생각은 아니었어요." 넷 삼촌은 손목을 문질렀다. "노크 했는데 못 들어서 문을 열고 당신의 어깨를 두드린 거예요." 삼촌은 자리에서 일어났다. "안녕, 할."

"괜찮으세요?" 할이 물었다.

"응!" 넷 삼촌은 바네사 로드리게스에게 몸을 돌렸다.

"그럼 당신이 경찰관이라는 할의 말이 맞나요?"

"어떻게 알아낸 거죠?" 바네사는 콧방귀를 뀌었다.

"마리안느 레자 납치 사건에 대해 수사하고 있습니까?" 할이 물었다.

"아니, 나는 시카고 경찰서의 경찰관이라 여기는 관할권이 없어."

"하지만……." 할은 주춤했다. "졸라 누가가 당신이 자신을 감시하고 있는 것 같다고 말했어요."

"그녀를 계속 지켜봐 달라는 요청을 받았을 뿐이야." 바네사는 어깨를 으쓱했다. "그게 전부야. 난 샌프란시스코에 있는 친구를 만나러 가는 중이거든." 바네사는 눈을 감았다.

"우연히 범죄 현장에 있었을 뿐이야."

"하지만 나에게 아델베르트 아줌마에 대해 경고했잖아요."

"아침 식사 때 그녀에게 친절히 대하고 있었기 때문이야. 그녀는 위험한 전문 범죄자이며 좋은 사람들을 이용하는 사람이야. 그녀는 때때로 시카고에 나타나곤 하지. 남의 신분을 도용하고 노인을 속여 저축한 돈을 빼내는 나쁜 짓을 해." 바네사는 고개를 저었다. "난 늙은이를 노리는 범죄를 싫어

해. 아델베르트는 무엇이든 훔치지…… 지갑, 여권, 사회 보장 번호…… 팔수 있는 모든 것을 말야."

"전 아델베르트 아줌마가 절도 혐의를 받고 있으며 납치 공범이라고 생각해요." 할이 말했다.

"무슨 소리야?" 넷 삼촌은 안경 너머로 할을 바라보았다.

"증거 있어?" 바네사가 당황하지 않고 물었다.

"네." 할은 주머니에서 분홍색 립스틱을 꺼냈다. "실버 스카우트에서 발견한 거예요. 아델베르트 아줌마가 쓰는 분홍색이에요. 조사해 보면 그녀의 DNA가 나올 거라고 확신해요."

"립스틱을 떨어뜨리는 것은 불법이 아니야."

"물론 불법은 아니죠. 하지만 어거스트 아저씨의 컴퓨터에서 하드 디스크 드라이브를 훔치는 것은 불법이에요."

"하드 디스크 드라이브가 없어졌어?"

"네, 그리고 그녀는 실버 스카우트에 초대된 적이 없는데 어떻게 그녀의 립스틱이 거기에 있었을까요? 그녀가 입고 있는 큰 코트 안에 하드 디스크 드라이브가 숨겨져 있는 것 같아요."

바네사는 할을 바라보았다. "그러면 그녀가 납치에 연루된 이유가 무엇이라고 생각하니?"

"그녀는 아침 식사 때 납치 사건에 관해 저에게 물었어요. 제가 납치범이 여자인 것 같다고 하니까 내가 틀렸다고 말했고요. 그러면서 범인은 키가 작은 남자임이 틀림없다며 여자는 절대 그런 짓을 하지 않았을 거라고 했어요." 할은 고개를 저었다. "아델베르트 아줌마는 납치를 목격하지 못했다면서 왜 그런 말을 했을까요? 날 헷갈리게 만들려고 한 거 같아요. 하지만 나는 내가 그린 그림을 절대로 의심하지 않아요."

"그림을 그린다고?" 바네사는 눈썹을 치켜올렸다.

"아이들이 범죄 해결을 돕는 것이 정상이 아니라는 것쯤은 알고 있지만, 우리는 몇 시간 안에 에머리빌에 도착할 거잖아요. 아이의 말을 듣지 않고 마리안느의 유괴에 연루된 사람들을 도망가게 놔두는 경찰이 되고 싶나요?"

바네사는 할을 쳐다보며 한쪽 입술을 삐죽거리면서 존경의 뒤틀린 미소를 지었다. "아델베르트 캐비지 씨가 아직 이 기차에 타고 있는지 알 수 있을까요?"

"그녀는 객차에 있어요." 넷 삼촌이 대답했다. "이미 확인했거든요."

"그러면 지원을 요청하겠습니다." 바네사는 창밖을 내다보았다. "여기는 어디죠?"

"곧 트러키 마을이에요. 기차가 시에라네바다산맥으로 올라가려고 하거든요." 삼촌이 대답했다.

바네사가 휴대전화기를 집으려고 의자 위로 손을 뻗는 순간 가죽 재킷이 벌어지고 권총이 보였다. "나타니엘 씨." 바네사가 할의 머리 위로 말했다. "부탁 하나 할까요? 일반 객차 문 옆에 있는 관광 라운지에 앉아 있어요. 용의자가 기차를 떠나면 내가 알아야 하지만 그녀를 상대하지는 마세요. 그녀는 위험한 인물이니까요. 이 기차는 민간인이 많고 그녀가 무장했는지도 알 수 없어요. 나는 인질 상황을 원하지 않아요. 지원을 요청하고 내려와서 합류할게요. 우리는 지원을 받을 때까지 버티고 앉아 기다려야 해요. 이해하셨죠?"

"물론이죠." 넷 삼촌은 바네사와 할에게 고개를 끄덕이고는 자리를 떴다.

바네사는 할을 바라보았다. "가서 네 루멧에 앉아서 기다려, 꼬마야. 수고했어. 이제 어른들에게 맡겨라."

"하지만……."

"이건 게임이 아니란다. 네가 다치면 네 엄마가 기뻐하지 않을 거야." 바네사는 전화기의 번호를 누르고 할에게서 등을 돌렸다.

"하지만 말하지 않은 게……." 할은 스케치북을 들었다.

"안녕하십니까? 로드리게스입니다. 오마하에 있는 버키 경사를 연결해 주십시오."

할은 바네사의 팔꿈치를 건드렸지만, 손으로 할을 밀어 내며 둘의 대화가 끝났다는 것을 알리기 위해 인상을 찌푸렸다.

할은 바네사를 노려보았지만 어쩔 수 없이 물러서서 방으로 들어가 문을 닫았다. 할은 바꿔치기나 납치가 실제로 어떻게 이루어졌는지 말하지 못했다.

할은 의자에 털썩 주저앉아 창밖 너머 먼 산기슭에 소나무와 전나무가 푹신한 융단처럼 펼쳐진 것을 바라보았다. 여기에 앉아서 아무 것도 하지 않는다면, 그리고 경찰이 수갑과 총을 들고 도착한다면 마리안느에게 상황이 좋지 않을 수도 있다. 할은 어거스트 레자에 대해 생각했다. '그는 내가 무엇을 하기를 원할까?'

할은 스케치북을 탁자 위에 놓았다. 영화 세트장처럼 형형색색의 목조 상점과 집, 빨간색 소방서가 보이는 트러키 마을에 도착했다. 캘리포니아 코밋이 승강장 옆에 멈추자 철도 건널목의 종소리가 들렸다.

할은 자신이 해야 할 일을 알고 있었다.

chapter 29

도플갱어

할은 승강장을 따라 실버 스카우트로 질주했다. 문의 비밀번호를 누르고 객차에 슬금슬금 올라타 마리안느의 침실로 들어갔다. 할의 심장은 쿵쾅쿵쾅 뛰었다. 방은 침대가 깔끔하게 정리되어 있었고, 책상 위에 다시 펜꽂이가 늘어서 있었다. 옷장을 열고 옷 사이에 걸려 있는 노란색 드레스에 시선이 고정되자 한기가 느껴졌다.

기차가 움직이자 복도로 돌아온 할은 반짝이는 흰색 벽을 따라 등을 바짝 붙이고 회의실을 들여다보았다. 비어 있었지만 텔레비전 소리를 들을 수 있었다. 조용히 반대편 출입구로 달려가 라운지를 살짝 훔쳐보고는 벽에 몸을 기댔다. 누군가 소파에 앉아 노트북으로 만화를 보고 있었다. 효과음으로 녹음한 웃음소리가 불길하게 들렸다. 맥박이 뛰고 가슴이 답답하게 느껴졌다. 심호흡을 하고 방으로 들어섰다.

문에 등을 대고 앉아 있는 것은 라이언이었다. 빨간색 티셔츠와 청바지를 입고 안면 보호대를 착용하지 않았다. 안경은 옆 소파 위에 놓여 있었다.

"마리안느?" 할이 크고 또렷한 목소리로 말했다.

라이언은 몸을 돌렸다. 잘린 머리, 소년의 옷, 모자와 안경은 좋은 변장 수단이었지만 마리안느는 자기 이름에 반응했다.

할의 모습에 마리안느의 눈이 휘둥그레졌고 그들은 서로를 쳐다보았다.

"마리안느." 할이 마리안느에게 다가갔다.

마리안느는 입술에 손가락을 갖다 대고 소리 없이 할을 안심시켰다. 그러곤 노트북을 닫고 할 뒤의 복도를 향해 고개를 끄덕였다. 부엌에서 남자가 혼자 노래하는 소리가 들렸다.

"도와주세요!" 마리안느가 입을 열었다.

부엌에서 음식 만드는 소리와 화를 내는 소리가 나는가 싶더니, 이내 쿵쾅거리는 발소리가 들렸다.

진 잭슨이 샌드위치를 씹으면서 안으로 들어왔다. 할은 그의 눈이 커진 것을 보았다. 입가에서 파스트라미(소 양지머리 덩어리를 향신료와 양념을 넣은 소금물에 담가 소금에 절인 뒤 건조 훈연한 것. 역자 주) 같은 덩어리가 떨어져 바닥에 튀었다.

"제발 다치게 하지 마세요, 잭슨 아저씨." 마리안느가 얼굴에서 교정기를 떼어 내며 간청했다. "할은 내 친구예요!"

진은 마리안느와 할을 바라보며 입을 닦았다.

"괜찮습니다, 잭슨 아저씨." 할이 침착하게 말했다. "당신이 마리안느를 납치하지 않았다는 걸 압니다." 할은 마리안느에게 몸을 돌렸다. "너는 너 자신을 납치했어."

마리안느는 숨을 삼키며 놀랐고 진은 음식을 먹다가 웃기 시작했다. 음식물에 걸려 진의 얼굴은 자주색으로 변했다. 연신 기침을 하고 웃으면서 가슴을 두드렸다. 진은 겨우 자신을 진정시키면서 할을 가리켰다. "저 영국인 꼬마는 미국 경찰 전체보다 똑똑한걸?"

"닥쳐요!" 마리안느가 할을 노려보았다. "누구한테 말했어?"

"사람들이 네가 한 일을 알게 되면 큰 곤경에 처하게 될 거야." 할이 말했다. "네 엄마 아빠는 너무 걱정하고 계셔. 미국 경찰의 절반이 너를 찾고 있어. 졸라는 FBI의 심문을 받고 있고……."

"난 신경 안 써." 마리안느가 침을 뱉었다. "경찰이 멍청한 건 내 잘못이 아니야. 어쨌든 졸라는 꼴 좋다. 그녀는 지르코나 스파이야. 아빠에게 입술을 들이대고 속눈썹을 휘날리면 아빠가 비밀을 말해 줄 거라 생각했어."

"넌 너의 납치를 목격하게 하려고 졸라 누나를 선택한 거 아니야?" 할이 말했다. "넌 졸라 누나가 네 아빠로부터 받는 관심을 받으니까 질투하는 마음에 그녀를 목격자로 정했어."

마리안느는 눈을 가늘게 뜨고 어깨를 으쓱했다. "맞아, 만약 내가 그렇게 했다면?"

"부모님이 얼마나 속상해하시는지 신경 안 써?"

"내가 얼마나 화가 났는지 엄마 아빠는 신경도 안 쓴다고." 마리안느가 발을 구르기 시작했다. "넌 이해하지 못할 거야. 삼촌이 널 얼마나 사랑하는지 보라고." 마리안느의 콧구멍이 벌겋게 달아오르고 목소리가 험악해졌다. "넌 집에서 엄마 아빠와 함께 살고 있고 매일 방과 후에 네 하루가 어땠는지 묻겠지. 나는 네가 가족끼리 식사하고 부모님이 너와 함께 놀아 준다고 확신해."

"맞아, 그래." 할이 말하자 마리안느의 얼굴이 일그러졌다.

"장담하건대, 네가 여기 미국에 있는 동안……." 마리안느는 화를 내며 속삭였다. "그들은 널 그리워할 거야."

할은 항상 향수병의 고통을 느끼고 있었다. 할은 가족이 그리웠고 가족들도 할을 그리워하리라는 것을 알고 있었다.

"하지만 우리 부모님은 그렇지 않아." 마리안느의 눈이 글썽거렸다. "내가 부모님을 얼마나 자주 보는지 알아? 몇 달에 한 번? 그리고 부모님이 헤어진 이후로는 더 못 본단 말이야. 그들은 신기술로 세상을 구하고 유엔을 위해 평화를 중재하는 일에 너무 열중했기 때문에 서로 사랑하는 것도 그만두고 나를 사랑하는 것도 그만두었지."

"네가 납치당한 후에 네 아빠 얼굴을 봤어." 할이 조용히 말했다. "그건 정말 끔찍했어. 나는 그가 너를 사랑한다는 것을 알아."

"아니, 넌 몰라." 마리안느는 일그러진 웃음을 터뜨렸다. "아빠는 내가 프랑스로 돌아가기 전에 일주일 동안 함께할 시간이 있는데도 어떻게 보내는지 아니? 이 냄새 나는 기차에서 졸라 같은 두 얼굴을 가진 기자들과 이야기를 하면서 보내고 있다고." 마리안느는 주먹을 꽉 쥐었다. "나는 아빠에게 미래의 기차에 대한 만화를 그려 주었어. 하지만 쳐다보지도 않았단 말이야."

"아빠에게 말을 하면……."

"듣지 않는다고!" 마리안느는 소리쳤다. "기숙 학교에 가기 싫다고 말했지만, 결국엔 보내졌어. 나는 프랑스가 싫어. 다들 그게 나에게 좋을 거라고 말했지만, 거긴 너무 멀어." 눈물이 마리안느의 뺨을 타고 흘러내렸다. "나는 집에 가고 싶었지만, 그들은 내가 더 강인해질 필요가 있다고 생각해." 마리안느는 아랫입술을 꽉 깨물었다. "글쎄, 내가 지금 그들에게 충분히 강하다고 생각하니?" 마리안느의 입가에 일그러진 미소가 걸렸다. "그들은 이제 내 말을 듣겠지, 그렇지?"

진은 앉아서 샌드위치를 씹었다. "이게 연속극보다 낫네."

"그들은 이제 네 말을 듣게 될 거야." 할이 고개를 끄덕였다. "그러니 이제 그만둬. 모두 끝났어."

"아니! 내가 끝났다고 해야 끝이야!" 마리안느가 화를 냈다.

"맞아." 진이 자리에서 일어났다. "이 교훈은 어거스트와 카밀에게만 해당하는 것은 아니야. 사람들이 빚진 것을 갚는 것에 관한 것이라고."

"몸값을 원하는 거예요?" 할이 물었다.

"젠장! 당연하지." 진이 대답했다. "이 위험한 짓거리의 일부가 된 것에 대한 내 수수료가 필요해. 나와 애디는 계획이 있어. 우리는 결혼하기 위해 멕시코에 갈 거거든."

"그런데 할, 우리가 여기 있다는 걸 어떻게 알았지?" 마리안느가 눈을 가늘게 뜨며 물었다. "라이언이 말했어?"

"그는 이 일의 어떤 부분도 원하지 않았죠?" 할이 진에게 물었다. "하지만 당신은 그를 끌어들였겠죠."

"그 녀석은 병신이야." 진이 투덜거렸다.

"내 아들이라는 게 믿기지 않을 정도로 말이야."

"라이언이 스케치북에 글을 써서 경고하려고 했어." 할이 말했다. "하지만 나는 무엇을 의미하는지 알 수 없지. 아니, 내가 알게 된 것은 그 때문이 아니었어. 그건 너의 신발이었어."

"내 신발?" 마리안느의 미간이 찌푸려졌다.

"박물관에 있을 때는 샌들을 신고 있었는데, 차 트렁크에 던져진 사람은 운동화를 신고 있었거든. 하들리는 납치가 어떻게 마술과 같은지 알게 도와주었어. 그리고 속임수에서 사라지는 사람은 항상 그 안에 있기 마련이고. 진 아저씨와 아델베르트 아줌마, 라이언이 공범자였던 거지." 할은 마리안느의 표정에서 자신이 옳았다는 것을 알았다. "그래서 변장하고 일반 객차에 잠입한 거 아니니? 나에게 사과하려는 목적이 아니라 납치되기 전에 그들을 만나기 위해서지. 우리에게 시모어 아저씨가 너를 따라다닌다고 이야기를 지어냈고." 할은 마리안느와 진을 흘끗 쳐다보았다. "나는 당신 둘이 어떻게 연결되어 있는지 모르겠어요."

"진은 내 삼촌이야." 마리안느가 대답했다. 우리 엄마의 쌍둥이 여동생과 결혼했지만, 지금은 애디와 함께 살고 있어. 즉, 라이언은 내 사촌이라는 말이지."

"그래서 닮았구나."

"그 재수 없는 마누라가 몇 번의 카드 게임을 한 것 때문에 나를 내쫓았어. 내가 가진 모든 돈을 빼앗고 말이야." 진이 씁쓸하게 말했다. "하지만 나는 이제 애디를 알게 되었어. 그녀는 내 꿈의 여자야."

"마리안느, 이 모든 것이 너의 아이디어였어. 그렇지?" 할이 마리안느에게 말했다. "유괴 의상으로 밝은 노란색 드레스를 선택한 것은 밝은색이 눈에 띄기 때문이었던 거지. 노란색 드레스는 두 벌을 샀어. 하나는 너를 위해, 하나는 라이언을 위해. 오마하에서 모든 사람이 실버 스카우트에 있을 때 졸라에게 밖에서 만나자고 말하고 음료수를 가져오라고 우디 아저씨를 내보냈어. 모든 속임수에는 청중이 필요하기 때문이지. 존경받는 기자보다 더 나은 사람이 누구겠어? 넌 나가는 길에 하들리의 보라색 후드 티를 들고 실버 스카우트에서 주차장 주변의 울타리까지 질주했어. 후드 티를 입고 노란색 드레스를 안으로 집어넣고 검은색 레깅스를 드러냈어. 졸라가 나오자 넌 소리를 질렀고, 나도 메이슨도 들었어. 그 소리는 네가 낸 것일 수 있어. 그러나 우리는 똑같은 노란색 드레스와 금발의 가발을 쓴 라이언이 끌려가는 것을 본 거야. 애디 아줌마가 라이언을 차 뒤 트렁크에 던졌고, 차가 떠나자 우리는 모두 그 뒤를 쫓았지. 소란 속에서 넌 진 아저씨가 라이언의 옷과 안면 보호대, 안경을 가지고 기다리고 있는 기차 뒤편으로 갔던 거야."

"오! 정말 똑똑해." 진이 고개를 끄덕이며 말했다.

"닥쳐요." 마리안느가 퉁명스럽게 말했다.

"안경을 쓰고." 할이 계속해서 말했다. "후드 티를 위로 올리고 서둘러 기차를 타고 일반 객차로 이동했어. 마음을 진정시키기 위해 좋아하는 사탕을 입에 넣고 포장지를 떨어뜨렸지. 후드 티를 보고 널 하들리로 착각한 프랭크 아저씨에게 잡힐 뻔했고 말이야. 넌 화장실에서 라이언의 옷으로 갈아입고 머리를 뒤로 묶고 안면 보호대를 착용했어. 그러곤 후드 티를 쓰레기통에 넣고 라이언인 척 진 아저씨의 루멧으로 간 거야."

"기다려! 그건 계획이 아니었어!" 진은 마리안느를 바라보았다. "넌 루멧에서 갈아입었어야 했어!"

"마리안느는 후드 티를 돌려주겠다고 하들리에게 약속했어요." 할이 마리안느를 바라보며 대답했다. "그리고 그 약속을 지키고 싶었지, 그렇지?"

"그 후드 티는 하들리의 아버지가 생일에 사 주신 거라고 했잖아." 그녀가 조용히 말했다.

"바보야!" 진이 화를 내며 말했다. "넌 모든 것을 망칠 수도 있었어!"

"그래도 망치진 않았어요. 그렇죠?" 마리안느가 반격했다. "이건 내 계획이고, 무슨 일이 일어나든지 내가 책임질 거야."

할은 진의 얼굴에 비열한 표정이 번지는 것을 보았다. "루멧에서 진 아저씨가 너의 머리를 잘랐어." 할이 말을 이어갔다. "나는 네 머리카락을 쓰레기통에서 찾았어. 그제야 너와 라이언이 바뀌었다는 걸 깨달았지. 라이언이 내 스케치북에 자국을 낸 것을 기억하지 못하는 이유가 설명된 거지. 진짜 라이언은 애디 아줌마와 함께 일반 객차 안에 숨어 있었으니까." 할은 애디 옆의 빈자리에서 보았던 만화 캐릭터 배낭을 떠올렸다. "어젯밤까지 모든 일이

순조로웠지. 루멧의 인접한 벽을 통해 넌 우리의 피자 파티를 엿들었어. 우리가 단서와 마술에 관해 이야기하는 것을 듣고 당황했을 거야. 우리가 사건을 해결할지도 모른다는 두려움에 솔트레이크시티에서 기차에서 내리는 척하고 여기에 숨은 거고."

"거의 다 해결한 건 아니야." 마리안느가 중얼거렸다.

"내가 알아내지 못한 것은 치아였어." 할이 말했다. "어떻게 한 거지? 네 치아를 네가 뽑은 거야?"

마리안느는 불안한 목소리로 웃었다. "후후, 그게 마음에 들었니?" 마리안느가 냉소적으로 물었다. "납치가 진짜처럼 보이게 하려면 뭔가 섬뜩한 요소가 있어야 한다고 애디 아줌마가 말했어."

"하지만 치아는 레자 테크놀로지스에 도착했다고 했어. 신문은 DNA가 너의 치아임을 증명했다고 말했고."

마리안느가 대답했다. "내 젖니야. 내 보석 상자에 다 있거든." 마리안느가 몸을 앞으로 기울였다. "몰랐어? 이빨 요정은 기숙 학교에는 오지 않는다고." 마리안느는 할에게 차가운 미소를 지었다. "넌 네가 꽤 똑똑하다고 생각하지?"

"너도 알 거야."

"그게 무슨 뜻이야?"

"화난 거 알아, 마리안느." 할이 부드럽게 말했다. "네 행동은 사람들을 상처 입히고 있어."

마리안느는 어깨를 꼿꼿이 세웠다. "그렇게 말하지 마. 나도 상처받은 사람이라고."

"넌 나쁜 사람이 아니잖아. 만약 네가 나쁜 사람이었다면 하들리의 후드티를 돌려주려 하지 않았을 거야." 마리안느가 입술을 오므렸다. "하지만 넌 많은 문제를 일으켰고 이제 바로잡아야 해. 네가 한 행동에 책임을 져야 해." 할은 마리안느에게 부드러운 미소를 지었다. "다음 역에서 나와 함께 바네사 로드리게스 누나에게 가서 다 말해야 해. 그녀는 경찰관이거든."

"그녀가 뭐라고?" 진은 겁에 질린 표정을 지었다.

"내가 그렇게 하지 않겠다면?" 마리안느가 턱을 들어 올렸다.

"그건 너에게 달려 있어." 할은 침착하게 말했다. "나는 납치에 대해 또는 내가 여기 있다는 사실을 아무에게도 말하지 않았어. 나는 네가 옳은 일을 하기를 기대하고 있거든."

할은 마리안느의 눈을 바라보고 침을 삼켰다.

chapter 30

배신

진이 벌떡 일어나 할의 어깨를 움켜쥐고는 윽박질렀다. "지금 바로 해결
해 주지. 이 잘난 체하는 꼬맹이를 기차 밖으로 던져서 말이야."

"진 삼촌, 그만해요!" 마리안느가 진의 팔을 잡자 그는 어깨로 밀쳐 냈다.

"공주님, 화내지 마세요. 너도 나만큼 곤경에 처해 있다고."

곡선형 라운지 뒤쪽에는 선로 위로 열리는 문이 있었다. 할을 그쪽으로 끌
면서 진은 손잡이를 걷어찼다. 문이 열리며 금속 바퀴가 덜컹거리는 소리가
들렸다.

마리안느가 소리쳤다. "이건 계획이 아니야!"

"누구도 자백할 순 없잖아!" 진이 소리쳤다.

"자수하자고 말한 적은 없어!" 마리안느가 소리쳤다. "생각하게 해 줘."

"생각은 끝났어." 진이 으르렁거렸다. "애디는 네가 배신할 거라고 했고,
그녀의 말이 맞았어."

"애디 아줌마를 믿지 말아요." 할이 몸을 풀기 위해 고군분투하며 외쳤다.
"애디는 본명도 아니라고요."

"닥쳐." 진이 할을 앞으로 밀치며 말했다.

할은 비틀거리지 않으려고 문틀을 움켜잡았다. 현기증이 나서 다리에서
힘이 쭉 빠졌다. 트랙 옆으로는 깊은 협곡이 이어졌다.

"애디는 사기꾼이에요!" 할이 소리쳤다. "만약 그녀의 본명을 모르고 있다면 당신을 속이고 있는 거예요!"

"아니야, 애디는 나를 사랑해……."

"그녀도 그럴 것 같아요? 덴버역에서 그녀가 어거스트 아저씨의 컴퓨터에서 하드 디스크 드라이브를 훔쳤다는 것을 알고 있나요?" 순간 진의 얼굴에 혼란스러운 표정이 떠올랐다. "그녀는 그것을 판매할 계획이라고요. 내 말이 믿기지 않는다면 위층으로 올라가서 살펴보세요. 그녀는 이미 당신을 배신하고 있다고요!"

진은 할을 다시 거실로 끌어당겨 카펫 위에 던졌다. "거짓말이라면 바로 저 문밖으로 내던질 줄 알아." 할에게 경고하고 진은 위층 침실로 발을 디뎠다.

할의 얼굴이 바닥에 파묻혔고 마리안느가 라운지 문을 닫았다.

"누군가를 다치게 하려는 건 아니었어." 마리안느가 조용히 말했다.

"제발 멈춰야 해." 할이 자리에서 일어나 말했다. "자백하면 모든 것이 끝날 꺼야."

"…… 그럴 순 없어." 마리안느는 겁에 질린 표정을 지었다.

그때 큰 소리와 함께 무언가 부서지는 소리가 들렸다. 진이 다시 계단으로 내려왔다. "가져갔어! 배신자, 도둑년." 진은 폭언을 내뱉었다. "너는 알고 있었어?" 진은 마리안느를 손가락으로 가리키며 물었다.

"당연히 몰랐지요." 마리안느가 코웃음을 쳤다. "애디는 삼촌 친구잖아요. 삼촌이 그녀를 끌어들였잖아요."

"흥! 여자들이란!" 진이 고개를 저으며 소매를 걷어 올렸다. "여자들은 상냥한 미소로 결혼을 약속하고도 남자가 잠시만 눈 돌려도 이렇게 뒤통수를 치는군. 네가 지금까지 있었던 일을 내게 뒤집어씌울 계획이 아니라는 것을 어떻게 믿지?"

"진 삼촌, 우리는 가족이니까요." 마리안느의 얼굴은 평온했다. 마리안느가 서랍을 열고 작은 은색 권총을 꺼냈을 때 할은 마음이 가라앉았다. 마리안느는 총을 진에게 건넸다. "그리고 나는 삼촌 편이에요."

할은 매우 두려워졌다. "마리안느, 안 돼." 할의 입이 바짝바짝 말랐다.

"할을 인질로 잡아요." 마리안느가 할을 가리키며 차갑게 말했다. "우리는 그를 보험으로 사용할 수 있어요."

"오! 정말 영리해." 진은 감탄하며 미소를 지었다. "보험을 챙겼어." 진은 주머니에서 수갑을 꺼냈다. 그 순간 할은 작은 은색 열쇠가 카펫으로 떨어지는 것을 보았다.

"그런 건 왜 가지고 있는 거예요?" 마리안느가 인상을 찌푸렸다.

"애디는 마리안느 네가 배신자가 될 거라고 말했거든."

"잭슨 아저씨?" 할이 열쇠를 집어 들었다. "이거 떨어뜨렸어요."

"이리 내놔." 진이 위협적으로 수갑을 흔들며 말했다.

"여기요." 할이 오른손에서 왼손으로 열쇠를 넘겨 진의 손바닥에 놓자 진은 주머니에 쑤셔 넣고 할의 손목에 쇠고랑을 채웠다. 그러곤 할을 계단으로 끌고 가서 알루미늄 난간에 수갑을 두르고 다른 쪽 수갑을 할의 다른 손목에 고정했다. 할은 두 팔이 등 뒤로 묶인 채 아래층 계단에 앉았다.

"그럼……." 진이 마리안느를 돌아보며 말했다. "몸값이 지급되었는지 확인해 볼까? 다음 역에 도착하면 공중전화로 전화를 걸어……."

그때 이상한 금속 소리가 나며 실버 스카우트가 덜덜 떨렸고, 진과 마리안느는 비틀거렸다. 캘리포니아 코밋은 넓은 곡선의 선로에서 속도를 줄이고 있었다.

"왜 이러지?" 마리안느는 분명히 겁에 질린 표정으로 주위를 둘러보았다. "다음 역 근처는 아닌데……."

밖에서 사이렌이 울렸다. 탁 트인 창문으로 목을 내민 할은 경찰차가 줄지어 선로를 가로지르며 비포장도로를 질주하는 것을 보았다.

"넌 날 속였어!" 진이 할에게 소리쳤다.

할은 진을 무시하고 마리안느에게 말했다. "너 자신을 포기하기엔 너무 일러."

"아니, 나는 이미 결정을 내렸어."

할은 경찰들이 차에서 내려 흩어져서 기차 주위를 에워싸는 것을 보았다. 진과 마리안느가 창밖을 바라보는 사이에 바지 뒷주머니에 손가락을 넣어 작은 은색 열쇠를 꺼냈다.

"무장 경찰이다!" 밖에서 소리가 들렸다. "손을 들고 나와!"

"우리 어떻게 하지?" 진이 몸을 숙이며 쉿 소리를 냈다.

"경찰들은 협상을 할 거예요." 마리안느가 말했다. "내가 인질인 척 날 밖으로 데려가요. 공항까지 타고 갈 자동차를 요구하고 경찰들이 믿을 수 있게 만드세요."

"저 애는 어쩌고?" 진이 할에게 고개를 돌렸다.

마리안느가 말했다. "그들이 원하는 사람은 저예요."

할은 손가락 사이에 열쇠를 끼운 채 열쇠를 수갑의 열쇠 구멍에 넣으려고 했지만, 뭐가 어떻게 되어 있는지 볼 수가 없어 애를 쓰는 바람에 손가락 끝에 땀이 났다. 할은 열쇠 구멍을 찾으려고 애를 쓰면서 '후디니가 물속에서 했다면 나도 할 수 있다.'고 생각했다.

"알았어." 진이 자리에서 일어나 말했다. "준비됐어?" 진은 마리안느의 대답을 기다리지 않았다. 그러고는 마리안느의 허리를 잡고 다시 한번 발로 문을 차 열고 소리쳤다. "협상하고 싶다! 여기 마리안느 레자가 있어. 딴생각은 하지 마." 진은 총을 들었다. "10분 안에 공항까지 갈 차를 준비해 줘. 그렇지 않으면 이 아이를 쏴 버릴 거야."

진은 마리안느를 다시 기차에 태우고 문을 쾅 닫았고, 할은 열쇠가 자물쇠에 들어가는 것을 느꼈다.

"뭘 보고 있는 거지?" 마리안느가 진에게 물었다. 진은 여전히 그녀의 가슴에 총을 겨누고 있었다.

"네가 진짜 인질일 수도 있는데 왜 인질인 척하는 거지?" 진은 그녀를 비웃었다.

"진 삼촌……."

할은 한 손으로 열쇠를 돌리고 다른 손을 재빨리 풀어 수갑을 조용히 카펫에 떨어뜨렸다.

"왜 몸값을 나누어야 하는지 모르겠어." 진이 말을 이어갔다. "나는 총을 든 사람이고, 더 이상 아이의 지시를 받는 건 싫단 말이지!"

마리안느는 겁에 질린 듯 보였고 진은 비웃었다. "지금도 그렇게 높고 고귀하신가? 공주님, 애디와 나는 우리가 에머리빌에 도착해도 널 보내지 않기로 했다고. 널 애디의 숨겨 놓은 은신처로 데려가 몸값을 두 배로 높이려고 했지. 2,000만 달러도 받을 수 있는데 왜 1,000만 달러로 끝내냐고?"

진도 마리안느도 할을 쳐다보지 않았다. 할은 주먹을 꽉 쥐고 생각할 틈도 없이 진의 손에 들린 총 쪽으로 몸을 날렸다. 할이 진과 세게 부딪치자 마리안느가 비명을 질렀다.

"할!" 두 사람이 카펫으로 넘어지고 총이 바닥에 덜컹거리며 떨어졌다.

"뭐야!"

진의 외침과 동시에 두 사람은 바닥에 구르며 뒤엉켰고, 할은 진의 손아귀에서 벗어나기 위해 싸웠다. 그러나 그 남자는 레슬링 선수였고 할을 쉽게 바닥에 드러눕혔다.

"넌 큰 실수한 거야, 꼬마야."

chapter 31

고백과 동요

할은 공포에 질린 표정으로 진의 얼굴을 올려다보았다. 어린 엘리를 안고 있는 엄마 아빠의 얼굴이 떠올랐다. 진은 총을 움켜쥐고 실수로 방아쇠를 당겼다.

하지만 쾅 하는 총소리는 들리지 않았다. 딸깍 소리만 나고 총구 끝에서 작은 불꽃이 깜박거렸다.

진은 그것을 바라보며 눈썹을 찌푸렸다. "이게 뭐……." 하지만 그가 미처 말을 끝내기도 전에 마리안느가 진의 머리를 유리 램프 스탠드로 내려쳐 쿵 소리가 났다.

진은 신음하며 바닥에 주저앉았고, 할은 그의 밑에서 신음하고 있었다. 할은 심장 소리가 쿵쿵거리는 마리안느를 올려다보았다.

"괜찮니?" 마리안느가 숨을 헐떡였다. "진짜 총이 아니었어. 아빠의 담배 라이터야." 마리안느의 숨이 거칠었다. "사실은 네 편이었지만, 내가 진의 편이라고 믿게 만들 수밖에 없었어."

"네가 그를 속인 거야?" 할은 그가 기절했을지도 모른다고 생각했다.

"그에게 진짜 총을 주지는 않았을 거야!" 마리안느는 망연자실해 보였다.

진이 신음하자 마리안느가 뒷문으로 뛰어가서 문을 열었다. "도와주세요!" 마리안느는 경찰관에게 손을 흔들며 소리쳤다. "빨리요! 우리가 그를 쓰러뜨렸어요!"

경찰관들은 선로를 가로질러 기차에 뛰어들었다. 할과 마리안느를 밖으로 데리고 나갔고, 그들의 어깨를 담요로 부드럽게 감싸 주었다.

잠시 후, 실버 스카우트에서 멍한 모습으로 진이 쇠고랑을 찬 채 비틀거리며 끌려 나와 경찰차 뒤쪽에 태워졌다.

"내가 한 게 아니야!" 진이 소리쳤다. "난 아무것도 하지 않았다고. 마리안느 레자가 다 한 거라고!"

경찰관 중 한 명이 무전기에 대고 말했다. "우리는 두 명의 납치 피해자를 안전하게 보호하고 있습니다. 반복합니다. 납치 피해자는 안전합니다."

"난 피해자가 아니야." 마리안느가 할에게 중얼거렸다. "다 말해야 해."

할은 마리안느의 손을 꽉 쥐었다. "잘 설명할 수 있게 도와줄게."

"할!" 냇 삼촌이 눈을 동그랗게 뜨고 그들을 향해 뛰어왔다. "괜찮은 거니?" 삼촌이 할을 껴안았다. "다친 곳은 없고?" 삼촌은 할이 무사한지 확인한 다음 마리안느를 쳐다보았다. "마리안느, 너는 괜찮니? 무슨 일이야?"

"냇 삼촌, 기차가 왜 멈췄어요? 그리고 모든 경찰관…… 저 사람들은 어디서 왔어요?"

"네가 안 보였어." 삼촌은 화가 나서 말했다. "루멧 안에서 마리안느의 머리카락이 있는 스케치북을 찾았어. 나는 네가 뭔가를 알아냈다고 생각하고 바네사에게 진이 마리안느를 납치했다고 말했단다."

"브레드쇼 아저씨, 정말 죄송해요." 마리안느가 말했다. "하지만 진 삼촌은 절 납치하지 않았어요. 절 납치한 건 저예요."

"뭐라고?" 넷 삼촌의 눈썹이 찌푸려졌다. "진 삼촌?"

할과 마리안느는 킥킥 웃었고, 할은 결국 웃음을 참지 못해 눈물까지 흘렸다.

'그녀는 자신을 납치했다!'라는 말을 되풀이하고는 둘은 폭소를 터뜨리며 몸을 떨었다.

"그게 웃을 일인지는 잘 모르겠구나." 넷 삼촌이 말했다.

"미안해요." 할은 눈물을 닦았다. "그냥 바보 같은 짓이야." 할이 마리안느를 쿡 찔렀다. "너 완전 바보야."

"알아." 마리안느가 대답하자 두 사람은 모두 끝났다는 안도감에 마음을 놓으며 다시 웃었다.

"하지만 넌 날 진 삼촌에게서 구해줬어." 할이 눈물을 닦으며 말했다. "고마워."

"아니 네가 나를 구했어." 마리안느가 말했다. "그런데 그 수갑은 어떻게 풀었지?"

'마술!'이라고 할이 속삭이자 둘은 또다시 킥킥 웃었다.

기차에서 바네사가 짧은 금발 머리에 검은색 드레스와 하이힐을 신은 세련된 외모의 여성을 잡는 과정에서 약간의 소동이 있었다.

"도와주세요!" 금발의 여자가 소리쳤다. "이 여자가 나를 괴롭히고 있어요!"

"앉아!" 바네사가 경찰 휘장을 내밀며 다가오는 경찰관들을 향해 소리쳤다. "엄청난 규모의 사기와 강탈 혐의를 받는 아델베르트 캐비지, 본명 카렌 커닝햄입니다. 레자 씨 사건에 관한 심문을 위해 그녀를 데려갑니다. 누가 그녀에게 권리를 읽어 주세요." 빨간색 가발과 파란색 패딩 코트는 사라졌지만 할은 즉시 애디를 알아보았다. 할은 경찰차 유리창에 얼굴이 처박힌 진을 바라보았다. 멕시코에서 그와 결혼할 것으로 생각했던 여자를 믿을 수 없다는 표정으로 쳐다보며 충격에 입이 떡하니 벌어졌다.

"누구에게 자백해야 하지?" 마리안느가 할에게 속삭였다.

"바네사 누나." 할이 마리안느의 손을 꼭 잡고 말했다. "같이 가 줄게."

바네사는 두 사람이 자신에게 다가오자 의아해하며 눈을 깜박였다.

마리안느가 떨리는 목소리로 말했다. "나는 나 자신의 납치에 대한 책임이 있습니다."

"정말이니?" 바네사가 마리안느를 쳐다보았다. "내가 맞춰 보지. 네가 아델베르트에게 너 자신을 납치하고 싶다고 말했고, 그녀는 그것이 기발한 아이디어라고 하면서 널 부추기고 너의 아이디어를 현실로 만드는 데 도움을 준 거지?"

"네." 마리안느는 부끄러워하며 말했다.

"그래, 내가 너를 체포해야겠지만 너는 미성년자란다. 꼬마라고. 자신을 납치하려는 미친 생각을 가진 어린 소녀. 아마도 1년 동안 외출을 삼가거나 쓰레기를 주워야 할 거야. 하지만 아델베르트는 어른이지. 그녀는 불법이 무엇인지 알고 있으며, 억만장자의 멍청한 아이를 이용하여 손에 넣을 수 있는 돈이 얼마인지도 알고 있어."

"에이!" 마리안느가 코웃음을 쳤다. "제가 그렇게 바보는 아니에요!"

할은 마리안느의 발목을 찼다.

바네사는 할을 바라보았다. "이 모든 것을 네가 해결했니?"

할은 입가에 퍼지는 미소를 참지 못하고 고개를 끄덕였다.

"그러면 미스터 벡, 너도 체포해야겠어." 바네사가 말했다. "정보 제공을 하지 않았다는 이유로 말이야." 할이 씩씩거리는 모습을 보고 바네사는 입술을 비죽거리며 윙크했다.

"저, 로드리게스 경관님." 할이 말했다. "잭슨 아저씨의 주머니에 은색 열쇠가 있을 거예요. 삼촌의 여행 가방에 있는 자물쇠를 열어야 해서요. 저를 위해 은색 열쇠를 돌려줄 수 있나요?"

"왜 그가 네 삼촌 열쇠를 가지고 있니?"

"언젠가 프렌치 드롭(프랑스인이 만들었다고 해서 붙여진 이름의 마술. 역자 주)을 보여주면 이해하게 될 거예요." 할은 비밀스럽게 대답했다.

바네사는 고개를 저으며 여전히 애디를 멍하니 바라보고 있는 진이 앉아 있는 경찰차로 걸어갔다.

"할!" 할은 잠시 자신에게 다가오는 소년을 알아보지 못했다. 안면 보호대와 안경을 착용하지 않은 그는 달라 보였고, 팔에는 도마뱀 홀리오를 안고 있었다.

"라이언! 괜찮아?"

라이언은 고개를 끄덕였다. "이 모든 일이 끝나기를 기도하면서 갇혀 있었어." 라이언은 미소를 지었다. "그리고 지금 이렇게 풀려난 건 네 덕분이야."

"네가 나에게 그 비밀 메시지를 주지 않았다면 절대 해결하지 못했을 거야."

할은 도마뱀에게 고개를 끄덕였다. "훌리오에게 무슨 일이?"

"애디 아줌마가 버렸어." 라이언이 훌리오의 비늘 모양 등을 문지르자 훌리오는 기쁘다는 듯이 혀를 내밀었다. "훌리오는 나보다 더 납치에 가담하고 싶지 않았을 거야. 엄마가 키울 수 있게 허락해 주길 바랄 뿐이야."

마리안느는 할의 뒤에 숨어 있었다. 할은 옆으로 물러나면서 그녀를 앞으로 끌어 라이언과 마주하게 했다. 마리안느가 사과의 말을 중얼거리며 땅을 바라보았지만, 조금 떨어진 곳에서 두 대의 헬리콥터가 큰 소리를 내며 내려앉는 소리 때문에 세 사람 모두 고개를 들어야 했다.

"아빠야." 마리안느가 두려움에 가득 찬 목소리로 말했다.

자동차가 헬리콥터로 달려갔고, 사람들은 무전기에 대고 소리를 지르며 차를 운전했다. 마리안느는 경찰차가 도착하고 어거스트가 조수석에서 뛰어내릴 때까지 할의 손을 꼭 붙잡고 있었다.

"마리? 마리안느!" 마리안느는 아버지가 달려와 그녀를 안고 머리에 키스하자 어색한 미소를 지었다. "넌 고의적이고, 기만적이며, 바보야." 어거스트는 한 단어씩 말할 때마다 마리안느에게 키스했다. "사랑스럽고, 아름다운 내 딸아."

"귀여운 내 아가야." 연파란색 양복을 입은 키 큰 여성이 경찰차 뒤에서 내려 서둘러 그들과 합류했다. "마리!" 그녀가 소리쳤다. "머리가!"

"무서웠어요, 엄마." 어거스트는 울고 있는 마리안느를 그녀의 어머니가 안아 줄 수 있도록 놓아 주었다.

"넌 교활한 작은 여우야, 그렇지? 우리 모두를 바보로 만들었어."

"정말 죄송해요." 마리안느는 흐느끼며 말했다.

"그리고 라이언, 괜찮니?" 그녀는 자유로운 팔로 손을 뻗어 라이언의 손을 잡고 가까이 끌어당겼다. "네 어머니가 걱정 많이 하고 있어. 집에 데려다줄게."

"고마워요, 카밀 이모." 라이언이 고개를 끄덕였다. "훌리오를 데려가도 될까요?" 라이언이 팔을 들어 거대한 도마뱀이 보이게 하자 카밀은 깜짝 놀라면서 웃었다.

"네가 원한다면."

"제 머리가 엉망이죠. 엄마?" 마리안느는 어머니의 관심을 다시 받기를 원하며 말했다.

카밀은 딸의 뺨에 손을 얹었다. "아냐, 괜찮아. 귀여워."

"음, 해리슨! 감사할 게 많다고 들었다. 너에게 보답하기 위해 우리가 할 수 있는 일이 있다면……." 어거스트가 할을 향해 미소를 지으며 말했다.

"사실은…… 한 가지가 있어요." 할이 말했다. "하지만 저를 위한 것이 아니에요. 마리안느는 여기 미국에서 학교에 가고 싶어 해요. 제 일이 아니란 걸 알지만, 마리안느의 소원을 들어준다면 정말 기쁠 거 같아요."

카밀과 어거스트는 죄책감에 찬 표정을 교환했다. "아……."

"그리고 로켓 대회를 위해 그린 마리안느의 디자인을 살펴봐 주셨으면 좋겠어요. 물론 마리안느가 대회에 참가할 수 없다는 것은 알고 있습니다. 아마도 당신의 딸이기 때문에 허용되지 않을 거예요. 그러나 아저씨는 좋은 아이디어를 놓치고 싶지 않으실 테고, 마리안느는 많은 아이디어를 가지고 있어요. 심지어 마리안느는 진 아저씨에게서 저를 구했어요. 저는 마리안느에게 빚을 졌어요."

마리안느가 얼굴을 붉히며 할에게 감사한 미소를 지었다. 레자와 라이언은 작별 인사를 하고 헬기로 돌아가기 위해 차에 올랐다. 진과 애디는 감옥에 갔고 모든 상황은 진정되었다.

할은 선로 옆 바위로 가 넷 삼촌 옆에 앉았다. "나머지 여행하는 동안……." 할이 말했다. "관광 라운지에 앉아서 풍경을 스케치할게요. 약속해요."

"좋아." 넷 삼촌은 시원한 탄산음료 한 캔을 건넸다. "난 더 이상의 흥분은 감당할 수 없을 것 같구나."

그때 둘을 부르는 소리가 들렸다. "저, 실례합니다! 벡 씨와 브레드쇼 씨인가요?" 파란색 암트랙 기차 회사 작업복을 입은 여성이 노란색 스카프를 두르고 걸어왔다.

"네, 그렇습니다." 넷 삼촌이 대답했다. "무슨 일이시죠?"

"저는 로리 셸턴입니다." 로리는 삼촌과 악수를 하고 뒤에 서 있는 수염을 기른 마른 남자에게 고개를 끄덕였다. "부기장 리코입니다. 캘리포니아 코밋의 조종사지요. 작은 억만장자(마리안느. 역자 주)가 당신이 기차를 마음에 들어 한다고 말해 주었어요."

"아, 네." 할이 씩 웃었다.

"에머리빌까지 3시간 걸립니다. 제 생각에는 정면에서 보는 것보다 더 좋은 전망은 없을 것 같아서요." 로리는 미소를 지었다. "운전석에서 우리와 함께 여행을 마무리하고 싶지 않으세요?"

할과 넷 삼촌은 로리와 리코를 따라 기차 앞으로 가는 동안 즐거운 눈빛을 교환했다.

"브레드쇼 씨!" 그들이 지나갈 때 프랜신이 소리쳤다. "다시 탑승할 시간입니다."

"괜찮아요, 프랜신." 넷 삼촌이 유쾌하게 대답했다. "앞에 자리가 있어요."

짙은 파란색과 은색의 기관차는 아메리카 대륙을
가로지르는 긴 여정으로 인해 먼지가 쌓여 있었다.
할은 사다리를 잡고 운전석으로 올라가면서 솟구치
는 흥분을 간신히 눌렀다. 두 개의 큰 직사각형 앞 유

리를 통해 앞의 선로를 보였고 그 아래에는 버튼, 레버 및 작고 검은색 조이
스틱이 가득한 넓은 조정용 장치가 있었다.

　"어서 오세요." 로리가 말했다. "해리슨, 리코의 의자에 앉아 그 버튼을 누
르시겠습니까?"

　유명한 다섯 번의 경적이 산길에 울려 퍼지자 새 떼가 하늘로 날아갔다.

할은 리코 옆에 앉아 있는 넷 삼촌에게 어깨너머로 미
소를 지으며 환하게 웃었다. 로리가 조절판을 밀자 기
차가 굉음을 내며 움직였다. 그들은 선로를 타고 산을

빠져나와 평지에서 속도를 높이고 새크라멘토를 지나 데이비스를 건넜다.

할은 베니치아 마르티네스 다리를 건너며 행복한 한숨을 쉬었다. 샌와킨 강과 새크라멘토강의 쌍둥이 강어귀에서 샌프란시스코만으로 흘러 들어가는 반짝이는 물을 바라보며 선로 위 바퀴의 쿵쾅거리는 소리를 즐겼다. 모든 게 잘되었다. 마리안느는 그녀의 부모에게 돌아왔고, 자신은 캘리포니아 코밋의 운전석에 타고 있으며 은색 호화 급행기차가 뒤를 따르니까 말이다.

chapter 32

실버 솔라리움

두꺼운 강철 케이블이 거대한 바퀴에 감겨 있는 것을 보고 할은 이러한 간단한 메커니즘이 트램(도로의 일부에 설치한 레일 위를 운행하는 전차. 역자주)을 샌프란시스코 언덕 위아래로 움직일 수 있다는 사실에 놀랐다. 태양이 빛나는 미국에서의 마지막 날이었고, 넷 삼촌은 관광을 시켜 주겠다고 약속했다.

첫 번째 목적지는 케이블카 박물관이었다. 가는 길에 할은 롤러스케이트를 타는 수녀들이 줄을 지어 해적 의상을 파는 가게를 지나가고 있는 것을 보았다. 할이 사는 크루라는 도시는 이곳에 비하면 심심했지만, 이젠 집에 가기를 고대하고 있었다.

"그러고 보니 우리는 엽서를 쓴 적이 없어요." 할이 말했다.

"아직 시간이 있어. 말할 시간……." 삼촌은 시계를 확인했다. "여기서 누군가를 만난다고 했잖아."

"그럼 내가 늦은 적이 있나요?" 익숙한 목소리가 들렸다.

"졸라 누나!" 할이 몸을 돌렸다. 졸라가 겨자색 블라우스와 두꺼운 금목걸이, 검은색 바지를 멋지게 차려입고 자연스러운 머리 스타일로 나타났다.

"나에게 특종 기사를 주지도 않고 당신이 이 나라를 떠날 수 있을 거라고 생각하지는 않았겠지?" 졸라는 미소 지었다.

"특종?"

"철도 탐정 해리슨 벡." 졸라는 두 손으로 머리기사를 장식했다. "캘리포니아 코밋의 유괴 사건을 해결하다." 졸라는 눈썹을 찡긋했다. "멋진데?"

"FBI가 풀어 줬어요?" 할이 물었다.

"풀어 줘? 그 사람들은 나를 보내고 싶어 난리가 났지!" 졸라가 웃었다.

"내가 점심을 살 테니 전부 설명해 줘."

졸라는 모퉁이를 돌아서 언덕에 있는 레스토랑으로 두 사람을 안내했다. 웨이터들은 오랜 친구처럼 그녀에게 인사했고 그녀는 이탈리아어로 답했다. 레스토랑 매니저는 그들을 뒤쪽의 조용한 테이블로 데려갔다. 자리에 앉자 졸라는 작은 마이크를 꺼내 스마트폰에 연결했다.

"그게 뭐지?" 냇 삼촌이 물었다.

"특종에 대해서 농담한 거 아니야." 졸라가 말했다. "나는 모든 것을 알고 싶어. 하지만 먼저 할에게 줄 선물이 있어." 졸라는 가방에 손을 넣어 갈색 종이로 포장된 직사각형 상자를 꺼냈다. "사건 해결을 축하해."

종이를 찢으니 캘리포니아 코밋의 빈티지 전망차 모형이 모습을 드러냈다. 측면에 실버 솔라리움이라고 쓰여 있었다. "오, 완벽해." 할은 모형의 디테일에 감탄하며 속삭였다. "감사합니다."

"불도 켜진단다." 졸라는 할의 반응에 만족한 표정으로 말했다.

"오! 멋지네." 넷 삼촌은 손을 내밀었다. "좀 봐도 되지?"

할이 주머니에서 졸라의 지르코나 시계를 꺼내며 말했다. "참, 이것을 돌려받고 싶어 할 거라 생각했어요."

할에게 감사를 표하며 졸라는 시계를 손목에 다시 착용하고 종업원을 불러서 음료를 주문했다. "나는 기차를 타기 전에 지르코나에서 일하고 있다고 어거스트 씨에게 말했어." 졸라가 말했다. "그는 청정에너지 사용을 가속하기 위해 배터리 디자인을 공공 재산으로 만들 계획이라고 말했어. 지르코나는 그것을 자신들의 차에 사용할 거래. 좋은 소식이지?" 졸라는 메모장을 펼쳤다. "질문이 아주 많아." 졸라의 눈이 메모가 된 페이지를 훑어보았다. "이상한 일이 일어나고 있다고 처음 의심한 것은 언제였지?"

"기차를 타기 전에 직감이 있었어요." 할은 스케치북을 꺼내 시카고 유니언역의 첫 번째 그림을 펼쳤다. "보세요, 마리안느가 윙크를 하고 있었어요. 처음에는 라이언에게 윙크하는 줄 알았는데 실제로는 진 아저씨에게 윙크하고 있는 거였어요. 무슨 일이 일어나고 있다는 걸 느꼈지만, 그때는 그게 뭔지는 몰랐어요."

"마리안느와 라이언이 바뀌었다는 걸 어떻게 알아냈어?"

"첫날 라이언과 잭슨 아저씨와 함께 점심을 먹었어요. 라이언은 나에게 이상한 손동작으로 메시지를 보냈고 내 스케치북에 자국을 만들어서 '도와줘'라는 단어를 썼어요." 할은 졸라에게 당시의 상황을 그린 페이지를 보여 주었다. "라이언이 나에게 마리안느를 도우라고 말하는 줄 알았는데, 아니었어요. 라이언은 내가 자기를 돕기를 원했던 거였어요. 라이언은 더 많은 말을 하려고 했지만, 잭슨 아저씨가 끌어당겨서 그러지 못했지요. 납치된 후 라이언에

게 계속 물어보려고 했지만, 라이언은 내가 무슨 말을 하는지 모르더라고요."

"그건 라이언이 아니라 라이언으로 분장한 마리안느였던 거구나."

"맞아요. 마리안느가 아직 기차에 있다고 의심한 것은 사탕 포장지를 발견했을 때였어요. 하들리의 후드 티가 나타나서 더 확신했고요."

음식이 도착했고, 할은 맛있는 까르보나라를 먹기 위해 잠시 멈췄다.

"하들리는 마술사이기 때문에 납치가 계획되었을 수도 있다는 아이디어를 주었어요. 그러다가 박물관에서 마리안느가 신고 있던 신발이 차 트렁크에 던져진 사람의 신발과 다르다는 것을 그림에서 알아차렸죠. 하지만 잭슨 아저씨의 객실 쓰레기통에서 머리카락을 발견하기 전까지는 마리안느가 라이언으로 변장하고 잘 보이는 곳에 숨어 있다는 것을 확신할 수는 없었어요."

"프랜신 누나가 잭슨 아저씨와 라이언이 솔트레이크시티에서 내렸다고 말했을 때, 나는 그들이 우리가 그 사건에 관해 이야기하는 것을 엿들었음이 틀림없다는 것을 깨달았어요. 마리안느가 라이언인지 알아낼까 봐 걱정되어 그들은 여행의 마지막 순간을 위해 실버 스카우트에 숨었던 거죠. 하지만 내가 출입문 비밀번호를 알아낸 것은 몰랐겠죠." 할이 미소를 지었다.

할은 식사를 하면서 졸라에게 자신과 모레티 남매가 한 탐정 일에 관해 이야기했고, 졸라는 더 많은 질문을 쏟아 냈다. "그리고 아델베르트 캐비지, 아니 카렌 커닝햄은 사기와 강탈 전과가 다섯 번이나 있어. 언제 처음으로 의심했지?"

"미안해, 졸라." 넷 삼촌이 시계를 쳐다보며 말을 끊었다. "3시야. 시간이 다 됐어."

삼촌이 계산서를 달라고 할 때 할은 창문 너머로 고개를 흔드는 세 명의 친숙한 머리를 훔쳐보았다. 레스토랑 문이 열리면서 하들리와 메이슨이 서둘러 들어왔고 할은 자리에서 벌떡 일어나다가 의자가 뒤로 긁혔다. 하들리와 모리슨 뒤에 화려한 셔츠를 입고 서 있는 프랭크 모레티의 대머리가 오후 햇살에 빛나고 있었다.

"할, 네가 해결할 줄 알았어!" 하들리가 숨을 헐떡이며 외쳤다.

"셜록 다빈치가 또 한 건 한 거네!" 메이슨이 할을 안고 빙빙 돌며 말했다.

"오, 좋아." 졸라가 메모하며 말했다. "셜록 다빈치."

"내려 줘!" 할이 웃었다. "여기서 뭐 하는 거야?"

"장난해?" 메이슨이 씩 웃었다. "우리는 어떤 멍청한 영국 아이가 마리안느 레자 씨의 불가사의한 납치 사건을 해결했다는 뉴스를 보았다고."

"아이들이 삼촌에게 전화하라고 얼마나 난리를 치던지." 프랭크 모레티가 말을 끝맺었다.

"깜짝 선물이 되리라 생각했어." 넷 삼촌은 미소를 지었다.

"계산은 내가 할게." 졸라가 넷 삼촌의 반대를 물리치며 말했다. "다들 가서 즐기세요."

"할, 39번 부두로 가자." 하들리가 할을 문 쪽으로 끌어당기며 말했다.

"거기에 놀이 기구가 있어. 아니면 수족관?" 메이슨이 제안했다.

"케이블카만 탈 수 있다면 어디로 가든 상관없어." 할이 말했다. "하들리, 당신은 무언가를 가지고 있습니다⋯⋯." 할은 하들리의 귀 뒤로 손을 뻗어 동전을 꺼냈다.

"마술을 연습 중이구나!" 하들리가 기뻐하며 말하자 할이 고개를 끄덕였다.

"넌 내가 자랑스러울 거야. 나는 프렌치 드롭을 사용해 잭슨 아저씨를 속이고 내 주머니에 있던 넷 삼촌의 가방 열쇠로 수갑 열쇠를 바꿨거든.”

“뭐? 수갑을 찼었어?” 메이슨이 입을 삐죽 내밀었다. “다 말해. 기다려! 잠깐만!” 주머니에서 은색 녹음기를 꺼냈다. “이제 말해, 알파벳도 말해 줄 수 있지?”

웃고 장난을 치면서 할, 넷 삼촌, 프랭크, 하들리, 메이슨은 케이블카를 타고 부두로 내려갔다. 그들은 상점이 양쪽으로 늘어서 있는 쇼핑몰에서 갈매기 떼를 통과해서 뛰어다니며 놀다가 금문교에서 건너편의 만을 바라보며 아이스크림을 먹었다.

친한 친구들과의 하루 나들이 같은 그런 멋진 모험이었다.

어드벤처
온 트레인 2

친애하는 독자 여러분에게

미국의 훌륭한 철도 시스템을 충실히 표현하려고 노력했습니다. 언제나 그렇듯이 우리는 흥미로운 이야기를 위해 하나 또는 둘의 허구를 곁들였습니다. 독자 여러분의 양해를 구합니다.

실제 캘리포니아 코밋

캘리포니아 코밋은 캘리포니아 제퍼(California Zephyr)라고 하는 미국 전역을 횡단할 수 있는 실제 철도 여행을 기반으로 합니다. 미국에서 가장 유명한 기차 여행 중 하나입니다. 시카고 유니언역에서 시작하여 2박 3일 동안 샌프란시스코 외곽의 에머리빌까지 이동합니다. 작품 속 캘리포니아 코밋처럼 호화 급행 기차로 구성되며 시간표는 약간 다르지만 동일한 경로를 따릅니다.

실버 스카우트

20세기 내내 전망 돔이 있는 객차는 경치 좋은 노선이 있는 미국 여객 기차에서 흔히 볼 수 있었습니다. 2장에서 넷 삼촌이 언급했듯이 1940년대에 캘리포니아 제퍼를 위해 여섯 개의 은색 돔 기차가 특별히 제작되었습니다.

기차 이름의 대부분은 '실버'라는 단어로 시작됩니다. 실버 스카우트라는 실제 기차가 있지만 전망 기차는 아닙니다. 우리의 실버 스카우트는 허구이며 실버 솔라리움이라는 실제 기차를 기반으로 합니다. 스카우트와 마찬가지로 솔라리움은 개인 소유이며 개조되었습니다.

이 글을 쓸 당시에는 개인 전세를 이용할 수 있었습니다. 전망 기차의 빛나는 은색 외관은 곡선 모서리와 공기역학적 라인으로 정의되는 스트림라인 모던이라 불리는 글로벌 디자인 트렌드의 일부였습니다. 이 디자인은 건물, 진공청소기, 토스터와 같이 움직일 수 없는 물체를 공기역학적으로 보이게 할 정도로 인기가 있었습니다.

개인 객차

어거스트 레자가 하는 것처럼 자신의 개인 객차를 구입하여 그 안에서 여행하는 것이 실제로 가능합니다. 과거에는 많은 부유한 사람들이 자신의 사양에 맞게 제작된 개인 기차를 가지고 있었습니다. 오늘날에는 그런 일이 거의 없지만요. 매우 부유한 사람들은 개인 제트기를 선호합니다.

그러나 철도 회사의 오래된 객차는 운행이 중단되면 폐차장으로 가기 전에 때때로 판매됩니다. 일반적으로 다시 사용할 수 있게 하려면 많은 돈이 필요합니다. 어떤 사람들은 빈티지 기차를 이전의 멋진 모습으로 복원하는 데 큰 자부심을 느낍니다. 이 빈티지 기차는 때때로 '바니시'라고 불립니다. 미국에서 암트랙은 거리에 따라 요금을 받고 개인 객차를 견인합니다.

고속 기차

철도는 초기 미국의 중추였으며 20세기 중반까지 사람들의 주요 여행 수

단이었습니다. 그러나 자동차와 비행기가 대중화되면서 여객 철도 시스템이 쇠퇴하기 시작했습니다. 오늘날 여행하는 경우 자동차를 운전하거나 비행기를 타는 것이 더 빠르고 저렴합니다(비록 재미는 덜하지만). 미국은 새로운 고속 철도 노선을 건설하여 도시 간 여행에 더 매력적인 기차를 만들려고 계획하고 있습니다.

그러나 어거스트 레자의 글로벌 운송 혁명만큼 규모가 큰 것은 없습니다. 레자가 그의 첫 번째 노선을 계획하는 노스이스트 코리더는 실제로 이미 미국에서 가장 빠른 기차의 본거지인 암트랙의 매우 인기 있는 아셀라(Acela) 서비스이며, 이것은 최대 시속 240킬로미터에 도달할 수 있습니다. 그러나 아쉽게도 이것은 경로의 일부에서만 가능합니다. 즉, 프랑스의 TGV 및 독일의 ICE와 같은 유럽의 많은 전용 고속 시스템보다 전체적인 여정이 느립니다.

더 찾아보기

이 책에 실린 오마하의 더럼 박물관을 포함하여 미국에는 훌륭한 철도 박물관이 많이 있습니다. 여러분이 영국에 있고 기차에 대해 더 자세히 알고 싶다면 전 세계의 실제 기차가 있는 요크의 국립 철도 박물관을 방문하는 것이 좋습니다. 바로 마야가 처음으로 기차와 사랑에 빠진 곳입니다.

웹사이트(adventuresontrains.com)를 방문하면 많은 훌륭한 자료와 할의 모험에 대해서도 자세히 알아볼 수 있습니다.

마야 G. 레너드

이 책의 가장 중요한 조사는 캘리포니아 제퍼를 타고 시카고에서 샌프란 시스코로 여행을 떠나는 것인데 슬프게도 그렇게 할 수 없었습니다.

운 좋게도 샘 새지먼과 톰 리퍼가 여행을 해냈고, 나는 이 책이 그들의 여정과 그 경험에 관한 상세한 기록으로 인해 훨씬 더 풍부해진 점에 감사합니다. 또한 하들리의 마술에 관해서는 펜과 텔러의 천재성을 인정하고 싶습니다.

나는 그녀의 마술의 기초에 대해 가르친 일련의 마스터 클래스를 들었습니다. 지금은 제가 파티나 모임에서 가볍게 선보이는 장기가 된 프렌치 드롭을 가르쳐 준 것도 바로 그들입니다.

《어드벤처 온 트레인》 시리즈와 마찬가지로 나는 샘이 훌륭한 공동 저자가 되어 준 것에 감사합니다. 책을 만들 때마다 우리의 관계는 더욱 돈독해져서 이제는 동료이자 친구 이상의 관계가 되었습니다.

나는 코로나바이러스로 모든 것이 차단된 상황에서 이 글을 쓰고 있으며, 그를 얼마나 보고 싶어 하는지 모릅니다.

지난 12개월은 저에게 격동의 시간이었지만 샘과 함께 일하는 것은 즐거웠습니다. 글을 쓰는 동안 그의 조언과 통찰력, 아낌없는 지원은 저를 북돋워 주었고 어려운 시기를 이겨낼 수 있게 해 주었습니다. 내가 정신적으로 버틸 수 있고 창의성을 발휘하는 데 얼마나 큰 빚을 졌는지 말로 다 표현할 수 없습니다. '고맙다'라는 말은 너무 부족해 보이지만 그게 전부입니다.

《어드벤처 온 트레인》 시리즈를 세계에 멋지게 출시한 맥밀런출판사의 모든 분에게 감사를 전하고 싶습니다. 그들은 이 이야기가 독자에게 전해져서 그들의 상상력을 발휘할 수 있도록 열심히 노력했습니다.

특히 편집자 루시 피어스, 캣 맥캐나, 조 하다크레 및 알릭스 프라이스의 놀라운 재능을 응원하고 싶습니다. 에이전트 커스티 맥라클란이 내 옆에서 전사처럼 싸움에 동참해 준 것에 대해 매일 감사합니다. 내 범죄물을 그녀와 파트너로서 함께할 수 있었던 건 크나큰 행운입니다. 절대 날 떠나지 마, 커스티.

또한 우리 책을 추천하거나 읽거나 리뷰한 모든 서점, 사서 및 독자에게도 개인적으로 감사드립니다. 그분들의 격려는 많은 도움이 됩니다. 저에게 영감을 주고 제 책을 지지하고 응원해 주는 틀에 얽매이지 않는 가족(당신은 누군지 아시겠죠?)에게도 큰 감사의 마음을 전합니다. 그리고 아서, 셉 그리고 샘 – 모든 것이 당신들을 위한 것이며, 당신들 없이는 아무것도 없을 것입니다. 사랑해요.

샘 세지먼

글을 쓴다는 것은 때로 외로운 일이 될 수 있는데, 운이 좋게도 이 책을 친구와 함께 쓰게 되어 기쁩니다. 내 말도 안 되는 소리를 참아 줘서 고마워, 마야.

당신은 책 쓰기를 너무 쉽게 만듭니다. 당신과 함께 일을 계속하는 것은 특권이자 기쁨이며 다음 모험을 함께할 수 있기를 고대합니다.

또한 이 책은 톰 리퍼가 없었다면 불가능했을 것입니다.

톰은 지칠 줄 모르는 친구이자 쓰러질 때까지 굴하지 않는 여행 동반자이자 훌륭한 파트너입니다. 당신은 항상 사랑과 지원으로 가득 차 있고 내가 나 자신을 의심할 때 나를 기분 좋게 만드는 방법을 알고 있습니다. 늘 감사드립니다.

나는 이 책의 자료 조사를 위해 실제 캘리포니아 제퍼(California Zephyr)를 타고 시카고에서 샌프란시스코까지 톰과 여행했습니다. 이 경험은 평생 간직할 것입니다.

우리의 여정을 기쁨과 영감으로 가득 채워 준 제퍼 기차 승무원의 무한한 따뜻함과 열정에 감사드립니다.

작가가 되는 데 필요한 모든 능력과 그 외에도 많은 것을 주신 부모님께 감사드립니다. 할이 여행의 즐거움을 느끼게 만든 전 세계의 놀라운 장소로 가족이 함께하는 모든 모험에 특히 감사드립니다.

제 가족 같은 동료, 즉 너무나 뛰어난 에이전트인 커스티 맥라클란과 기차를 정시에 운행하도록 만드는 맥밀런출판사의 멋진 팀에 계속 감탄하고 있습니다. 편집자인 루시 피어스에게도 감사드립니다. 당신은 항상 침착하고 명석합니다. 캣과 조, 알릭스와 샘 그리고 우리를 위해 열심히 일한 당신들은 모두 훌륭합니다.

할의 그림은 우리의 훌륭한 일러스트레이터 엘리사 파가넬리에 의해 생생하게 전달됩니다. 그는 매우 빠르고 정확하게 작업하고 우리 머릿속을 바로 볼 수 있습니다. 당신은 놀랍도록 뛰어난 재능이 있습니다. 감사합니다. 항상 저녁 식사를 할 것인지 묻는 샘 스파링에게도 고맙다는 인사를 드립니다.

책은 독자와 공유하는 서점과 사서 없이는 아무 것도 아닙니다. 《하일랜드 팰컨 도난 사건》을 전 세계 독자들에게 훌륭하게 전달해 주신 모든 분께 진심으로 감사드립니다. 선택할 수 있는 책이 너무 많은데도 저희 책을 좋게 봐 주셔서 감사합니다. 그리고 넘치는 애정과 사랑을 보내 주시는 독자 여러분께 가장 큰 감사를 드립니다. 이 책은 독자 여러분을 위한 것입니다. 마음에 드셨길 바랍니다.